Über die Autorin:

Eva Rossmann, geboren in Graz, lebt heute im niederösterreichischen Weinviertel. Zuerst war sie Verfassungsjuristin, dann arbeitete sie als Journalistin u. a. beim ORF und bei der NZZ. Seit 1994 ist sie Autorin und freie Journalistin.
Für den vorliegenden Kriminalroman AUSGEKOCHT hat Eva Rossmann wieder einmal bestens recherchiert: Sie hat mehrere Monate in der Küche des Restaurants von Star-Koch Manfred Buchinger (»Zur alten Schule«) mitgearbeitet.
Von Eva Rossmann sind bisher außerdem als Bastei Lübbe Taschenbücher erschienen: AUSGEJODELT (14815), FREUDSCHE VERBRECHEN (15049) KALTES FLEISCH (15227), MÖRDERISCHES IDYLL (15621) und WEIN & TOD (15791)

Pressestimmen:

»Die Romanfiguren sind liebevoll gezeichnet, man fühlt sich wohl in ihrer Nähe, beobachtet Mira gerne beim Kochen, sehnt sich danach, mitessen zu dürfen, und nimmt an den Ermittlungen teil.« *Krimizeit*

»Es sind in der Tat schon viele gute Kochkrimis geschrieben worden. Aber es wird nach Eva Rossmanns fünftem Opus verdammt hart sein, jemals wieder einen, geschweige denn einen besseren zu schreiben.« *Profil*

»Die Mira-Valensky-Romane von Eva Rossmann gehören zur Subspezies der Unbefugten-Krimis. Darin pfuscht eine Frau, eben Mira Valensky, der Polizei ins Ermittlungshandwerk, sehr zu deren Groll ...« *Sigrid Löffler, Literaturen*

EVA ROSSMANN

ausgekocht

Mira Valensky
ermittelt
in Wien

BASTEI LÜBBE TASCHENBUCH
Band 15 447

1. Auflage: Februar 2006
2. Auflage: Oktober 2006
3. Auflage: Juni 2008

Vollständige Taschenbuchausgabe

Bastei Lübbe Taschenbücher in der Verlagsgruppe Lübbe

Lizenzausgabe mit Genehmigung des *folio* Verlags, Wien Bozen.
© 2002 *folio* Verlag, Wien Bozen.
Alle Rechte vorbehalten.
Für die Taschenbuchausgabe wurden einige
geringfügige Änderungen vorgenommen.
Lizenzausgabe: Verlagsgruppe Lübbe GmbH & Co. KG, Bergisch Gladbach
Umschlaggestaltung: Gisela Kullowatz
Titelbild: Getty-Images/Eric Futran
Satz: hanseatenSatz-bremen, Bremen
Druck und Verarbeitung: Nørhaven Paperback A. S., Viborg
Printed in Denmark
ISBN 978-3-404-15447-0

Sie finden uns im Internet unter
www.luebbe.de
Bitte beachten Sie auch: www.lesejury.de

Der Preis dieses Bandes versteht sich einschließlich
der gesetzlichen Mehrwertsteuer.

gewidmet
*Buchingers Gasthaus »Zur Alten Schule«
und allen, die dort arbeiten*

1.

Ein Knall. Und dann überall Rot. Decke und Arme, Kopf und Spülbecken. Ich taumle und wische mir mit dem Handrücken über die Stirn. Zwecklos. Da Rot, dort Rot.

Selbst schuld. Wer mit einem alten Druckkochtopf Tomaten zu Sauce kocht, sollte in dieser Zeit keine zwanzig Minuten telefonieren. Jetzt habe ich die Bescherung. Vesna, Putzfrau, Freundin und Partnerin in vielen schwierigen Lebenslagen, wird sauer sein. Erst vorgestern hat sie die Küchenkästen gewischt. Gismo sitzt unter dem Tisch, hat die Augen weit aufgerissen und sieht ansonsten aus wie immer: Ein orangeroter Streifen geht quer über ihre Brust, aber das ist normal, keine Spuren von explosionsartig verteilten Tomaten. Meine Katze ist das Einzige, was sauber geblieben ist.

Ich beginne herumzuwischen, registriere dann erst, dass die Gasflamme am Herd noch immer brennt, drehe sie ab. Wie können sich drei Kilo Tomaten derart gleichmäßig über zehn Quadratmeter verteilen?

Nach einer halben Stunde sind wenigstens Esstisch, Sessel und Boden halbwegs gesäubert. Die Decke wird man neu streichen müssen. Den zerstörten Druckkochtopf habe ich zur Eingangstür gestellt, er soll sofort in den Müll. Ich weiß besser denn je, warum mir diese Dinger unheimlich sind.

Ich bin keine schlechte Köchin, vor allem, wenn es um venetische Gerichte geht. In letzter Zeit aber scheine ich unaufmerksam zu sein. Dabei ist nichts los. Gar nichts. Vielleicht liegt es gerade an dieser lähmenden Routinearbeit in der Redaktion. Ein Event heute, eine Story über den neuen Salzburger Jedermann morgen, Ärger mit der Moderedakteurin, der Chefredakteur schnöselig wie eh und je. Wieder einmal überlege ich, das Ressort zu wechseln. Eigentlich habe ich nichts dagegen, Lifestylejournalistin zu sein, es ernährt mich und meine Katze, und ab und zu noch Oskar dazu. Und es ist eine Arbeit, die Platz für vieles andere lässt. Vielleicht zu viel Platz.

Ich bin gelernte Juristin, aber ausgeübt habe ich diesen Beruf nie, und ich habe auch keine Lust, es zu tun. Reiseredakteurin, das wäre etwas. Länder kennen lernen und darüber schreiben. Ich lehne mich träumerisch an einen Oberschrank und glitsche auf der Tomatenschmiere aus. Real spielt es sich in Reiseredaktionen anders ab, rufe ich mich zur Ordnung: Du fährst mit einem Pulk von Reiseredakteuren gratis irgendwohin, um dann Nettes darüber zu schreiben. Die Reise ist kurz, zum Kennenlernen eines Landes reicht die Zeit nicht, die Abende vertreibt man sich mit angetrunkenen Kollegen an der Bar, oder man hockt allein im Zimmer. Ich habe es schon erlebt.

Ich gehe weitere Möglichkeiten durch. Chronikredaktion. Du liebe Güte, bei dem Ressortleiter. Und erst die Redakteure: Sie finden sich alle so cool und sind bemüht kaltschnäuzig. Außerdem: Keiner von denen hat auf eine vierzigjährige freie Mitarbeiterin vom Lifestyle gewartet, schon gar nicht auf eine, die ihnen in den letzten Jahren einige der besten Kriminalstorys weggeschnappt hat.

Also ganz weg vom »Magazin«?

Ich höre die Klingel und weiß, dass Oskar vor der Tür steht. Wer sollte um die Zeit auch sonst kommen? Außerdem hat er eine ganz eigene Art, zu läuten. Natürlich hat Oskar seit mehr als einem Jahr einen Schlüssel für meine Wohnung, aber er ist rücksichtsvoll. Rücksichtsvolle Anwälte? Kann es die geben? Dabei ist Oskar nicht nur rücksichtsvoll, sondern in seinem Beruf auch sehr erfolgreich. Vielleicht könnte ich bei ihm Sprechstundenhilfe werden, oder wie immer das bei Anwälten heißt? Das hätte gerade noch gefehlt. Abhängigkeit ist nicht gerade mein Fall, und so soll es bleiben, auch wenn ich an diesem Riesenmannsbild ziemlich hänge.

Oskar erschrickt, als er mich sieht, vermutet aufs Erste ein Blutbad, glaubt mich einmal mehr in einen Fall verstrickt und fürchtet, er könnte schon wieder der sein, der keine Ahnung hat, was läuft. Ich kläre ihn auf, er plädiert dafür, auswärts essen zu gehen. Einem überzeugenden Anwalt sollte man nicht widersprechen. Ich habe auch schon eine Idee: »Wie wär's mit dem Apfelbaum? Du hast deinen Weihnachtsgutschein nicht eingelöst. Beim Manninger isst man sicher noch immer großartig.«

»Zumindest im Chez Trois war's so.«

Das Chez Trois war über Jahre das wohl beste Lokal von Wien, bis eben Manninger weggegangen ist, eine schöpferische Pause gemacht hat und dann zur Überraschung des werten Publikums außerhalb von Wien das alte Lokal seiner Tante, den Apfelbaum, übernommen hat.

Meine Sinnkrise ist fürs Erste erledigt. Ich werfe im Badezimmer meine rot verschmierten Klamotten ab und wundere mich, dass selbst die Unterhose tomatisiert ist. Oskar steht hinter mir und beobachtet, wie ich schwarze Unterwäsche, schwarze Jeans, ein schwarzes, ausgeschnittenes T-Shirt überziehe. Schön langsam werden wir wie ein altes Ehepaar. Vor einem halben Jahr noch hätte er nicht einfach zugesehen, wenn ich mich aus- und wieder anziehe. Aber wahrscheinlich hat er einen harten Tag in der Kanzlei gehabt. Auch das: Ehefrauengedanken. Ich schüttle mich.

Der Apfelbaum: Man fährt von Wien Richtung Norden, dann noch einige Kilometer die Brünner Bundesstraße entlang, abbiegen zu Weinhügeln und Sonnenblumenfeldern.

Die Abende sind lang, noch ist es hell.

Im Gastgarten stehen zwei große Kastanienbäume, das Haus ist alt, aber sorgfältig renoviert. Ich beginne zu verstehen, warum sich Manninger hierher zurückgezogen hat. Einen Stern hat er sich schon wieder erkocht. Dem Chez Trois hat er vier gebracht, Höchstleistung in Österreich, vielleicht schafft er es auch hier wieder. Ewig schade, dass die Gastronomiekritikerin vom »Magazin« so fest in ihrem Sattel sitzt. Diese Sparte hätte mich interessiert, und wie. Aber sie ist die Schwester des Herausgebers, da ist nichts zu machen.

Wir hätten wohl reservieren sollen. Bis auf einen Tisch sind im Garten alle besetzt. Ob mich Manninger erkennt? Ich habe mit ihm bei diversen Societyevents zu tun gehabt, ich habe ihn gut in Erinnerung, er ist ein witziger Medienprofi, auch in seiner Performance »kreativ«.

Im Inneren des Lokals gibt es zwei Gasträume: einen mit alten, blanken Holztischen und hellen Tischläufern. Der andere ist elegant weiß gedeckt, Sommerblumen auf jedem Tisch, Stoffservietten. Ich zähle drei andere freie Tische. Manninger wird in der Küche sein. Ein ehemals sehr großer Kellner kommt auf uns zu, jetzt geht er gebückt, er ist sicher über fünfundsiebzig Jahre alt.

»Wir haben nicht reserviert ...«

»Kommen Sie«, sagt er, geht mit leicht ausgestellten Füßen vor uns ins Freie, weist uns den letzten Tisch unter einer der Kastanien zu. »Heute ist es heiß«, bemerkt er zutreffend und verschwindet.

Wenig später taucht ein blonder Kellner um die dreißig auf. Professionell geschäftig bringt er uns die Karte, nennt einige Tagesempfehlungen, reagiert freundlich, als wir statt des vorgeschlagenen Aperitifs einen weißen Gespritzten und ein Seidl Bier bestellen. Rundum entspannte Gesichter, leises Klappern von Besteck, Lachen. Wie gut, dass der Druckkochtopf explodiert ist. Ich lehne mich zurück und genieße die Vorfreude.

Der Alte bringt die Getränke. Er hat zweifellos Übung. Gut möglich, dass er seit fünfzig, sechzig Jahren serviert. Er könnte Manningers Vater sein oder ein Onkel, vielleicht sogar der Großvater. Ich frage nach dem Chef des Hauses und höre, dass es eine Chefin des Hauses gibt. Neugier. Soviel ich mich erinnern kann, war Manninger nicht verheiratet. Gerüchte über seine zahlreichen Affären hat es hingegen jede Menge gegeben. Aber bei welchem prominenten Koch gibt es die nicht?

»Frau Manninger?«, frage ich überrascht.

Der Alte schüttelt den Kopf. »Frau Winter.«

»Herr Manninger ist …«, lasse ich den Satz dezent verklingen.

»Herr Manninger ist in Neww York.« Er spricht es tatsächlich »Neww York« aus. »Er hat das Angebot von so einem Milliardär angenommen und soll ein ganz neues Restaurant erfinden.« Es ist deutlich zu spüren, was der Alte davon hält. »Eine Chefin hat das Lokal übernommen. Vor zwei Monaten. Trotzdem eine gute Köchin, Sie werden sehen.«

Der Alte behält Recht. Zwei Stunden später sind wir nicht nur satt und vom Wein beschwingt, sondern auch höchst zufrieden. Manninger oder die Neue, dieses Wirtshaus ist hervorragend. Eine Mischung aus lokaler Küche und allem, was internationale Kochkunst eben so hineininterpretieren kann. Ohne großes Trara, mit leichter Hand. Ich schlage Oskar vor, gleich für nächste Woche einen Tisch zu reservieren. Er lässt sich rasch überzeugen.

Die meisten Gäste sind bereits gegangen, wir bestellen noch zwei Gläser Rotwein.

Eine kleine, schlanke Frau bringt sie. Sie hat dunkle, kurz geschnittene Haare, ihre lebendigen braunen Augen scheinen alles gleichzeitig wahrnehmen zu wollen. Ich schätze sie auf Mitte dreißig. »Hat es Ihnen geschmeckt bei uns?«

»Sind Sie Manningers …«

Sie lacht. »Manningers Nachfolgerin, ja. Er ist für einige Jahre in New York unter Vertrag, ich bin über Nacht eingesprungen und hab das Lokal gepachtet. Kennen Sie Manninger?«

Ich nicke. »Nicht besonders gut, wir sind uns ab und zu über den Weg gelaufen.«

»Wir haben vor Jahren gemeinsam gearbeitet.«

»Sie waren auch im Chez Trois?«

»Nein, er war zuvor im Royal Grand, ich hab dort gelernt und bin geblieben, bis ich vor drei Monaten dieses Angebot bekommen hab.«

Ich habe wohl etwas den Mund verzogen. Das Royal Grand ist ein protziger Hotelklotz der Fünfsternekategorie. Ich weiß zwar, dass man in seinem Restaurant sehr gut essen kann, aber Hotelrestaurants sind einfach nicht mein Fall.

Sie winkt dem Alten, fragt uns, ob sie für ein Glas Wein an unserem Tisch Platz nehmen darf. »Billy Winter ist mein Name, eigentlich Sibylle, aber das war in der Küche allen zu lang. Entschuldigen Sie, dass ich mich nicht vorgestellt habe. Manchmal glaub ich, ich heiße Apfelbaum.«

»Ein schöner Name«, lächelt Oskar.

»Ja. Manningers Tante hat tatsächlich so geheißen. Von ihr hat er das Lokal geerbt.«

Eine halbe Stunde später wissen wir, dass auch der Alte, dessen Name Franz Haberzettl ist, der aber von allen nur Onkel Franz gerufen wird, eine Art Erbstück ist. Der Kellner von Manningers Tante, von Manninger, und dann von Billy Winter übernommen mit dem Versprechen, ihn, solange er will und kann, arbeiten zu lassen. Mir schwirrt von den komplizierten Familien- und Pachtverhältnissen der Kopf, vielleicht liegt es auch daran, dass uns die Wirtin auf ein weiteres Glas Rotwein eingeladen hat.

Wir loben ihre Küche und das gesamte Lokal, man merkt, dass sie sich darüber freut.

»Ich hab noch nie ein eigenes Haus geführt, das heißt, zumindest nicht offiziell. Ich war Souschefin im Royal Grand, der Küchenchef war in den letzten Jahren allerdings nur selten da. Physisch meistens schon, aber ... Na ja, Alkoholprobleme. Das gibt es bei uns häufig. Der Stress. Ich hätte gute Chancen gehabt, nach ihm Küchenchefin zu werden. Aber dann kam Manninger mit seinem Angebot. Und eigentlich wollte ich immer schon ein eigenes Gasthaus.« Sie sieht sich um.

»Es ist schön«, sage ich.

»Ja«, sagt sie, aber es schwingt etwas Zweifel mit.

Wegen ihrer Küche braucht sie sich keine Sorgen zu machen. Auch die Weine sind hervorragend.

»Allein ist es nicht immer ganz leicht«, murmelt Billy Winter und hält inne. »Entschuldigen Sie, ich will Sie nicht anweinen. Ich muss ohnehin weitertun. Wenn ich nicht dahinter bin, dann beginnen meine lieben Mitarbeiter gerne zu trödeln.« Schon ist sie aufgesprungen. Sitzfleisch hat diese Frau keines. Vielleicht ist sie deswegen so klein und dünn. Oder verhalten sich Ursache und Wirkung genau umgekehrt? Ich jedenfalls mit über einssiebzig Größe und ein Paar Kilo Übergewicht kann noch gut sitzen bleiben.

Eine Viertelstunde später weiß ich, dass sich Oskars großer deutscher Wirtschaftsprozess ausgeweitet hat. Das ist gut für sein Honorar, aber schlecht für seine Zeit. Wie aus dem Nichts erscheint Billy Winter wieder im Garten. Sie verabschiedet vier Gäste, setzt sich dann erneut zu uns, aber wirkt wie auf der Flucht.

– 13 –

»Mahmet darf nicht vergessen, die Mistkübel an den Straßenrand zu stellen«, meint sie und schreckt dann auf. »Ich bin unmöglich, aber manchmal hab ich einfach zu viel im Kopf. Ich will, dass alles gut geht. Manninger war einer der Besten, und er hat einen hervorragenden Namen. Eine ehemalige Souschefin kennt niemand.«

»Die Leute aus der Branche doch sicher«, tröste ich.

»Ja, die schon. Aber ob einen die unterstützen? Ich will nicht die alte Mitleidsnummer spielen, aber als Frau hat man es in der Gastronomie nicht gerade leicht. Ein Wirt ist ein Wirt. Und ein Wirt ohne Frau ist einer, der Zeit hat, Karten zu spielen. Eine Wirtin ohne Mann ist bestenfalls ein Operettenklischee. Na ja. Vielleicht bin ich auch nur etwas durcheinander, weil Anfang der Woche etwas Unerfreuliches geschehen ist.«

Ich nippe an meinem Rotwein.

Billy Winter sieht sich um, entdeckt, dass der Kellner einige Gläser am Nachbartisch stehen gelassen hat, und springt wieder auf.

»Was?«, frage ich, als sie zurückkommt.

»Man hat mir die Leitungen der Kühlmaschinen durchgeschnitten.«

»Das kann wohl nur einer Ihrer Mitarbeiter ...«, mutmaßt Oskar.

Die Wirtin schüttelt energisch den Kopf. »Die neuen Kühlanlagen sind in einem Zubau untergebracht, jeder kann von außen dazu. Ein Schloss hat es bis jetzt nicht gegeben. Das hier ist ein kleines Dorf. Niemand könnte, ohne aufzufallen, die schweren Maschinen davonschleppen.«

»Ein Marder?«, frage ich.

»Marder haben wir hier, das stimmt. Aber es sind ganz glatte Schnitte. Ich hatte noch Glück, die folgenden zwei Tage waren Ruhetage, aber ich war trotzdem im Wirtshaus und habe rasch bemerkt, dass die Kühlung nicht funktioniert hat. Wäre ich nicht da gewesen, alles wäre verdorben.«

»Feinde im Ort?«

Sie schüttelt zweifelnd den Kopf. »Manninger hat immer gesagt, dass die meisten Leute hier skeptisch waren, als er das Lokal übernommen hat. Aber er hat den Schankraum mehr oder weniger unverändert gelassen, und auch die Preise für den offenen Wein sind gleich geblieben, wir bemühen uns, dass auch die Einheimischen kommen. Teilweise tun sie das inzwischen auch. Feinde? Der Nachbar ist etwas lärmempfindlich, na ja, eigentlich sehr empfindlich, aber so etwas würde er nie tun.«

Probleme einer jungen Wirtin. Mit dem Versprechen, nächste Woche wiederzukommen, machen wir uns auf den Heimweg. Ein wenig Neid auf die Wirtin schwingt mit, als ich zu Oskar sage, dass diese Billy Winter wohl übernervös sei. Ein Wirtshaus aufzumachen, davon habe ich als leidenschaftliche Hobbyköchin schon oft geträumt. Nur dass zu mir eben kein Manninger kommt, um mich zu bitten, sein Lokal zu übernehmen. Okay, ich hab auch nicht Köchin gelernt.

Oskar und ich wechseln das Thema. Er rät mir, es vielleicht doch wieder mit der Juristerei zu probieren. Er könne mir helfen, ganz sicher. Aber gerade das will ich nicht. Ich habe bisher das meiste alleine geschafft, und das soll auch so bleiben.

Oskar schenkt mir einen langen, für einen, der ein Auto lenkt, beinahe zu langen Blick und seufzt dann. »Ich will dich ja nicht bevormunden, sondern bloß unterstützen.«

»Vielleicht ist meine Arbeit im Lifestyleressort ohnehin okay, sie nervt mich nur momentan. Weil so gar nichts los ist.«

2.

Ich habe bei Oskar übernachtet. Der Geruch einer tomatengetränkten Küche wäre nach diesem wunderbaren Abendessen doppelt schlimm gewesen. Aber ich bin zumindest solidarisch genug, noch vor der Arbeit in die Wohnung zu fahren, um Vesna aufzuheitern.

Vesna schüttelt nur den Kopf, als ich mich in die Küche schleiche.

»Habe gedacht, Mord und Totschlag, Mira Valensky ist nirgendwo, aber dann merke ich, es sind massakrierte Tomaten und Mira wahrscheinlich bei geliebtem Oskar«, kommt es zur Begrüßung von der Leiter.

»Der Druckkochtopf ist explodiert«, murmle ich.

»Decke muss man neu ausmalen.«

»Tut mir Leid ...«

Vesna klettert von der Leiter und seufzt. Sie ist Mitte vierzig, mittelgroß, schlank, zäh und stammt aus Bosnien. Ohne sie hätte ich manche meiner Abenteuer nicht so glimpflich überstanden. Ohne sie wäre ich in einige davon allerdings auch erst gar nicht verwickelt worden, denn eigentlich bin ich ein bequemer Mensch. Sie hingegen hat einen unbezwinglichen Hang zum Abenteuer. »Bedienerin« genannt zu werden, hasst Vesna. Sie sei »Putzfrau«, keine Dienerin. Dienerin ist sie wirklich keine. Aber eine gute Freundin. Wahrscheinlich sogar meine beste. Auch wenn ich Rankings nicht mag. Das hat wahrscheinlich mit dem »Magazin« zu tun. Unser

Chefredakteur liebt Rankings. Die besten Liebhaber, die besten Schulen, die schönsten Frauen, die erfolgreichsten Männer.

Ich erzeuge auf meiner vollautomatischen original italienischen Maschine zwei extrastarke Espressi. Vesna setzt sich zu mir. »Den Tisch und die Sessel hab ich noch gestern Abend geputzt«, sage ich etwas kleinlaut.

»Ist auch besser so. Weil jetzt ist Tomatenzeug eingetrocknet.«

»Wo ist Gismo?«

»Eingesperrt in Badezimmer. Sie ist mit Tomatenpfoten ins Wohnzimmer und keine Chance, sie zu putzen.« Vesna zeigt mir einen langen Kratzer.

»Gestern war sie tomatenfrei.«

»Ist sicher auf Küchenkästen herumgestiegen.«

Logisch. Zumindest für alle, die Gismo kennen.

»Etwas Neues?«, fragt Vesna. Sie liebt Neues.

Ich schüttle den Kopf und erzähle ihr kurz vom Apfelbaum. Aber Gasthäuser interessieren sie nicht besonders.

»Vielleicht sollte ich auch ein Wirtshaus aufmachen«, murmle ich.

Vesna sieht mich skeptisch an. »Du hast geerbt, Mira Valensky? Und du weißt nichts Besseres, als fünfzehn Stunden Arbeit am Tag?«

Ich zucke mit den Schultern. »Aber ich koche gern.«

»Du schreibst auch gern. Wenn du immer kochst, du kochst nicht mehr gern. Ich kenne das Geschäft von Kusine Tereza. Die ist Küchenhilfe. Und andere Verwandte war Abwäscherin. Kein Geld, viel Arbeit. Danke.«

»Wahrscheinlich hast du Recht.«

»Sicher. Tomatenküche ist aber auch kein Vergnügen zum Putzen.«

»Ich … Ich muss trotzdem in die Redaktion.«

»Sage ja nicht, dass meine Arbeit immer Vergnügen sein muss. Ich mache sie schon. Manchmal aber denke ich, ich gehe zurück nach Bosnien und bin wieder Lehrerin. Jetzt ist Frieden. Zumindest so was Ähnliches.«

Ich sehe Vesna irritiert an. »Du warst nie Lehrerin in Bosnien. Das hast du nur deinen ersten Kunden erzählt, damit sie dich mit mehr Respekt behandeln.«

Vesna lässt sich, wie üblich, nicht beirren. »Ich will ja auch nicht wirklich zurück nach Bosnien. Nur das nicht.«

Ich trabe aus der U-Bahn-Station in Richtung »Magazin«. Gemeinsam mit einigen anderen Zeitschriften des Verlages ist unsere Redaktion seit kurzem in einem neuen Tower in der Wiener Innenstadt untergebracht. Von außen sehr schick und viel Glas. Von innen sind die Büros klein, und einen guten Ausblick hat man nur von den oberen Etagen. In den unteren Stockwerken werden die Fenster von den Abgasen grau. So gesehen macht es auch nichts, dass sich zum Schutz der Klimaanlage kein Fenster öffnen lässt. Auf einem mehrere Meter hohen Schild, das geschickt in die Fassade eingepasst ist, steht geschrieben: »MAGAZIN – Lesen Sie DAS!« Mein Schreibtisch befindet sich im ersten Stock.

Ich trödle etwas, obwohl es kindisch ist. Als freie Mitarbeiterin habe ich nur dann Anwesenheitspflicht, wenn ich einen Journaldienst übernommen habe. Heute habe ich keinen solchen Dienst. Trotzdem müssen bis zur nächsten Ausgabe noch einige Seiten gefüllt werden. Zum Glück ist Sommer, also ist für den Kleinkram wie Veranstaltungshinweise und die tollsten Events der Woche eine Ferienpraktikantin zuständig. Kontrollieren muss ich sie freilich schon. Das Mädel schaut drein, als könne es nicht bis drei zählen. So dünn ist diese Praktikantin, dass ich jedes Mal Angst habe, sie umzublasen. Aber irgendwie ist sie mit jemandem von der Geschäftsfüh-

– 18 –

rung verwandt. Wie die Gastronomiekritikerin. Wenn ich schon in unserem Blatt keine Chance habe, vielleicht in einem anderen? Allerdings: In Österreich ist die Zeitschriftenszene nicht eben vielfältig, und Tageszeitungen leisten sich niemanden, der davon lebt, über Restaurants, Essen und Trinken zu schreiben. Und überhaupt: Warum sollte jemand ausgerechnet mich nehmen?

Ich grüße den Portier, er ignoriert mich wie meistens. In seiner strikten Hierarchie stehe ich so tief unten, dass sich ein Gruß für ihn nicht lohnt. Anders war es nur die paar Male, als ich im Zusammenhang mit Kriminalfällen sogar im Fernsehen vorgekommen bin. Da hat er sich verneigt. Nicht so sehr wie vor dem Herausgeber, aber fast ebenso wie vor dem Chefredakteur.

Einmal mehr bedauere ich es, dass ich in einem Großraumbüro arbeite. Gerade heute hätte ich Lust auf etwas Privatheit gehabt. So aber schiebt mir mein Kollege vom Nachbarschreibtisch einen Zettel herüber und murmelt undeutlich: »Dieser Schauspieler, den du interviewt hast, hat angerufen.« An seinem Mund hängen Brösel, die wohl von dem angebissenen Big Mac neben ihm stammen, ein Stück von der Tomate fällt auf das Blatt mit der Telefonnummer. Offenbar werde ich diese verdammten Tomaten nie wieder los.

»Was wollte er?«

»Dass irgendwas doch nicht geschrieben wird.«

Ich seufze. Leute, die im Nachhinein nicht gesagt haben wollen, was sie gesagt haben, gehen mir auf die Nerven. Außerdem ist der Seitenspiegel bereits fixiert, das Interview fertig und in der richtigen Länge eingepasst. Nehme ich jetzt etwas weg, muss ich wieder etwas anderes dazugeben.

Der neue Salzburger Jedermann entschuldigt sich vielmals. Er meint, er möchte das, was er über seine Lebensgefährtin gesagt hat, doch nicht so sagen. Ich denke nach, kann mich an die Passage aber nicht erinnern. »Was, bitte?«, frage ich.

»Dass ich mir gut vorstellen kann, mit ihr ein Kind zu haben. Heute kann ich mir das nicht vorstellen.«

Ich schlucke die Frage hinunter: »Und morgen können Sie sich das vielleicht wieder vorstellen?« Ich verspreche, den Satz zu streichen.

Droch nähert sich wie so oft völlig lautlos von hinten. Aber heute erschrecke ich nicht, er hat sich in meinem Bildschirm gespiegelt. Schuhe machen meistens ein Geräusch, Rollstühle, wenn sie gut gewartet sind, nicht. Ich schwenke auf meinem Schreibtischsessel herum und grüße ihn. Er sieht wie meistens großartig aus. Wie der Held eines Hollywoodfilms, der legendäre ältere Reporter, der in Ausübung seiner Pflicht zum Krüppel wird, aber dennoch, klug und zynisch geworden, weiterhin Erfolg hat. Vor allem bei Frauen. Die Realität sieht freilich anders aus. Droch ist viel zu distanziert, um Frauen bei ihm Glück haben zu lassen. Aus uns beiden wäre vor Jahren beinahe so etwas wie ein Paar geworden, ob das mein Glück gewesen wäre, ob das sein Glück gewesen wäre? Ich glaube, weder noch. Auf alle Fälle bin ich eine der ganz wenigen Vertrauten Drochs, und darauf bin ich stolz. Er kann zwar ein erzkonservativer, spöttischer, bösartiger Zyniker sein, aber abgesehen davon, dass er sehr attraktiv ist, erweist er sich bisweilen auch als äußerst witzig, unangepasst, ganz selten sogar als charmant und weich. Es ist die Mischung, die ich mag. Jedenfalls meistens.

Außerdem kennt so gut wie niemand außer mir die wahre Geschichte seines Unfalls. Sie hat, wie in den zahlreichen Legenden um ihn behauptet wird, zwar tatsächlich mit dem Vietnamkrieg zu tun. Die Querschnittlähmung hat er sich allerdings nicht bei einem Reportageeinsatz im Kriegsgebiet zugezogen, sondern als er besoffen kopfüber in einen Hotelswimmingpool gesprungen ist. Im Pool war aus Kriegsgründen kein Wasser mehr.

Droch ist einer der wenigen ernst zu nehmenden und anerkannten Journalisten beim »Magazin«. Er leitet das politische Ressort, und vor seinen ebenso bissigen wie treffenden Kommentaren fürchten sich Politikerinnen und Politiker aller Parteien.

Droch lädt mich zum Essen ein. Er hat noch eine Eigenschaft: Er ist sensibel, auch wenn er es nicht gerne zugibt. Und jetzt – beim Türken ums Eck – will er herausfinden, warum ich seit Tagen schlecht drauf bin.

Zwei Stunden und zwei Dönerkebabs später überlegt er, mich »trotz allem« in die politische Redaktion zu nehmen. Politik nervt mich. Warum glauben Männer, die man mag, einen nur in ihrem Reich retten zu können? Die Sache mit der Reiseredaktion sieht Droch ähnlich wie ich. Klingt gut, ist in der Praxis aber gar nicht gut. Als ich ihm vom Apfelbaum erzähle, verzieht er spöttisch die Lippen. Er gibt vor, feinere Küche nicht zu mögen. Schnitzel, Döner beim Türken, Würstel beim Würstelstand, das seien ehrliche Sachen. Auf das Getue rund um die Feinschmeckerei könne er gern verzichten. Dabei weiß ich, dass er viel von gutem Essen versteht. Der Apfelbaum würde ihm sicher gefallen. Unnötiges Getue gibt es dort ohnehin nicht. Plötzlich runzelt er die Stirn, überlegt. »Apfelbaum, da ist heute etwas in einer Agenturmeldung gestanden.«

»Wahrscheinlich geben sie offiziell bekannt, dass Billy Winter das Lokal von Manninger übernommen hat. Sie hat mir irgend so etwas erzählt.«

»Nein, das war es nicht. Es war eher – böse.«

»Eine Gastronomiekritik?«

»Seit wann gibt es so etwas in den Presseagenturen?«

Keine Ahnung.

»Nein, warte einmal … Genau. Eine Chronikgeschichte, dass in einem Sternewirtshaus außerhalb von Wien heute Mittag das ganze Essen verdorben war – offenbar hat die Köchin Salz mit Zucker verwechselt. Und dann stand noch etwas vom armen Manninger, der in New York sitzt und nicht weiß, was mit seinem Wirtshaus geschieht.«

»Du bist dir sicher? Manninger? Apfelbaum?«

»Sage ich es sonst?«

Ich lasse nicht zu, dass Droch noch die süßen, klebrigen türkischen Nachspeisen in sich hineinstopft, wickle sie in eine Serviette, packe diese in sein Netz am Rollstuhl, und wir starten Richtung Redaktion. Droch protestiert mehr der Form halber, er ist zumindest halb so neugierig wie ich. Und sei es nur, um mich mit meinem neuen Lieblingslokal aufziehen zu können.

Die Agenturmeldung am Bildschirm, krame ich nach der Visitenkarte von Billy Winter. Droch hat beinahe wortgetreu wiedergegeben, was hier zu lesen steht. Die Meldung stammt vom Niederösterreichkorrespondenten der Agentur. Noch nie etwas von diesem Typen gehört. Aber dass Billy Winter Salz und Zucker verwechselt, halte ich für ausgeschlossen.

Ich bekomme Onkel Franz an den Apparat. Er schimpft wie ein Rohrspatz. Bevor ich noch etwas sagen kann, faucht er: »Sie wollen auch stornieren, nur zu, bitte. Wir kriegen andere Gäste. Wenn Sie glauben, dass unsere Chefin wirklich Salz und Zucker durcheinander bringt, dann gehen Sie lieber woandershin.«

»Stop! Ich will nicht stornieren. Ich will Ihre Chefin sprechen.«

Stille in der Leitung. Dann ein misstrauisches »Warum?«.

»Genau wegen dieser Sache. Weil ich das nicht glauben kann.«

»Was geht Sie das an?«

Ich beginne zu verstehen, warum Billy Winter gemeint hat, dass Onkel Franz bisweilen auch den einen oder anderen Gast abschreckt.

Es dauert, bis ich sie dann doch am Apparat habe. Die Wirtin des Apfelbaums ist sichtlich geschockt. Die Story steht leider nicht nur in der Agenturmeldung, sondern ist bereits auch einige Male als Anekdote im Radio gelaufen.

»Es hat mir jemand Salz mit Zucker vermischt. Wir haben beides in gut unterscheidbaren Vorratsbehältern, und von dem einen wird das Salz, das wir gerade zum Kochen brauchen, in kleine Schüsseln nachgefüllt. Sowohl in den Schüsseln als auch in den Vorratsbehältern war alles vermischt. Salz und Zucker sehen einander verdammt ähnlich, auch wenn die Kristalle unterschiedlich groß sind, aber in der Mischung … Und wir haben gerade heute Mittag großen Stress gehabt. Ich musste aufs Gericht, mein Koch war allein, eine Partie deutscher Journalisten war angesagt, die hat noch der Manninger hergebracht, die Abwäscherin ist krank. Mein Koch hat nicht aufgepasst. So oft hab ich ihm schon gesagt, dass er alles kosten muss, auch die Sachen, die wir täglich machen. Ich geb zu, die erste halbe Stunde, die ich zurück war, war ich mit meinen Gedanken noch ganz woanders. Danach habe ich es gemerkt. Aber da waren mindestens dreißig Essen schon serviert … Jetzt wird bereits storniert. Es war im Radio und im Teletext. Weil das ja angeblich so witzig ist. An das Gerede in der Branche will ich noch gar nicht denken.«

»Niemand wird glauben, dass Sie selbst Salz und Zucker nicht unterscheiden können.«

»Ein Streich, ein böser Streich. Aber ich hätte es merken müssen.« Nach einer kurzen Pause: »Wahrscheinlich bin ich dem Ganzen nicht gewachsen. Ich hab es mir einfacher vorgestellt. Jedenfalls nicht schwieriger als meinen vorherigen Job.«

»Wer kann es getan haben?«

»Keine Ahnung.« Das klingt mutlos.

»Haben Sie heute noch ein bis zwei Plätze frei?«

Sie lacht bitter. »Ja, habe ich.«

»Ich komme.«

Der alte Kellner begrüßt mich, als gehörte ich zur Familie. Sehr viele andere Gäste sind nicht zu sehen. Es ist schon spät. Oder hat das tatsächlich mit ein paar halblustigen Witzchen im Radio zu tun? Immerhin ist niemandem etwas passiert. An der Verwechslung von Zucker und Salz ist noch keiner gestorben.

Ganz am Rand des Gastgartens sitzt Billy Winter an einem Tisch mit einem Mann. Sie ist so ins Gespräch vertieft, dass sie mich gar nicht sieht. Anders als gestern, ist ihr Blick nur bei ihrem Gegenüber. Ich mustere den Mann. Er ist breit, aber nicht fett. Er hat braune, glatte Haare, und im Ausschnitt des offenen weißen Hemdes sieht man ein Goldkettchen. Ich tippe, er ist ein erfolgreicher Handwerker. Installateur oder vielleicht Elektriker. Mit einer eigenen Firma. Vielleicht gehört der dicke Mercedes vor dem Lokal ihm. Das könnte passen. Was fasziniert sie an dieser bestenfalls durchschnittlichen Erscheinung? Billy Winter ist zu apart für einen solchen Typen. Allerdings: Sehr glücklich sieht sie nicht aus, eher mühsam beherrscht, verkrampft. Er hat unter dem Tisch die Beine gespreizt, nicht entspannt, sondern aggressiv. Männchenverhalten.

Schade, dass ich zu weit weg sitze, um der Unterhaltung

folgen zu können. Ich gebe vor, in der Speisekarte zu lesen, und versuche, von ihrem Gespräch wenigstens Wortfetzen aufzuschnappen.

»Hannes ist viel zu jung ...«, höre ich und: »... in geordneten Verhältnissen ...« und: »Sei ehrlich ...«. Onkel Franz bringt seiner neuen Chefin das Schnurlostelefon. Er gibt deutlich zu verstehen, dass er den Mann an ihrem Tisch auch nicht leiden kann.

Jetzt lässt Billy Winter zum ersten Mal ihre Augen wandern, sie nimmt den Hörer, winkt mir zu, nimmt eine Sekunde später Blickkontakt mit dem Kellner auf, deutet auf nicht abservierte Teller und Gläser. Ihr Vis-a-vis steht auf, sie scheint nicht sicher zu sein, ob sie will, dass der Mann geht, unternimmt aber nichts. Das Telefongespräch endet schnell. Die beiden stehen einander gegenüber, dann zögert sie kurz, nickt, und das war die Verabschiedung. Es wirkt, als hätten sie kein Ritual dafür oder wüssten nicht, welches angebracht wäre.

Billy Winter kommt an meinen Tisch. »Mein Mann. Mein Exmann. Wir sind geschieden. Er will das Sorgerecht für unseren Sohn. Er ist vor Gericht gegangen.«

So einfach, so kompliziert lassen sich Dinge manchmal erklären.

»Das ist eine doppelte Misere. Die Streiche im Wirtshaus und die Gerichtsverhandlungen. Mit ihm ist nicht zu reden. Seine neue Frau ist reich. Flora Verde. Ich meine die Blumenmarktkette, die so heißt. Sie gehört ihr, sie selbst heißt Elvira Taubusch. Kindermädchen, alles wäre da. Nicht, dass er sich, als wir noch verheiratet waren, um Hannes gekümmert hätte. Aber jetzt ist der Bub dreizehn, und schön langsam bekommt er das Gefühl, dass er ihn liebt.«

Ich nicke. »Was ist Ihr Ex von Beruf?«

»Er hat eine Gärtnerei am Stadtrand. Gärtnerei Winter.«

Da bin ich mit meinen Vermutungen nur knapp daneben gelegen. Handwerker ja, Installateur nein. »Und wie steht das Gerichtsverfahren?«

Die Wirtin zuckt ratlos mit den Schultern. »Eine neuerliche Anhörung. Noch mehr Zeugen. Der Bub ist schon ganz durcheinander. Ich meine, es ist klar, ich kann mich um ihn nicht so intensiv kümmern, wie ich es möchte. Er ist teilweise im Wirtshaus und teilweise bei der Frau meines Bruders, sie haben einen Sohn, der vierzehn ist. Aber er ist an mich gewöhnt. Er will auch bei mir bleiben. Obwohl: Ein Kind in dem Alter hat nichts gegen die Verlockungen eines Luxuslebens. Sie reden ihm ein, dass er immer den neuesten Computer haben wird, Auslandsreisen und ein eigenes Pferd, eben alles, was immer er möchte. Das zieht schon auch. Deswegen war ich ja heute Mittag noch so in Gedanken, dass ich die Sache mit Zucker und Salz gar nicht bemerkt habe. Unglaublich, dass mir so etwas passiert.«

»Könnte es der Koch gewesen sein?«

»Der? Nie. Ein braver Arbeiter. Still. Nicht eben ein Star, aber ein ganz guter Handwerker. Das ist viel wichtiger in unserem Beruf, als die meisten glauben. Flink, bereit, das zu tun, was ich sage, ordentliche Grundausbildung in Tschechien. Kann aber sehr gut Deutsch, sein Vater war Österreicher. Redet nicht zurück. Nein, der war es nie.«

»Klingt nach einem introvertierten Typen.«

»Ja, das ist er. Neunundzwanzig Jahre, unverheiratet, wohnt die Arbeitswoche über in einem Zimmer in einer Pension, die freien Tage verbringt er bei seiner Mutter in Tschechien.«

»Wer kann es sonst gewesen sein?«

Billy Winter spielt mit einem Bierdeckel.

»Ich weiß nicht«, murmelt sie, und es klingt, als ob sie sehr wohl einen Verdacht hätte. Klein und verletzlich sieht sie aus, gar nicht der Typ »resche Wirtin«. Dann sieht sie mir ins Gesicht. »Vielleicht war es mein Ex.«

»Was gewinnt er damit?«

»Wenn ich mit dem Wirtshaus scheitere, hat er mehr Chancen auf das Sorgerecht. Geordnete Verhältnisse und so.«

»Er wäre dazu im Stande?«

»Ich glaube schon.«

»Aber wie kommt er ungesehen in die Küche?«

»Kein Problem. Der Schüssel zum Wirtshaus liegt in einem Blumentopf. Das ist praktisch, Onkel Franz ist Frühaufsteher und kommt oft vor mir, außerdem ist da noch die Bedienerin, die an einem der beiden Ruhetage auftaucht.«

»Ihr Exmann weiß das?«

»Ja. Vor rund zwei Monaten hatte ich den Eindruck, als wolle er einen neuen Anlauf … Nicht für unsere Beziehung, aber für ein vernünftiges, freundschaftliches Verhältnis. Das waren aber wohl nur die Vorbereitungen für den Sorgerechtsstreit. Er wollte auskundschaften, wie das mit dem Wirtshaus ist.«

»Wer kommt auf die Idee, Salz und Zucker zu vermischen?«

Billy Winter lacht etwas bitter. »Das ist an sich ein alter böser Streich unter Köchen. Man testet ab, ob der Angeführte aufmerksam genug ist. Zwei Mal haben sie es bei mir probiert. Einmal im Royal Grand in Wien, bald nachdem ich sehr jung Souschefin geworden war, und einmal in Deutschland, als ich zum Missfallen des dortigen Küchenchefs an ›sein‹ Royal Grand verliehen wurde, um Österreichische Wochen zu dirigieren. Ich hab es immer sofort gemerkt.«

»Wäre es Ihrem Ex auch zuzutrauen, dass er die Kühlleitungen durchschneidet?«

»Ja.«

»Und was wollen Sie jetzt tun?«

»Das herauszufinden war auch ein Grund, warum ich ihn heute hergebeten habe. Ich hab ihn nicht gefragt, aber … Ich traue es ihm zu, mehr kann ich nicht sagen. Ohne Beweis kann ich die Vorfälle im Verfahren nicht gegen ihn verwenden, das würde nur so aussehen, als ob eine unfähige Frau ihren tüchtigen Exmann mit allen Methoden anschwärzen will.«

Ich nicke. »Wer hat die Geschichte den Medien zugespielt?«

»Das ist einfach. Bei der deutschen Journalistentruppe waren ein paar von unseren regionalen Journalisten dabei. Ich, na ja, Manninger und ich, wir haben einen großen Fehler gemacht. Als ich das Lokal übernommen habe, ist das in aller Stille geschehen. Kein großes Trara, die Idee war, es sollte weitergehen wie bisher, klar, dass ich meine persönliche Handschrift einbringe, aber langsam, es sollte zuerst gar nicht auffallen, dass nicht mehr der berühmte Manninger, sondern die weitgehend unbekannte Winter hier kocht. Aber Lokaljournalisten sind eitel, sie wollen informiert, eigentlich schon hofiert werden – zumindest gibt es einige von dieser Sorte. Essen ist freilich keiner von ihnen gekommen, und so haben sie den Wechsel nicht bemerkt. Christian Guttner, Sie wissen schon, der Gastrokritiker, ist hingegen gekommen. Also war er der Erste, der darüber berichtet hat. Seither sind ein paar Vertreter der lokalen Presse auf mich beleidigt. Manninger ist ja nicht so leicht zu erreichen. Sie haben behauptet, dass unsere Aktion ein Versuch war, zu verschleiern, dass das Lokal mit mir wieder in die Mittelmäßigkeit absinken würde. Dabei …«, sie hebt das Kinn, und endlich ist wieder etwas von ihrem Elan zu bemerken, »… so schlecht bin ich nicht.«

Ich begleite Billy Winter in die Küche und sehe mich um. Großküchen faszinieren mich seit jeher. Wann immer möglich, werfe ich einen raschen Blick durch offene Küchentüren, bestaune Edelstahl und große Töpfe, Herde, an denen ich endlich einmal Platz für mehrgängige Menüs hätte, Spülen, in die mehr passt als zwei Kaffeetassen. Jetzt endlich ist Gelegenheit, mich in einer gründlich umzusehen. Es ist halb elf, das Abendgeschäft ist weitgehend vorbei, ein farbloser, hoch aufgeschossener Koch, der deutlich jünger als neunundzwanzigjährig aussieht, wirft mir einen raschen Blick zu und beschäftigt sich dann wieder damit, Zwiebeln zu schneiden.

»Wir müssen noch einiges für morgen vorbereiten, sonst kommen wir ins Schleudern«, erklärt die Wirtin.

Vier Bretter liegen auf der Edelstahlarbeitsfläche: grün, rot, gelb, blau. Billy Winter hat meinen fragenden Blick gesehen: »Hygiene. Grün ist für Gemüse, rot für das rohe Fleisch, gelb für Geflügel, blau für den Fisch.« Ich sehe, dass der Koch die Zwiebeln auf dem roten Brett schneidet.

Die Wirtin grinst. »Die Bretter waren schon abgewaschen, er hat sich ein neues, sauberes geholt. Wenn noch nichts darauf geschnitten wurde, ist das kein großes Problem.« Trotzdem sagt sie zum Koch: »Grün – Gemüse. Du weißt es. Also bitte.«

Er räumt wortlos seine Zwiebeln auf das grüne Brett und sieht seine Chefin mit einem Blick an, den ich nicht deuten kann. Vielleicht ist doch er es, der ihr böse Streiche spielt.

Gerne würde ich mir alle Geräte erklären lassen. Billy Winter aber geht zu einem Oberschrank, wie alles in der Küche ist er aus Edelstahl, sie schiebt ihn auf. Auf einem der großen Plastikschüttbehälter steht »Zucker«, auf einem anderen »Salz«. Sie zeigt mir auch einen Stapel von weißen Porzellanschüsselchen, in denen Salz ist. »Die stehen überall, wo wir sie brauchen. Beim Platz, auf dem angerichtet wird, bei der Fritteuse, beim Grill, beim Herd. Alle waren voll mit dem

Zucker-Salz-Gemisch. Auch der Inhalt der beiden Nachfüllbehälter war vermischt.«

Kinderleicht, diesen Schaden anzurichten. Vorausgesetzt, man kennt sich halbwegs in der Küche aus. Und man hat Zugang zu ihr.

Onkel Franz taucht im Kücheneingang auf, ruft: »Neuer Tisch!«, und befestigt einen Bon am Magnetbrett.

»Es ist zwar verdammt spät, aber wenigstens ein paar verirren sich noch zu uns«, meint Billy Winter und liest dann lauter als notwendig vor: »Ein Salat Entenhaxerl, eine scharfe Hühnersuppe, ein Weinviertler Schinken, eine gefüllte Artischocke. Danach: eine Lammrose, einmal gebackene Pilze, einmal Bauernschmaus, ein Wildkarpfen!« Sie sieht ihren Koch an und fragt: »Kann ich dich damit allein lassen?«

Er nickt etwas mürrisch. Ist er beleidigt, weil sie ihm nicht hilft oder weil sie ihm offenbar nicht selbstverständlich zutraut, dass er die Bestellung allein bewältigt? Ich würde gerne noch in der Küche bleiben, zusehen, wie hier gearbeitet wird, aber die Wirtin lenkt mich wieder nach draußen.

»Unser Lehrling ist schon weg, der hilft, wo Hilfe nötig ist. Mahmet ist gerade draußen, er kümmert sich um den Müll, man glaubt gar nicht, wie viel davon anfällt, auch wenn ich aufpasse. Er ist für die kalten Vorspeisen und für die Nachspeisen zuständig. Manninger hat ihn angelernt. Ein tüchtiger Typ, auch wenn wir immer noch nicht wissen, welchen Beruf er in der Türkei ausgeübt hat. Egal. Peppi wird das schon schaffen. Er hat ohnehin wegen der Salz-Zucker-Geschichte noch ein schlechtes Gewissen. Völlig zu Recht. Im ersten Moment wollte ich ihn feuern. Aber es ist heutzutage ziemlich schwer, Leute für die Küche zu bekommen.«

»Der Streich wird bald vergessen sein.«

»Hoffentlich. Ein guter Einstieg ist es jedenfalls nicht. Ausgerechnet mit dieser Geschichte ist bekannt geworden, dass ich nach Manninger den Apfelbaum führe.« Sie seufzt. »Und in den nächsten Wochen werden Sterne und Hauben vergeben. Gastronomieführer sind wichtig. Alles ist wichtig. Wenn ich den Stern verliere, hab ich verloren.«

»Mir ist es egal, ob ein Wirtshaus irgendwelche Sterne oder Hauben oder Mützen hat. Hauptsache, es ist gut.«

»Ich kenn Leute, bei denen das nicht so ist. Die wollen erzählen, dass sie gut essen waren – je mehr Auszeichnungen ein Lokal hat, desto mehr fühlen sie sich selber ausgezeichnet.«

»Auf die sind Sie aus?«

»Ich bin auf alle angewiesen. Außerdem weiß ich vom Royal Grand, dass auch unter denen sehr nette Menschen sein können. Jedenfalls: Man kocht für jeden, der so nett ist und kommt. Beinharte Dienstleistung.«

Ich glaube, ich möchte doch kein eigenes Restaurant. Nicht, dass ich so blauäugig gewesen wäre, die Kocherei in einem Wirtshaus mit meiner privaten Kocherei zu vergleichen. Mir ist klar, dass Gastronomie eine Menge harter Arbeit bedeutet. Die könnte ich in Kauf nehmen. Aber zu irgendwelchen aufgeblasenen Schnöseln freundlich zu sein, das wäre nicht meine Sache. Oder doch? Vielleicht macht Schauspielerei Spaß?

»Wie gesagt, die meisten Gäste sind in Ordnung. Sie wollen gut essen, entweder möglichst schnell oder langsamer, mit Pausen und Genuss, sie verlangen einfach etwas Aufmerksamkeit für ihr Geld.«

»Woher weiß man, wer schnell essen will und wer Pausen möchte?«

Billy Winter grinst. »Wenn sie's nicht sagen, weiß man es nicht. Außer man hat Personal mit enormem Einfühlungsvermögen. Wenn Onkel Franz gut drauf ist, hat er es. Aber er ist

– 31 –

zweiundachtzig. Und manchmal ziemlich schwierig. Hans-Peter ist tüchtig, hat aber dieses Talent nicht. Er ist wahrscheinlich etwas zu eitel dazu. Und unsere Praktikantin ist gerade siebzehn.«

Essen. Apropos. Zum Glück habe ich beim Türken nicht sehr viel gegessen, ich bekomme wieder Appetit. Oskar habe ich nicht erreicht, ich konnte ihm nur auf seiner Sprachbox und via Sekretärin Botschaften hinterlassen. Seine Sekretärin mag mich nicht. Aber vielleicht haben es Sekretärinnen an sich, dass sie ihren Chef – so oder so – für sich alleine wollen. Wohl zwecklos, auf ihn zu warten. Ich hätte Droch mitnehmen können.

Die Wirtin murmelt: »Ich denke, ich sollte jetzt doch in die Küche«, und verschwindet.

Wie lässt sich herausfinden, ob ihr Ex tatsächlich hinter den bösen Streichen steckt? Man müsste mit den Journalisten reden. Hat ihnen jemand einen Tipp gegeben, oder haben sie selbst die Idee gehabt, das Missgeschick auszuschlachten?

Ich eile ihr nach, halte dann aber vor der Küche. So einfach darf man da nicht eindringen. Andererseits: Ich will Billy Winter helfen, da kann man die eine oder andere Schwelle schon einmal ignorieren.

Zuerst werde ich gar nicht wahrgenommen. Sie richtet an. Einen Streifen Sauce um das Fleisch gezogen, Steinpilze zur Garnitur, mit knappen Bewegungen schnell verteilt, wie zufällig und trotzdem exakt. Eine Lavendelblüte.

»Gleich«, sagt sie, ohne aufzusehen.

Onkel Franz und Hans-Peter kommen, nehmen die Speisen.

»Ja?«

»Wie kann ich die Journalisten erreichen?«

»Ich hab ihre Visitenkarten, glaube ich. Sie müssen in einer Lade sein … Warum?«

»Wir müssen klären, ob sie jemand aufgestachelt hat.«
Ein voller Blick. »Was sind Sie eigentlich von Beruf?«

Jetzt erst wird mir klar, dass Billy Winter so gut wie gar nichts von mir weiß.

»Auch Journalistin. Beim ›Magazin‹. An sich Lifestyle. Aber ich bin einfach neugierig.«

»Oberste Lade, rechte Seite, Schank.« Schon ist sie am Herd, fährt mit dem Finger in eine dampfende Pfanne, kostet und hat sich offensichtlich nicht verbrannt.

Schankraum, rechte Seite, oberste Lade. Ich stoße tatsächlich auf einen Berg von Visitenkarten. An den Namen des Agenturjournalisten kann ich mich vage erinnern. Irgendetwas mit »Z« und dahinter »mann« oder so. Zaumann, Zwermann, Zuschmann? Ich grabe mich durch die Visitenkarten. Jürgen Zwernhof. Das ist er. Mein Namensgedächtnis ist miserabel, aber wenn ich einen Namen wiederfinde, dann weiß ich es. Meistens. Stimmt, dieser Jürgen Zwernhof arbeitet bei der Nachrichtenagentur.

Ich gehe in den Gastgarten und wähle am Mobiltelefon seine Nummer. Er hebt schon nach dem zweiten Läuten ab. Entweder Zufall oder er hat wenig zu tun.

»Mira Valensky, ich bin vom ›Magazin‹. Ich bin auf Ihre witzige Meldung mit Salz und Zucker im Apfelbaum gestoßen, wirklich eine unglaubliche Sache. Vielleicht mache ich eine kleine Geschichte für die nächste Ausgabe darüber, Klatsch und Tratsch, Sie wissen schon. Da möchte ich natürlich noch etwas mehr ...«

Ich bekomme mehr, als ich hören will. Der Typ lässt sich gründlich darüber aus, dass Frauen als Topköchinnen nicht geeignet seien und schon gar nicht das Zeug hätten, ein Wirtshaus zu führen. Er tut so, als ob Manninger sein bester Freund gewesen wäre. Nach dem, was ich von Billy Winter weiß, dürfte das nicht ganz stimmen. Aber drittklassige Journalisten schmücken sich eben ganz gerne mit Promis. Ich lache nur wie dämlich und lasse ihn reden. Ob noch jemand außer ihm gemerkt habe, was da vorging?

»Na alle. Die Vorspeisen waren ein Totalverhau, extrem peinlich, auch unseren Kollegen aus Nordrhein-Westfalen gegenüber. Die Niederösterreichische Tourismuswerbung hat sie eingeladen, und dann das … Na ja, man hat sich damit entschuldigt, dass es eine Neuübernahme gegeben hat, von der keiner etwas gewusst hat. Und das, was sie uns nach dem Malheur serviert hat, war dann ja gar nicht so übel. Zumindest für ihre Verhältnisse.«

Soviel ich weiß, war mein Kollege noch nie zuvor im Apfelbaum essen. »Hat sich sonst noch wer beschwert? War es Ihre Idee, das in die Agentur zu stellen?«

»Klar, schließlich hat man zu informieren. Im Radio haben sie die Geschichte dann ja auch übernommen, kein Wunder. Ist schon ziemlich einzigartig. Übrigens sollen ihr vor einiger Zeit auch die Kühlleitungen durchgeschnitten worden sein.«

»Woher wissen Sie das?«

»Von einem Informanten. Werden Sie mich übrigens zitieren?«

»Ja, klar, vorausgesetzt, ich bekomme den Platz, um die Story zu schreiben. Vielleicht war das nur Tratsch mit der Kühlleitung.«

»Ich hab es aus zuverlässiger Quelle. Von einem, der sie gut kennt. Jahrelang. Mehr darf ich aber nicht sagen. Informantenschutz, das wissen Sie ja.« Er plustert sich mächtig auf.

»Jemand aus ihrer Familie?«

»So könnte man es sagen.«

»Niemand aus dem Lokal?«

»He, mich horchen Sie nicht aus, die hätten allen Grund,

das eine oder andere zu erzählen. Sie soll ganz schön autoritär und ungerecht sein. Aber nein, niemand aus dem Lokal. Noch nicht. Ich sollte dort einmal herumfragen, danke für den Tipp.«

Auch das noch. Ich beende das Gespräch und blinzle durch die Blätter des Kastanienbaumes in den Sternenhimmel. Das klingt tatsächlich nach Billy Winters Exmann. Oder hat sie noch mehr Familie?

Eine Viertelstunde später sehe ich einen mir gut bekannten dunkelblauen Saab auf den Parkplatz einbiegen. Noch immer klopft mein Herz etwas schneller, wenn ich Oskar wiedersehe. Also ist zum Glück doch noch nicht alles Routine und Alltag. Ob es auch so bliebe, wenn wir endlich zusammenzögen, wie er es gerne möchte? Ich will es nicht darauf ankommen lassen. Außerdem hat er das Thema in den letzten Monaten kaum mehr angeschnitten, er hat einen Schrank für seine Sachen in meiner Wohnung, ich habe einen Schrank für meine Sachen in seiner Wohnung. Besser so. Man soll das Glück nicht herausfordern, so viel gibt es davon nicht.

Billy Winter kocht trotz fortgeschrittener Stunde extra für uns auf, aber immerhin sind selbst jetzt noch einige Tische im Garten und in den Gasträumen besetzt. Keine Rede davon, dass sich alle von den halblustigen Meldungen vertreiben lassen.

Erst als die meisten Gäste gezahlt haben und gegangen sind, kommt Billy Winter wieder an unseren Tisch.

»Ich lasse die Schlösser auswechseln«, sagt sie unvermittelt. »Ich kenne wen, der macht mir das gleich morgen, spätestens übermorgen. Und nie mehr lasse ich einen Schlüssel im Blumentopf.«

Ich erzähle ihr vom Telefonat mit dem Agenturjournalisten. Es macht sie nicht glücklicher, zu erfahren, dass nun

– 35 –

noch mehr gegen ihren Exmann spricht. Trotzdem: Beweise gibt es keine.

Onkel Franz hat unser Gespräch gehört, er hat für einen Mann seines Alters offenbar erstaunlich gute Ohren. »Man muss ihm eine Falle stellen«, sage ich. »Er muss wiederkommen, und ich lauere ihm auf. Ich übernachte im Wirtshaus. Das hab ich früher oft getan. Man kann auch Fotos machen. Dann ist alles klar. So macht man das.«

»Ich will nicht, dass Sie im Lokal übernachten«, antwortet die Wirtin sofort und mit einer Stimme, die keinen Widerspruch zulässt. »Wir tauschen die Schlösser aus, die Sache ist erledigt.« Sie springt wieder auf, um Gäste zu verabschieden. Onkel Franz schüttelt den Kopf. »Sie hat noch nicht so viel Erfahrung wie ich, meine Chefin.«

Seine Chefin bleibt die nächste halbe Stunde verschollen. Natürlich, nur weil wir uns etwas ausführlicher unterhalten haben, besteht kein Grund, den Abend an unserem Tisch zu verbringen. Es ist längst nach Mitternacht. Mir wird kühl. Oskar gähnt, er müsse morgen früh raus, meint er. Wir verlangen die Rechnung. Die Flasche Wein geht auf das Haus, sagt Hans-Peter. Als Dank für detektivische Unterstützung. Ich will mich von der Chefin des Hauses verabschieden.

In der Küche wird geputzt. Billy Winter wischt energisch die Edelstahlflächen einiger Schubfächer. Der Mann, der neben ihr steht, muss Mahmet sein.

»So geht das!«, sagt sie. »Man darf es nicht vergessen. Nicht noch einmal.«

Mahmet nickt unbewegt. Er ist um die vierzig, einen Kopf größer als sie. Der Koch hockt neben der Fritteuse, ohne jedes Gluckern rinnt das Öl über einen Filter in eine Edelstahlwanne. Billy Winter öffnet eine flache, lang gezogene Lade hinter dem Koch. Mehl, versprudeltes Ei, Brösel in drei Behältern nebeneinander. So wird also in einer Profiküche paniert. »Was ist mit dem Ei? Wirst du das auch noch kühl stellen?« Ihr Ton ist wenig freundlich. Der tschechische Koch Peppi murmelt, dass er das ohnehin vorgehabt hätte. Sie scheint ihm nicht zu glauben. Dicke Luft. Die Praktikantin poliert Besteck und sieht drein, als wäre sie anderswo.

Ob es sich die beiden Männer auf Dauer gefallen lassen, von ihrer jungen Chefin so behandelt zu werden? Klar bin ich grundsätzlich der Meinung, dass es nicht vom Alter und schon gar nicht vom Geschlecht abhängen kann, wer der Chef ist. Aber gelernt haben wir es alle nun einmal anders. Nun kommt es mir immer wahrscheinlicher vor, dass einer von ihnen hinter den Streichen steckt.

Eine Minute später ändere ich meine Meinung wieder. Billy Winter hat mich gesehen, fährt sich mit der Hand über die Stirn, murmelt: »Man muss immer dahinter sein, sonst dauert alles endlos. Das kann ich mir nicht leisten.« Mit einem ganz anderen Blick: »Sie wollen doch nicht schon aufbrechen? Jetzt gleich hätte ich mich zu Ihnen gesetzt.«

Ich beginne gerade zu erklären, warum es heute bei uns nicht noch später werden sollte, als das Seitenfenster birst, ein Knall, Glassplitter, ein riesiges Ding kommt geflogen. Instinktiv gehe ich hinter dem Herd in Deckung, Billy Winter wird getroffen und zu Boden geschleudert. Sekundenbruchteile später eine zweite Explosion, dann Stille. Mahmet, der Koch und die Praktikantin kommen langsam näher. Ich rapple mich auf. Die linke Hand brennt. Ein Glassplitter hat mich erwischt, mehr nicht. Billy Winter liegt wie eine zierliche zerbrochene Puppe da. Keiner sagt ein Wort. Sie hebt den Kopf, sieht sich um, setzt sich langsam auf, hält sich die rechte Schulter. Nun erst sehe ich die Melone, die durchs Fenster geflogen ist, eine große Wassermelone, sicher sieben, acht Kilo schwer. Sie liegt am Küchenfußboden, geborsten, innen gefährlich rot. Ich werde in der nächsten Zeit rote Speisen meiden.

Zuerst meine Tomaten, jetzt die Melone: eine Sache harmlos, selbst verschuldet. Die zweite Sache – ein neuer Anschlag. Hätte die Melone Billy Winter voll getroffen ... Der Koch steht am zerstörten Fenster und sagt: »Es ist niemand da.«

Ich renne zu Oskar, er kommt mir schon besorgt entgegen, nein, ihm ist nichts aufgefallen. Ja, Autos sind vorbeigefahren. Welche? Keine Ahnung, wer achtet auf so etwas? Keine besonderen, Durchschnittswagen. »Du musst dir die Hand verbinden«, sagt er besorgt.

Ich hetze zurück in die Küche. Billy Winter lehnt inzwischen an der Arbeitsfläche. Sie ist bleich im Gesicht.

»Alles in Ordnung?«, frage ich und komme mir dumm vor.

Sie nickt. »Das Ding hat mich nur am Oberarm gestreift, ein blauer Fleck, nicht mehr.«

Ich sehe, dass sie am Bein blutet. Sie bemerkt es selbst erst jetzt, voll Überraschung. Glassplitter. Wir verbinden meinen Ritzer und ihre tiefere Wunde. Onkel Franz steht händeringend dabei und beschwört uns, vorsichtig zu sein. Wie hätte man gegenüber einer unvermittelt durchs Fenster fliegenden Wassermelone vorsichtig sein können?

Vor dem Fenster führt die Ortsstraße vorbei. Kein Problem, kurz abzubremsen, auszusteigen und eine Melone zu werfen. Vorausgesetzt, man hat eine Menge Kraft. Vis-a-vis liegt nur ein Garten, das dazugehörige Haus steht mindestens dreißig Meter von der Straße entfernt.

Wir setzen uns an einen Tisch im Schankraum, und Billy Winter bringt Schnaps. Ich frage sie, ob es nicht an der Zeit sei, die Polizei einzuschalten.

»Damit die Medien auch noch von dieser Aktion Wind bekommen?« Sie schüttelt den Kopf.

Ich mache mir Sorgen. Das war mehr als ein böser Streich. Wer das getan hat, nimmt in Kauf, Menschen zu verletzen, vielleicht sogar zu töten. Aber darüber sage ich nichts, es würde Billy Winter nicht helfen.

3.

Vesna hat keine Lust, als Abwäscherin einzuspringen. Ich kann es ihr nicht verdenken, stundenlang Teller, Töpfe und Besteck zu waschen ist kein Traumjob. Mich interessieren Küchen und Restaurants wenigstens im Prinzip, Vesna hat dazu keine besondere Beziehung.

»Ein paar Streiche wird dieser Billy aushalten«, meint sie herzlos.

»Diese Billy. Eine Frau.«

»Auch recht.«

Schade, es wäre so einfach gewesen. Billy Winters Abwäscherin ist krank, Vesna springt ein und schaut, was in dem Lokal tatsächlich läuft. Ihr hätte ich zugetraut herauszufinden, wer hinter den Attentaten steckt. Ich schaue wohl etwas gekränkt drein, denn Vesna, die körperliche Vertraulichkeit überhaupt nicht mag, nimmt mich am Arm.

»Nicht böse sein, Mira Valensky, aber das ist nix für mich. Ich habe Arbeit mehr als genug.«

Einmal versuche ich es noch. »Man könnte klären, wer die Melone geworfen hat, Salz und Zucker vermischt hat, die Kühlleitungen …«

»Wenn ich bei Steuerberater nicht aufpasse, bin ich Arbeit los.«

»Probleme?«, frage ich.

Vesna nickt.

Ich mache mir viel zu wenig Gedanken darüber, wie

es Vesna geht. Sie wirkt so kompetent und positiv und aktiv.

»Seine Sekretärin will Putzjob an eine Leihfirma geben. Habe ich sie gefragt, ob sie mit mir nicht zufrieden ist, hat sie gesagt, da ist keine Sicherheit. Weil klar putze ich nur schwarz, ich habe keine Arbeitserlaubnis. Trotzdem: Ich bin immer verlässlich. Immer da.«

»Du solltest sehen, dass du zu einer Arbeitserlaubnis kommst.«

Vesna lacht spöttisch. »Habe ich probiert, aber bin ich nur Familiennachzug vom Mann. Mit dem bin ich nicht richtig verheiratet, du weißt. Ich stehe auf Liste wegen Arbeitserlaubnis, aber die Liste ist lang. Klar finde ich andere Kunden. Aber Arbeit bei Steuerberater ist angenehm.«

»Vielleicht wäre es im Gastgewerbe leichter?«

»Glaubst du nicht im Ernst. Nicht als Abwäscherin, da gibt es viele ohne Arbeit, die das tun können. Braucht man Ausländerin nicht neue Arbeitserlaubnis geben.«

Es ist ein deprimierender Sommertag, der Himmel grau, Nordostwind, Höchsttemperatur zwanzig Grad, Vesna hat Probleme mit ihrer Arbeit, Billy Winter wird sabotiert, selbst Gismo hockt griesgrämig auf dem Küchensessel und lässt niemanden an sich heran. Mir graut vor der Redaktion. Ich sollte zurück ins Bett und erst wieder aufstehen, wenn die Sonne scheint. Stattdessen krame ich nach meinem Regenschirm, nehme die blaue Windjacke vom Garderobenständer, hänge meine große Tasche um und öffne die Wohnungstür.

»Jetzt bist du sauer, Mira Valensky«, konstatiert Vesna.

»Nein, nur irgendwie …«

»Man sollte Urlaub machen.«

Vesna hat Recht. Urlaub. Irgendwo in der Sonne. Ich lächle bei dem Gedanken.

»Schon besser«, lächelt Vesna zurück.

Das Telefon läutet. Ein weiterer Vorwand, um später in die Redaktion zu kommen. Billy Winter ist am Apparat.

»Tut mir Leid, dass ich störe. Aber … Ich weiß nicht, wohin ich …«

»Ist wieder etwas passiert? Ist jemand verletzt?«

»Nein, so kann man das nicht sagen … Es ist nur so … Mein Koch ist verschwunden.«

»Verschwunden? Wie?«

»Wir fangen um neun Uhr an.«

Ich sehe auf die Uhr, es ist schon halb elf. Üblicherweise bin ich ab zehn in der Redaktion. Schon egal.

»Er ist immer pünktlich, sehr verlässlich, auch ein Grund, warum ich ihn schätze. Als er eine halbe Stunde überfällig war, hab ich in der Pension angerufen, in der er sein Zimmer hat. Seine Vermieterin hat nur gehört, dass in der Nacht ein Auto weggefahren ist. Offenbar sein Auto. Denn in der Früh ist es nicht mehr vorm Haus gestanden.«

»Dann hat er wohl mit der Melonensache zu tun gehabt. Und mit den anderen Dingen. Flucht. Was soll das sonst sein?«

»Warum? Als die Melone geflogen kam, war er in der Küche. Wir selbst sind sein Alibi.«

Da ist was dran. »Vielleicht ist in Tschechien etwas passiert, eine Familiensache.«

»Habe ich auch gedacht, aber ich hab die Telefonnummer seiner Mutter. Sie kann einigermaßen Deutsch. Bei ihnen ist alles in Ordnung, ihr Sohn ist nicht da. Sie weiß nicht, wo er ist.«

»Eine Freundin?«

»Hat er, aber die wohnt nicht in Tschechien, sondern zwei Orte von hier entfernt.«

»Wer weiß, vielleicht hat er in seiner Heimat auch eine?«

»Kann ich mir schwer vorstellen. Auch seine Mutter sagt Nein.«

»Was wissen Mütter schon.«

Billy Winter seufzt. »Wahrscheinlich bin ich völlig ohne Grund nervös, aber seit der letzten Aktion …«

»Der Melonenangriff kann jedenfalls nicht von ihm ausgegangen sein, oder er hat Helfer.«

Billy Winter kichert etwas, es klingt eine Spur hysterisch. »Melonenangriff, wie das klingt, wie der Titel des schlechtesten Horrorfilms aller Zeiten.«

»Das war der ›Angriff der Killertomaten‹.« O Gott, schon wieder Tomaten.

»Ich muss Schluss machen. Wenn ich nicht enorm Gas gebe, dann kriegt heute niemand ein Essen. Meine wichtigste Arbeitskraft fehlt. Ich … Ich kann nicht glauben, dass er mir nichts gesagt hätte, wenn er dringend weg hätte müssen. Das sieht ihm nicht ähnlich.«

»Sie haben ihn gestern beim Putzen ziemlich – angefahren. Vielleicht war er sauer?«

Billy Winter ist sichtlich irritiert. »Wann? Beim Putzen? Ach du liebe Güte, das ist normal, man muss eben etwas Druck machen, was glauben Sie, wie es in anderen Küchen zugeht? Nein, das hat er sich sicher nicht zu Herzen genommen, da müsste er jeden zweiten Tag beleidigt sein. Der Ton ist bei uns eben manchmal – na ja, etwas rau, aber wo er vorher gearbeitet hat, da sind ab und zu sogar Teller und Messer geflogen.«

»Nicht im Ernst.«

»Ein Fall ist nachgewiesen. Klar, hin und wieder wird etwas übertrieben, aber im Prinzip passiert so etwas öfter, als man denkt …«

»Ich muss in die Redaktion. Melden Sie sich, wenn's etwas Neues gibt. Vielleicht hab ich Zeit, selbst nachzusehen, versprechen kann ich allerdings noch nichts.«

»Das kann ich nicht verlangen …«

»Nein, aber vielleicht hab ich Lust.« Beim Gedanken daran geht es mir schon besser. Ich bin unmöglich. Ein Mensch ist in Bedrängnis, und in mir baut sich entgegen der allgemeinen Wetterlage ein Hoch auf. Zumindest ist das Tief eindeutig im Abziehen begriffen. Vesna sieht mich neugierig an. Soll ich sie strafen und einfach gehen? Ich schaffe es nicht und erzähle kurz.

»Vielleicht sollte ich doch in Küche nachschauen«, meint sie.

»Du hast keine Zeit, schon vergessen?«, erwidere ich. Mal sehen, mal sehen. Hoffentlich halten sie mich in der Redaktion nicht zu lange auf.

Am Nachmittag habe ich mit der Vermieterin von Josef Dvorak geredet, sie weiß nichts, außer, dass der Koch ein ruhiger Gast ist, der nie Damenbesuch mitgebracht hat, auch anderen Besuch nicht.

»Heutzutage«, hat sie hinzugefügt, »muss man da ja vorsichtig sein. Es ist nicht mehr gesagt, dass, wenn er einen Freund mitbringt, die wirklich nur Freunde sind. Aber da war nichts. Weder mit einer Freundin noch mit einem Freund.« Das Auto, das sie gehört habe, sei so zwischen eins und zwei in der Früh weggefahren. Nachgesehen habe sie allerdings nicht. Um viertel drei sei sie wie jede Nacht auf die Toilette gegangen.

Ich bekomme widerstrebend die Erlaubnis, einen Blick in Josefs Zimmer zu werfen. Die Vermieterin ist mir immer dicht auf den Fersen. Zwei tschechische Taschenbücher, nach dem Cover zu schließen, beide ziemlich blutrünstig, ein paar T-Shirts, Jeans, kurze Hosen, etwas Toilettenzeug. Mehr gibt es nicht zu sehen.

Auffällig ist nur, dass jede Form der Kochkleidung fehlt.

Peppi hat in der Küche die klassische weiße Kochbluse und Pepitahosen getragen.

Billy Winter klärt mich auf. Arbeitskleidung stelle sie zur Verfügung und wasche sie auch, so könne sie sichergehen, dass immer alles sauber sei. Wo die angebliche Freundin von Peppi genau wohnt, weiß sie nicht. Friseurin soll sie sein.

Kein Wunder, dass Peppis Freundin ihn nie in seinem Zimmer besucht hat. Kahl, klein und mit einem schmalen Einzelbett, da kommt nicht viel romantische Stimmung auf. Ich überlege gerade, ob ich nicht einen Ausflug nach Tschechien unternehmen soll, als Onkel Franz auftaucht und uns weiterhelfen kann. Immerhin stammt er aus dem Ort, seine Cousine weiß, wer Peppis Freundin ist und wo man sie finden kann.

Billy Winter verschwindet wieder in die Küche. Ausgerechnet heute Abend gibt es viele Reservierungen. Sie weiß nicht, ob sie darüber im gegebenen Fall glücklich oder unglücklich sein soll.

Ich fahre in die nächste Stadt, die Bezeichnung scheint mir etwas übertrieben, es handelt sich um einen Ort mit dreizehntausend Einwohnern, und suche den Coiffeur Strasser. Er liegt an der Hauptstraße und ist leicht zu finden. Drei Auslagenscheiben mit den unvermeidlichen Fotos von blasiert dreinblickenden Frisurenmodels, windzerzaust, wild gestylt. Ich kann mir nicht vorstellen, dass Frau Huber von nebenan eine solche Frisur ordert. Vielleicht in irgendeinem kühnen Traum, aber nie in der etwas engeren Weinviertler Realität. Ich öffne die Tür, und eine wenig melodische Klingel ertönt. Dabei ist der Salon ohnehin nicht so groß, dass man eine neue Besucherin übersehen könnte. Eine ziemlich pummelige Friseurin mit einem einfachen braunen Pferdeschwanz fragt nach meinen Wünschen.

»Kann ich Evi Jakobs sprechen?«

Sie wird ein klein wenig rot. »Das bin ich. Was ist los?«

Ich sehe mich um. Allzu viel spielt sich im Laden nicht ab. Zwei reifere Damen sitzen unter der Trockenhaube, die drei anderen Frisierplätze sind frei. »Haben Sie kurz Zeit?«

»Sind Sie von der Polizei?«

Eine interessante Frage. »Wie kommen Sie darauf?«

»Na – wer kommt schon und fragt einen so etwas?«

»Haben Sie Grund, anzunehmen, dass die Polizei kommt?«

Sie sieht mich erstaunt an. »Nein, aber ich hab erst gestern einen Film gesehen, da ist die Polizei gekommen, weil der Mann verunglückt ist, und die Polizistin hat genau dasselbe ... Ist jemandem etwas passiert?«

Nein, beruhige ich sie, nur reden möchte ich mit ihr. Sie geht mit mir auf die Straße und zündet sich eine Zigarette an. »Eine kurze Pause ist schon drin. Wir dürfen im Salon nicht rauchen.«

»Wann haben Sie Josef Dvorak zum letzten Mal gesehen?«

Jetzt wird sie noch röter. »Was wissen Sie von Peppi?«

»Wann?«

»Vorgestern ... Eigentlich gestern, nach Mitternacht war es schon.«

»Von gestern auf heute?«

»Nein, einen Tag früher. Ich hab ein Haus, in dem ich mit meiner Großmutter wohne. Eigentlich ist es ihr Haus. Er ist nach der Arbeit noch vorbeigekommen. Aber ich bin einundzwanzig. Wen geht das was an?«

»Niemand«, beruhige ich sie. »Nur, dass Peppi heute in der Früh nicht zur Arbeit gekommen ist.«

Sie klopft gedankenverloren Asche auf den Gehsteig. »Nicht?«

»Er war immer pünktlich.«

»Ja, das ist er. Und verlässlich.«

»Wo kann er sein?«

»Ich weiß nicht.« Sie scheint sich wenig Sorgen um ihn zu machen.

»Hören Sie. In der letzten Zeit hat es ein paar unangenehme Zwischenfälle im Apfelbaum gegeben. Die Wirtin macht sich Sorgen. Außerdem braucht sie ihren Koch.«

Die Friseurin Evi sieht mir wie eine Pokerspielerin ins Gesicht. Ausdruckslos. Full House oder zwei Zweier, niemand kann es ahnen.

»Vielleicht hat er überraschend heimfahren müssen.«

»Seine Mutter sagt Nein.«

»Kennen Sie seine Mutter?«

»Nein, Sie?«

»Er wollte mich demnächst einmal vorstellen.«

»Könnte er vor Ihnen davongelaufen sein?«

Sie schüttelt bestimmt den Kopf und drückt dann ihre Zigarette aus. »Kann ich mir nicht vorstellen, das sieht ihm nicht ähnlich. Der ist nicht wie die meisten Burschen.«

»Warum scheint es Ihnen dann ganz egal zu sein, dass er verschwunden ist?«

Die Friseurin schüttelt den Kopf. »Ist mir nicht egal, ich weiß nur nicht, wo er sein könnte. Er wird wiederkommen.«

»Sie verschweigen mir etwas.« Jetzt rede ich wie eine drittklassige Fernsehermittlerin. Aber das Gespräch vor dem Friseurladen irritiert mich ebenso wie die Passantinnen, die uns mit unverhohlener Neugier mustern. Eine Stadt? Ein Dorf. Keine Chance auf Anonymität. Aber darin liegt vielleicht auch eine Möglichkeit. Evi hat Freundinnen, da bin ich mir sicher. Vielleicht können die mir erzählen, was die Friseurin nicht sagen will. »Hat er vielleicht einen besseren Job gefunden?«

»Nein, da muss er sich ja abmelden und wieder anmelden, anders geht das nicht mit seiner Arbeitserlaubnis.« Plötz-

– 47 –

lich sieht sie mich aufmerksam an. »Sie könnten einen Haarschnitt vertragen.«

Das ist nicht ganz unrichtig. Die letzten beiden Male habe ich mir die Spitzen selbst abgesäbelt. Jetzt hängen mir meine langen, dicken Haare schon wieder ein schönes Stück über die Schultern.

»Sie sollten überlegen, ihre Haare etwas kürzer zu tragen. In Ihrem …«

»In meinem Alter?«

»Na ja, es macht jünger.«

Offenbar habe ich doch eine Menge Abenteuerlust in mir, ich lasse mich überreden und gehe mit ihr in den Frisierladen. Außerdem: Meine Haare wachsen schnell. Und vielleicht kann ich nebenbei doch noch etwas über den Verbleib von Peppi erfahren.

Zwei Stunden später bin ich um fünfzig Euro und viele Haare ärmer, aber was den Koch angeht, um nichts gescheiter. Die Frisur ist ungewohnt, doch gar nicht so schlimm wie vermutet. Ein ganz glatter Schnitt, vorne etwas fransig, fast wie bei der einen Lady mit dem blasierten Gesicht in der Auslage.

Ich fahre zurück ins Wirtshaus und male mir aus, dass Peppi in der Küche steht, als ob nichts gewesen wäre. Stattdessen ist Billy Winter schon ziemlich aufgelöst. Während ich berichte, seiht sie einen riesigen Topf Suppe ab, rührt in einem kleineren mit köstlich duftenden Beeren, gibt Mahmet Anweisung, endlich den Salat zu schleudern, und ihrem Lehrling den Befehl, die Karotten in feinere Scheiben zu schneiden, aber flott.

»Die Zeit rennt mir davon«, jammert sie, »und immer, wenn ich ihn besonders brauche, ist mein Lehrling extra langsam.«

»Zu viel Druck lähmt manche«, meine ich weise.

Sie sieht mich verärgert an. »Ohne Druck geht gar nichts.« Widerspruch mag sie nicht, die kleine Wirtin. Was zum Teufel noch einmal mache ich hier?

Plötzlich lächelt sie. »Entschuldigung. Ich bin manchmal unmöglich, wenn ich im Stress bin. Wollen Sie etwas trinken?«

Ich schüttle den Kopf, will sie nicht aufhalten. »Ich werde mich in der Nachbarschaft umhören, wenn ich schon einmal da bin.«

»Von denen werden Sie nicht viel erfahren.«

»Kann ich mir Onkel Franz ausborgen?«

Sie sieht mich mit ihren wachen Augen gerade an. »Ja, das ist eine gute Idee.«

Onkel Franz kennen natürlich alle im Ort, die wenigsten freilich scheinen zu verstehen, warum ein zweiundachtzigjähriger Mann noch als Kellner in einem Wirtshaus arbeiten will. Passive Feindseligkeit gegenüber der neuen Besitzerin des Apfelbaums. Besonders deutlich wird sie bei der Nachbarin, der das Grundstück via-a-vis an der Straße gehört. Sie trägt eine jener Kleiderschürzen, die man sonst nur mehr in Heimatfilmen sieht. »Der Franz passt nicht in so ein Schickimickilokal. Die Tante hätte sicher auch nicht gewollt, dass so was daraus wird.«

»Was?«, frage ich nach.

»Na so was eben. Nichts für uns.«

Onkel Franz ist das sichtlich peinlich, er geht in Verteidigungsposition. »Maria, da kann ein jeder reingehen, es schaut sogar aus wie früher in der Schank, nur ein bissel gepflegter. Wäre ich dort, wenn's anders wär?«

Maria mit der Kleiderschürze sieht Onkel Franz mitleidig an. »Man sagt, Manningers Tante, die Frau Apfelbaum,

– 49 –

hat dir keine Pension eingezahlt, dass du jetzt noch arbeiten musst.«

»So ein Unsinn. Ich kann dir meine Pension zeigen. Ich arbeite gerne. Ich hab für den Manninger gerne gearbeitet, das ist ein ganz Großer, ein echtes Kochgenie, aber davon versteht's ihr halt nichts, und ich arbeite für meine neue Chefin auch gern, die ist eben noch sehr jung, aber gut. Das sag ich dir. Die kann kochen!«

»Ich weiß, was ich weiß. Kein Wunder, dass der Koch verschwunden ist.« Das Gesicht der Frau sieht dabei aus, als hätte sie weder Augen noch Nase, noch Mund. Glatt polierte Oberfläche, daran können auch die Falten nichts ändern. »Gesehen hab ich gar nichts. Mein Haus steht mitten im Garten, da sieht man nicht auf die Straße.«

Zu den hinteren Nachbarn will Onkel Franz mit mir nicht gehen. Das sind »zugereiste Wiener«, gibt er zu bedenken, außerdem ärgern sie die Chefin ständig mit neuen Beschwerden über angeblichen Lärm. »Dabei sind wir leise, sehr leise.«

Es gibt natürlich auch Ortsbewohner, die den Apfelbaum freundlicher sehen. Das Ehepaar, das einige Häuser den Berg hinauf wohnt, kommt hin und wieder auf ein Viertel Wein und Sonntagmittag auch zum Essen. Die Frau macht sich über das Verschwinden des Kochs beinahe ebensolche Sorgen wie wir.

Im Schankraum lasse ich mir die Gespräche der letzten Stunden noch einmal durch den Kopf gehen. Was, wenn sich einfach ein paar bösartige Dorfbewohner zusammengetan haben, um Billy Winter hinauszuekeln? Auch die Friseurin hat so gewirkt, als wüsste sie mehr. Ein Komplott gegen etwas Neues. Aber warum jetzt? Warum nicht schon beim Manninger? Vielleicht ist der Umstand, dass eine jüngere Frau das Wirtshaus übernommen hat, ein doppelter Affront.

Ich gebe zu, ich bin eine typische Großstadtbewohnerin. Nicht, dass ich etwas gegen Grün und Gärten habe, aber gepflegte Anonymität, nahezu unbeschränkte Einkaufsmöglichkeiten und an jeder zweiten Ecke ein Lokal, in dem man Freunde treffen kann, sind mir einiges wert. Auch wenn ich weiß, dass auf dem so genannten Land, noch dazu bloß fünfzehn Kilometer von der Wiener Stadtgrenze entfernt, die Zeit nicht stehen geblieben ist. So anders sind die Menschen da und dort nicht. Mit der Wilderer- und Dorffehdenromantik ist es vorbei – wenn je etwas romantisch daran war. Sollte der eine oder die andere distanziert oder feindselig sein, das gibt es überall. Nur: In der Stadt fragt keiner nach.

Aber bösartige Streiche setzen Aktivität und ein gewisses Ausmaß an Fantasie voraus. Vielleicht täusche ich mich, doch gerade jene, die dem neuen Apfelbaum so skeptisch gegenüberstehen, scheinen mir weder das eine noch das andere zu besitzen.

Billy Winter hetzt in Jeans und T-Shirt aus der Küche. »Wir müssen die Polizei verständigen«, meint sie unvermittelt. »Jetzt ist es schon Abend, und er ist immer noch nicht aufgetaucht.«

»Die lachen uns aus.«

»Ich kenne ihn, Peppi macht so etwas nicht.«

»Seine Freundin weiß etwas.«

»Wenn's so ist, dann soll die Polizei herausfinden, was das ist. Es geht nicht, dass er einfach von heute auf morgen verschwindet.«

Ich überlege, ob sie sich mehr Sorgen um Josef Dvorak macht oder darüber, dass ihr der Koch abhanden gekommen ist. »Kann auch da Ihr Exmann dahinter stecken?«

Sie runzelt die Stirn. »Entführung? Nein. Kann ich mir nicht vorstellen.«

»Und die Melonensache?«

»Ja. Die schon.«

»Vielleicht war Peppi bloß zu feige, um etwas zu sagen, und hat einen anderen Job gefunden.«

»Geht nicht wegen der Arbeitserlaubnis.«

Das hat seine Freundin auch schon gesagt.

»Außerdem hätte er nicht alles zurückgelassen, er hätte die beiden Ruhetage nützen können, um seine Sachen abzutransportieren.«

Ich nicke. Onkel Franz poliert Besteck und hat uns zugehört. »Ich werde im Wirtshaus übernachten und Ihnen nicht von der Seite weichen, Chefin!«, verkündet er und richtet sich auf. »Ich bin stark, das wissen Sie, ich trage zehn, zwölf von den ovalen großen Tellern, da bricht Hans-Peter schon der Schweiß aus, wenn er sie nur sieht, ich weiß, wie man eine allein stehende Frau beschützt.«

Wir sehen uns an, soll man lachen, soll man weinen? Billy Winter ist jedenfalls gerührt. Sie klopft ihm auf die Schulter, bedankt sich und murmelt, man werde schon sehen.

Ein Auto hält. Ich sehe auf die Uhr. Sechzehn Uhr fünfundvierzig. Die ersten Gäste? Durch die Tür kommen ihr Exmann und ein zierlicher, dunkelhaariger Knabe, der ihr auffällig ähnlich sieht.

»Ich hab keine Zeit«, sagt sie kurz zu ihrem Ex und nimmt die Hand von Hannes. Der sieht drein, als hätte er so etwas schon zu oft miterlebt.

»Ich habe das Recht, zu sehen, wie mein Kind lebt«, begehrt ihr Exmann auf.

»Du weißt, wie er lebt.«

Onkel Franz will ihr assistieren und sagt mit der Höflichkeit eines alten Kellners: »Ich bitte Sie, wir sind heute in einer schwierigen Situation. Das Restaurant ist am Abend zum Glück fast vollständig ausgebucht, und der Koch fehlt.«

Ich stöhne innerlich auf.

»Der Koch fehlt? Ist er weg?«

Billy Winter fliegt ihn an. »Woher weißt du das? Hast du vielleicht auch damit zu tun?«

»Bist du verrückt? Womit soll ich etwas zu tun haben? Ist ja kein Wunder, wenn dir die Leute davonlaufen. Da gratuliere ich dem Koch, dass er den Absprung geschafft hat.«

»Hör auf, vor dem Kind so mit mir zu reden!«

»Ich lasse mich nicht beschuldigen, nicht mehr!«

»Die Polizei wird schon klären, was in der letzten Zeit geschehen ist. Glaub ja nicht, dass ich alles einfach so hinnehme! Ich nicht! Ich hab gelernt zu kämpfen!«

»Das ist das Einzige, was du kannst! Eine hervorragende Mutter, eine Kampfmaschine. Ich warne dich: Wenn du vor der Polizei falsche Behauptungen aufstellst, dann bist du dran. Dann geht es nicht mehr nur um das Kind, dann geht es um alles. Nur, damit das klar ist!«

Billy Winter lässt die Hände sinken. »Komm«, sagt sie beinahe leise zu Hannes, »wir gehen in die Küche, du hast sicher noch nichts gegessen.«

»Doch, hab ich. Wir waren beim McDonald's.«

Die Wirtin wirft ihrem Exmann einen besonders bösen Blick zu, als ob das wohl das Äußerste an Gemeinheit sei. Ich stehe herum und weiß nicht, was ich sagen soll. Ich hasse Szenen dieser Art.

Billy Winters Exmann räuspert sich. »Arbeiten Sie hier?«, fragt er.

Ich schüttle den Kopf. »Ich bin Gast.«

»Na Mahlzeit.« Damit verlässt er das Lokal.

»Ich hab einen Fehler gemacht«, sagt Onkel Franz trocken.

Hannes kommt, setzt sich ruhig an einen freien Tisch und beginnt seine Aufgaben zu machen. Er muss meinen Blick bemerkt haben, denn er schaut mir mit denselben wachen, dunklen Augen, wie seine Mutter sie hat, ins Gesicht. »Sind Sie die Neue?«

Ich schüttle den Kopf und frage mich beinahe gleichzeitig, warum ich nicht schon früher auf die Idee gekommen bin. Ich kann kochen. Ich kann abwaschen. Gasthausküchen haben mir immer gefallen. Also.

»Vielleicht doch«, sage ich.

Billy Winter ist über mein Angebot erstaunt. »Warum?«, fragt sie.

»Ich hab momentan sowieso eine Sinnkrise.«

»Und die wird man in der Küche los?«

»Ich koche oft, wenn ich nachdenken muss.«

»Zum Nachdenken bleibt hier wenig Zeit, ich warne Sie.«

»Was gibt es zu tun?«

Ich bekomme eine blaue Kochschürze und den Auftrag, Petersilie zu schneiden. Kein Problem. Dumm nur, dass ich sehr schnell bemerke, wie langsam und ungeschickt ich im Verhältnis zu Billy Winter, aber selbst im Vergleich zum abwesend dreinblickenden Lehrling im dritten Jahr bin. Die Wirtin weigert sich zuerst, mich an den Abwasch zu versetzen, aber sie sieht ein, dass es ökonomischer ist, der Lehrling hackt das Grünzeug klein, und ich wasche Töpfe und fülle den Spülautomaten. Mira, die neue Küchenhilfe. Ich muss grinsen, wenn ich mir Oskars erstauntes Gesicht vorstelle und erst die Kommentare, die von Vesna zu erwarten sind … Aber vielleicht ist der Koch morgen schon wieder da, und die eigentliche Küchenhilfe hat ihre Grippe überwunden.

Neugierig versuche ich nebenbei zu beobachten, was sich abspielt. Noch ist kein einziger Gast da, aber der Betrieb läuft bereits auf Hochtouren. Mit unglaublicher Leichtigkeit hievt Billy Winter den Dreißiglitertopf ins Abwaschbecken. Sie hat Kraft, die man ihr nie zutrauen würde. Sie kontrolliert Mahmet, der eine Schokomousse zusammenrührt, sie weist den Lehrling an, die Petersilie noch feiner zu schneiden, sie befreit zwei Rindslungenbraten in enormem Tempo von Fett, Haut und Sehnen und erklärt mir nebenbei noch, was die Hauptsache bei der Arbeit in der Küche ist:

»Mise en place, darum geht es, je besser alles vorbereitet ist, desto schneller kann man kochen. Alles, was gebraucht wird, muss bereitstehen. Wir kochen frisch, à la minute. Aber niemand hätte im Hauptgeschäft Zeit, Zwiebeln zu schneiden, Fleisch herzurichten, Karotten zu schälen. Das muss vorher geschehen. Die Fonds müssen fertig sein, die Saucen – wir machen unsere Jus, also die Grundsaucen, noch selbst –, Butter in Würfel geschnitten, Beilagen vorbereitet, Speck, Würstel hergerichtet, Wachteln mit Gänseleber schon gefüllt. Was gekühlt werden muss, kommt in diese Laden und Schränke. Was einige Stunden Zimmertemperatur aushält, wie das meiste Gemüse, wird vorbereitet, dann wieder kalt gestellt und so spät wie möglich aus dem Kühlschrank geholt.«

Mir schwirrt der Kopf. Noch dazu stelle ich fest, dass ein Tellerspüler in der Gastronomie nicht länger als drei Minuten braucht. Eine Füllung wird herausgeschoben, die nächste kommt hinein. Ich komme mir unfähig vor. Aber ich kann natürlich nicht wissen, wo die vielen verschiedenen Teller hingehören. Mahmet hilft mir. Er scheint nicht zu begreifen, warum ich mich freiwillig in diesen Küchenwahnsinn begeben habe. Abenteuer. Das ist es. Zuerst der Frisiersalon in der Provinz und jetzt diese Küche. Wer sagt, dass nur Vesna einen Hang zum Abenteuer hat?

Und das Abenteuer lohnt sich: Das hier ist ein Sternelokal,

ich darf seine Küche von innen kennen lernen. Und mithelfen. So lange ich will. Oder zumindest solange es der Wirtin an Personal fehlt.

Sie fordert den Lehrling auf, mir laut zu sagen, was wir heute für die Mise en place brauchen. Da könne sie gleich sehen, wie viel er sich gemerkt habe.

Er beginnt stockend: »Geschnittene Petersilie ...«

Sie fährt dazwischen: »Ja, deswegen nicht aufhören mit dem Schneiden, weitermachen, schnell, du musst lernen, verschiedene Dinge gleichzeitig zu machen, sonst wird nie ein Koch aus dir.«

»... tournierte Karotten«, fährt er fort, »blanchierte Sellerie, geschnittenen Lauch, zerteilte Blumenkohlröschen ...« Er stockt.

Billy Winter dauert das zu lange, während sie Lammrosen mariniert, fährt sie selbst fort: »... Zucchini in langen Streifen zum Grillen, Zucchini in Scheibchen, Broccoliröschen, gelbe Paprika in Streifen, rote Paprika in kleinen Würfeln, geschnittenen Schnittlauch, Palatschinkenteig, Obers, weiße Roux zum Binden, dann vorgekocht: Kürbisgemüse, Sommerkraut, Rehbolognese, Lammgulasch, Wildschweinragout, Gemüsefond, Fischfond, Rindsuppe. Hühnerfond machen wir morgen neuen. Sicher hab ich etwas vergessen, ich muss mir die Karte noch anschauen.« Sie deutet auf die aktuelle Speisekarte, die an der Wand hängt. »Manninger hat sie zumindest zweimal die Woche geändert. Ich tue es nach Möglichkeit nur einmal. Dafür gibt es Tagesempfehlungen, die nicht auf der Karte stehen, sondern nur auf den Tafeln.«

Liebe Güte, und ich habe gedacht, ich hätte vom Kochen eine Ahnung. Wie soll ich hier aufpassen, ob wieder ein böser Streich, ein Anschlag in Vorbereitung ist? Ich komme ja nicht einmal mit dem Geschirr zurecht.

»Gekühlte Mise en place!«, befiehlt Billy Winter dem Lehrling.

Er zählt auf: »Butter, geschnitten – das hab ich schon gemacht. Schalotten, fein geschnitten – auch schon!«

»Das möchte ich hoffen.«

»Dann: dreierlei Würstchen vom Freilandschwein, dann Serviettenknödel mit Brennnessel, schon geschnitten, Kartoffelscheiben, geschnitten, Kartoffelnockerl, vorgekocht, Rindszunge, vorgekocht, Wildschweinschinken in feinen Scheiben, Eierschwammerl, geputzt und nach Größen sortiert, dann …«

»Was ist mit dem Fleisch?«

»Das ist im Schrank daneben.«

Billy Winter lacht. »Aus dir wird schon noch einmal etwas. Vorausgesetzt, du kriegst endlich Tempo.«

Ich hoffe inzwischen inständig, am Spülbecken bleiben zu können. In der Küche ist das Selbstvertrauen der Wirtin ungebrochen, die zierliche, zähe Frau würde mich, wenn's richtig losgeht, wohl einfach aus dem Fenster werfen, falls ich so langsam und unbeholfen bin, wie ich mir vorkomme.

»Wissen Sie, was das ist?« Billy Winter deutet auf ein Gerät, das wie eine Kreuzung aus einem überbreiten Backrohr und einem Elektrogrill aussieht. Es ist in Kopfhöhe über einer Anrichtefläche angebracht und offen, hat keine Tür. Ich überlege. Als Koch-, Ess- und Küchenfreak hab ich natürlich »Kitchen confidential« gelesen, das könnte das Ding sein, das auf Englisch *salamander* heißt. Ich probiere es mit der direkten Übersetzung. Es ist mir gelungen, meine Küchenchefin zu überraschen.

»Kitchen confidential«, füge ich hinzu, und sie grinst.

»Ganz so wie in dem Buch geht es bei uns nicht zu, aber man findet sich wieder in dem, was Anthony Bourdain geschrieben hat. Auch wenn er das Ganze natürlich aus Männersicht schildert. Aber das passt schon. Die meisten Köche sind Männer, gerade in Großküchen ist das so. Stress und ungesundes Leben und jede Menge Hormone, die verrückt spielen. Übrigens nicht nur bei den Männern, aber als Frau musst du dich da zurückhalten. Egal, wie tief die Witze sind, die sie reißen: Wenn eine Frau sich aufführt wie sie, dann ist sie schnell unten durch. Es war gar nicht so leicht, die Typen im Royal Grand in Schach zu halten, wenn der Küchenchef wieder einmal ausgefallen war. Die einen glauben, sie brauchen dir als Frau nicht zuzuhören, die anderen wollen mit dir ins Bett und damit vor ihren Kumpels prahlen. Na ja, wo gibt es das nicht? Aber das hier ...« Die Euphorie in der Stimme ist verschwunden, sie fährt sich über die Augen und sieht zum Fenster, das provisorisch mit Plastikfolie verklebt ist. Dann gibt sie sich einen Ruck und ruft: »Ach, verdammt, wir werden es schon schaffen!«

Drei Stunden später weiß ich nicht mehr, warum ich mir gewünscht habe, beim Abwasch bleiben zu dürfen. Der Reihe nach sind plötzlich die Bestellungen hereingekommen, Billy Winter hat angesagt, dirigiert, gekocht, geschimpft, angerichtet, die Geschirrberge sind gewachsen, irgendwann kommt man drauf, dass selbst die modernste und schnellste Spülmaschine nicht so rasch arbeiten kann, wie sechzig Leute essen. In der Hitze des Gefechts hat unsere Küchenchefin auch längst vergessen, dass ich nur eine gutwillige Freiwillige bin.

»Wir haben keine Pfannen mehr, und drei von den kleinen Sauteusen brauche ich, aber rasch, die gammeln schon ewig irgendwo im Spülbecken herum.«

Ich beiße die Zähne zusammen und beeile mich.

Aus dem Augenwinkel stelle ich erstaunt fest, dass nun selbst der Lehrling Gas gibt. Dann lässt das Geschäft mit den

Vor- und Hauptspeisen nach, die neuen Bestellungen sind fast nur mehr Nachspeisen. Mahmet arbeitet konzentriert, Billy Winter schickt ihm den Lehrling zu Hilfe.

Irgendwann einmal hängt kein Bon mehr am Brett. Die Chefin seufzt, wäscht sich die Hände, geht Richtung Lokal, kommt wieder zurück.

»Sie haben uns aus dem Schlamassel gerettet. Danke.«

Ich strahle, mir ist auf einmal sehr gut zumute. Eine Schlacht geschlagen. Überlebt. Wahrscheinlich sogar gewonnen. »Ich hab ja nur abgewaschen.«

»Es ist kein blödes Gerede, dass in der Küche jede Arbeit gleich wichtig ist. Wären Sie nicht gewesen, hätt ich den Lehrling zum Abwasch stellen müssen, und ohne Assistenz fünfzig, sechzig Essen rauszubringen – das wäre schwierig gewesen. Sie sollten auch etwas essen, ich mache nur rasch eine Runde durch das Lokal, dann koch ich Ihnen was.«

Essen. Daran habe ich in dieser Küche voll von Gerüchen, Speisen, Tellern, Pfannen und Hitze gar nicht gedacht. Auch daran nicht, dass ich mit Oskar in der Stadt verabredet war. Meine Tasche habe ich im Nebenraum abgestellt, in dem die trockenen Vorräte aufbewahrt werden. Klar, drei Anrufe in Abwesenheit, zwei Nachrichten auf der Mobilbox. In der Küche ist es viel zu laut gewesen, als dass ich das Telefon gehört hätte. Es ist bereits nach zehn Uhr am Abend.

Oskar klingt besorgt, ist dann aber, nachdem ich ihm meine Story erzählt habe, eher amüsiert als verärgert. Nein, jetzt komme er nicht mehr in den Apfelbaum, er hoffe eben auf morgen …

Billy Winter schießt wieder herein und beginnt die Behälter mit dem geschnittenen Gemüse und die restlichen Dinge von der Arbeitsfläche in den Kühlschrank zu räumen.

»Sie sind noch immer da? Setzen Sie sich, nehmen Sie Platz, ich bin gleich bei Ihnen!«

Es ist noch genug zu tun, kaum möglich, dass sie rasch für mich Zeit hat, also helfe ich beim Einräumen.

»Das Putzen übernehmen die beiden Männer in der Küche«, befiehlt sie.

»Ich darf nur bis elf arbeiten«, mault der Lehrling.

»Dann gas an, und du bist um elf Uhr fertig!«

Mir ist ganz schwindlig von so viel Tempo.

4.

Der Koch bleibt auch am Wochenende verschwunden. Billy Winter hat eine ganze Reihe von Kollegen angerufen und nach Josef Dvorak gefragt. Wäre er von jemandem abgeworben worden, wäre er irgendwo aufgetaucht, sie hätte es wohl erfahren.

Die Abwäscherin, eine rundliche Sechzigjährige aus einem Nachbardorf, ist hingegen seit Samstag wieder zurück. Sie hustet noch ein bisschen, und Billy Winter ist darauf bedacht, dass sie dem Essen nicht zu nahe kommt. Ich werde trotzdem gebraucht. Ein Glück, dass in der Redaktion Sommerflaute herrscht. Meine Storys für das nächste Heft sind fertig, am Montag werde ich in der Redaktionssitzung eine Reportage über den Küchenalltag in einem Sternelokal anbieten.

Sonntagabend bin ich von der Abwäscherin zur Hilfsköchin aufgestiegen: Ich stehe an der heißen Grillplatte und kümmere mich ansonsten um die Suppen. Es ist etwas weniger los als üblicherweise am Sonntag, für Billy Winter ein Signal, dass das Lokal wohl doch den Bach hinuntergeht. Selbstvertrauen ist bei ihr eine Sache des Augenblicks. Mir jedenfalls reicht, was zu tun ist. Hunderterlei kann man verwechseln, tausenderlei kann einem anbrennen, während man sich um eines der anderen Gerichte kümmert.

Von der Hühnersuppe werde ich träumen. Zuerst vergesse ich gleich zweimal das Käseknöderl einzulegen, dann einmal das Sambal Olek dazuzugeben. Ich lege zwei Rindsfilets auf die Platte, vier Kartoffelscheiben kommen dazu. Die Filets dürfen auf jeder Seite nur rund drei Minuten grillen – Wecker gibt es dafür freilich keinen, das hat man angeblich im Gefühl –, dann kommen sie in den Hold-o-Mat, ein Gerät, das exakt auf siebenundsechzig Grad eingestellt ist und in dem die Filets nachziehen können. So etwas hätte ich gerne für zu Hause. Die Zucchinischaumsuppe erledige ich nebenbei, da, wieder eine Hühnersuppe. Jetzt aber alles richtig machen. Der Hühnerfond ist fertig, ich schöpfe eine Portion heraus, stelle die Stielkasserolle auf den Herd. Ich greife hinter mich, nehme feine Karottenscheiben, etwas geschnittenen Lauch, einige Zucchiniwürfelchen, lasse alles aufkochen. Danach aus der Fleischkühlung einige Würfelchen vom Hühnerfilet nehmen. Etwas Sambal Olek dazu, ein Käseknöderl aus einer Kühllade, etwas pürierten Ingwer. Diesmal habe ich an alles gedacht. Ich richte die Suppe selbst an, einen heißen Suppenteller auf den vorbereiteten Unterteller, ein paar Tropfen Basilikumöl über das Knöderl, fertig. Bloß, dass ich vergessen habe, am Grill zwischendurch die Polentascheiben zu wenden. Jetzt sind sie auf der einen Seite verdammt dunkel.

Oskar hat versprochen, zu einem gemeinsamen verspäteten Abendessen aufzutauchen. Als es dann so weit ist, habe ich überhaupt keinen Hunger. Klarerweise habe ich das eine oder andere in der Küche gekostet, aber das kann es eigentlich nicht sein. Ich brauche einfach etwas Abstand vom Essen. Dabei schmeckt das gegrillte Reh auf Rehragout, das uns die Wirtin persönlich bringt, hervorragend. Oskar hat nichts dagegen, die Hälfte meiner Portion auch noch aufzuessen. Sollte ich von der Kocherei etwas abnehmen, es wäre kein Schaden.

Ich spüre Muskeln, von denen ich überhaupt nicht gewusst habe, dass sie existieren. Billy Winter kommt mit einem Glas Weißwein in der Hand und setzt sich zu uns. Sie prostet mir zu und bedankt sich. Mir ist das etwas unangenehm, ich mach das Ganze ja nicht aus purer Nächstenliebe oder gar aus Mitleid, sondern weil ich endlich Abwechslung brauche. Billy erzählt Oskar von unserem gemeinsamen Tag in der Küche, ich werde immer müder, meine Augen fallen zu.

Ich schrecke erst wieder hoch, als Billy Winter an mein Glas klopft. »Wenn's recht ist, wir könnten per Du sein. Das ist in der Küche so üblich. Zumindest unter Köchinnen.«

Ich proste ihr zu und freue mich. Erstens darüber, dass sie mich – auch wenn ich inzwischen weiß, wie weit der Weg dorthin noch ist – als Köchin bezeichnet hat, und zweitens grundsätzlich. Früher bin ich gar nicht auf die Idee gekommen, zu Leuten auf meiner Wellenlänge Sie zu sagen, aber ich habe gelernt, dass sich mit den Lebensjahren leider auch die Umgangsformen ändern. Obwohl ich nicht ganz verstehe, warum. Zahlen, auch Jahreszahlen, sind für mich etwas vollkommen Abstraktes.

Es dauert nicht lange, und wir sind wieder bei dem, was Billy »meine Missgeschicke« nennt. So, als ob sie etwas dafür könnte.

Ich frage sie noch einmal nach Feinden aus, aber ohne neues Ergebnis. Mahmet kommt und verabschiedet sich. »Tschüss«, sagt er zu Billy, »gute Nacht« zu mir. Ich werde dem Rest der Belegschaft das Duwort anbieten und sage das auch meiner Küchenchefin.

»Wie du willst. Es gibt genug Leute, die meinen, es macht die Hierarchie klarer, wenn man mit dem Personal grundsätzlich per Sie ist. So sehe ich das nicht, entweder man hat Autorität oder man hat sie nicht. Johann Demetz, unser Küchenchef im Royal Grand, war einer von der ganz strikten Sie-Fraktion. Das heißt, er war zwar mit uns per Du, aber ihn mit Du anzureden, durfte sich keiner anmaßen. Auch wir Souschefs nicht. Aber er war grundsätzlich distanziert. Ein

– 63 –

guter Koch, auch innovativ am Anfang und ein hervorragender Organisator. Zumindest bevor er sich versoffen hat.«

»Vom Namen her kenne ich ihn natürlich. Wo ist er jetzt?«

»Küchenchef bei den Zwei Tauben, der Ärmste. Die haben ihn trotz der Sauferei genommen, immerhin ist er nach wie vor bekannt. Aber das Lokal ist schrecklich, seit Jahren nur mehr eine gehobene Touristenfalle. Und die Besitzer sind so, dass es kein Koch dort länger aushält als ein paar Monate. Bachmayer, du weißt schon, der Herausgeber von ›Fine Food‹, hat das Lokal vor kurzem entsetzlich verrissen. Ich fürchte mich schon davor, was er über den Apfelbaum schreiben wird. Einmal hat mich Johann Demetz zu meiner Verwunderung sogar besucht. Er ist nicht lange geblieben, ich habe ihn durch die Küche geführt, ihm alles gezeigt. Beinahe hatte ich den Eindruck, er war eifersüchtig auf mich und mein neues Lokal. Der große Johann Demetz.« Sie schüttelt den Kopf.

»Die Zeiten ändern sich.« Etwas Besseres fällt mir dazu nicht ein.

Billy steht auf, um Gäste zu verabschieden.

Oskar ist noch schweigsamer als sonst. Ich überlege, ob ich heute bei ihm übernachten soll oder er bei mir. Immerhin war Gismo den ganzen Tag über allein und ist noch nicht gefüttert. Vielleicht ist unser Getrennt-wohnen-gemeinsam-leben-Arrangement auf Dauer doch etwas kompliziert.

»Der Prozess hat sich erneut ausgeweitet«, sagt Oskar.

Ich versuche ihm zu folgen. Ja, klar, der Prozess, sein Riesenwirtschaftsprozess in Frankfurt. Ich sollte mich wirklich mehr für seine Arbeit interessieren.

Er schaut aus dem Fenster, schon überlege ich, ob er etwas Bestimmtes sieht, ob wieder jemand lauert, wieder eine Melone fliegen könnte.

»Ich muss für mindestens drei Monate nach Frankfurt«, sagt er rasch.

Ich blicke auf, bin plötzlich wieder wach.

»Du wolltest doch etwas Abwechslung. Komm mit. Nimm dir ein paar Monate Auszeit, die beschäftigen dich schon wieder beim ›Magazin‹, ich kann es mir leisten, so lange deine Wohnung zu bezahlen, und Gismo geben wir zu deiner Nachbarin, die auch sonst auf sie schaut, wenn du verreist bist.«

Er hat sich offenbar schon alles genau überlegt, ich brauche nur mehr Ja zu sagen. Aber so einfach ist das nicht, auch wenn ich momentan nicht gerade begeistert von meinem Job bin. Journalistinnen gibt es wie Sand am Meer, da drängt schnell jemand nach, wenn sich eine mit ihrem Lover nach Deutschland absetzt. Selbst falls mir der Chefredakteur schriftlich zusichern sollte, bleiben zu können, wer weiß, wie das in drei Monaten aussieht und auf welches Abstellgleis ich dann geparkt werde.

»Du sagst nichts?«, fragt Oskar.

Ich greife nach seiner Hand, streichle sie, denke weiter. Billy gegenüber bin ich zu nichts verpflichtet. Aber ihr fehlt der Koch, und für mich ist die Sache in der Küche eine neue Herausforderung. Außerdem gilt es zu klären, wer ihr übel mitspielen will. Und dann ist da noch Vesna. Sie hat ohnehin schon Schwierigkeiten mit ihrem Kunden, dem Steuerberater. Wenn ich jetzt auch noch für drei Monate ausfalle …? Natürlich sind Putzfrauen gesucht, aber angenehmer ist es für sie allemal, bei den vertrauten Kunden zu arbeiten. Und ich möchte mir auch nicht vorstellen, sie findet Ersatz und hat für mich keine Zeit mehr …

Ich schüttle langsam den Kopf. Sei ehrlich, Mira, du willst einfach nicht. Oskar willst du schon, ganz sicher, aber drei Monate Frankfurt und er ständig in einem Wirtschaftsprozess und du eine Art höhere Hausfrau auf Zeit?

»Du könntest einige Reportagen machen, vielleicht auch über den Prozess berichten«, schlägt er vor.

Ich will schon sagen, dass ich auch Petit-Point-Stickereien machen könnte oder Gesangsstunden nehmen, aber ich schlucke es hinunter. Er will mich bei sich haben, und das ist ja an sich schön. An sich.

»Es geht nicht«, sage ich dann und schaue ihm in die Augen.

Oskar senkt den Blick und nickt. »Das hab ich mir fast gedacht«, murmelt er.

»Warum?«

»Du bist Feuer und Flamme für das Wirtshaus. Und wenn es bei dir einmal so ist, dann zählt sonst nicht mehr viel …«

Ich wehre mich, Oskar zählt für mich tatsächlich eine ganze Menge, meine Güte, werde ich ihn vermissen, es tut mir jetzt schon weh, dass ich Nein gesagt habe. Aber er ist eben nicht alles. Ich kann ihn ja besuchen. An den Wochenenden. Das scheint ihn zu trösten.

»Kann gut sein, dass ich die Woche über ohnehin zwölf, vierzehn Stunden arbeiten muss.«

Ich nicke. »Wann fährst du?«

»Kommende Woche.«

Ein Stich. So bald schon?

Am nächsten Morgen bin ich alles andere als munter. Der Rücken tut mir weh, außerdem scheint die Arbeit in der Küche auch bei mir einige Hormone zum Wallen zu bringen. Jedenfalls haben Oskar und ich noch lange nicht geschlafen, nachdem wir ohnehin spät heimgekommen waren. Vielleicht war auch der Abschiedsschmerz schuld an unserer heißen Liebesnacht. Oskar ist trotzdem um acht Uhr aufgestanden und in die Kanzlei gefahren. Ich schleppe mich jetzt um neun ins Badezimmer und möchte mich nicht wiedererkennen. Das ist hoffentlich eine andere, fleckig im Gesicht, Ringe unter den Augen. Gismo maunzt mich an. Ich gebe einen undefinierbaren Laut von mir, und die Katze setzt sich erschrocken nieder. Vielleicht ist sie auch vor meinem Mundgeruch in die Knie gegangen. Ich fühle mich schrecklich, lasse die Badewanne ein, putze mir ausgiebiger als sonst die Zähne.

Da fällt mir ein, dass ich heute pünktlich um zehn zur Redaktionssitzung im »Magazin« sein wollte. Hetzerei, auch das noch. Ich bade viel zu kurz, schlüpfe in die nächstbesten Klamotten, verzichte auf ein Frühstück, bemerke, dass kein Katzenfutter mehr da ist. Gismo muss Gedanken lesen können. Sie sieht mich entsetzt an. Zum Glück ist mein Gefrierschrank immer gut gefüllt. Ich schiebe einen Plastikbecher in die Mikrowelle, auf dem »Rindfl. f. Fasch.« steht, und besänftige Gismo in der Zwischenzeit mit drei schwarzen Oliven. Oliven sind ihre große Leidenschaft, sie nagt sie sorgfältig vom Kern und schnurrt dabei, ihre Schwanzspitze vibriert vor Glück. Könnte man Menschen doch auch so einfach glücklich machen. Könnte auch ich so leicht zufrieden zu stellen sein. Essen hilft. Auch bei mir – zumindest meistens.

Ich gebe meiner Katze das schon fast ganz aufgetaute Rindfleisch, renne die vielen Stufen von meiner Altbauwohnung nach unten, eile zur nächsten U-Bahn-Station.

Um Punkt zehn betrete ich das Sitzungszimmer. Bei der Wochensitzung besteht nur für die Ressortchefs Anwesenheitspflicht, aber unser Chefredakteur hat es gerne, wenn möglichst viele von uns freiwillig kommen. Die Streber tun das natürlich immer. Ich war nie eine Streberin, außerdem hasse ich Sitzungen und Leute auf dem Selbstdarstellungstrip. Von beidem bekomme ich heute wieder einmal eine Überdosis.

Es dauert, bis ich meinen Vorschlag einbringen kann. Ein Toplokal aus der Innensicht. Droch sieht mich spöttisch an.

Der Chefredakteur scheint interessiert: »Enthüllungen? Wieder ein Fleischskandal? Oder besser noch: Sex in der Küche?«

Offenbar hat auch er »Kitchen confidential« gelesen, freilich nur, was ihn davon interessiert.

»Alltag«, antworte ich und weiß in diesem Moment, dass das ein Fehler war.

»Wen interessiert der Alltag, wenn er in einen Nobelschuppen essen geht? Was ist das eigentlich für ein Lokal, aus dem Sie berichten wollen? Apfelbaum? Nie gehört.«

»Manninger hat es übernommen, aber der …«

»Manninger? Manninger ist gut, den kennt man. Ich kenne ihn, den alten Knaben. Aber was tut er dort? Vögelt er mit der Küchenhilfe? Mit der Barfrau? Mit Ihnen? Stellt böse Dinge mit zu altem Fisch an?«

»Manninger ist in New York«, versuche ich meinen durchgeknallten Chefredakteur zu beruhigen. »Die neue Besitzerin ist Billy Winter, ehemalige Souschefin im Royal Grand, fünfunddreißig, geschieden.«

»Lesbisch?«

»Glaube ich nicht.«

Seine Begeisterung für die Story kühlt zusehends ab. »Ohne Skandal keine Geschichte«, klärt er mich auf. Es gibt bei ihr keinen Skandal aufzudecken. Zumindest nicht, dass ich wüsste.

»Die Innensicht …«, setze ich noch einmal an.

»Wen interessiert es, wie sein Essen entsteht und wer dafür schwitzt? Das Endprodukt muss stimmen, das ist wie bei uns. Wenn Sie freilich gute Kontakte haben zu wirklichen Nobelschuppen … Über so eine Reportage könnte man reden. Glanz, Glamour, Gastrokritiker und Sterne … Das klingt mir nach einem hübschen Titel.« Er sieht sich Beifall heischend um und findet tatsächlich ein paar Idioten, die An-

– 68 –

erkennung heucheln. Meine Ressortleiterin fällt mir auch noch in den Rücken: »Ich brauche Frau Valensky diese Woche ohnehin für unser Sommer-Extra. Sie muss die Politikerinnen interviewen, die übermorgen ins Studio kommen und ihre liebste Sommermode präsentieren.«

»Für Politik bin ich nicht zuständig.«

»Soll ich das etwa machen?«, fragt Droch spöttisch.

»Nein!«, rufen der Chefredakteur und meine Ressortchefin unisono. Droch verpatzt mit Freude Sommerstorys wie diese. Er hätte die Damen aus der Politik tatsächlich über Politik und nicht über ihre Kleider befragt.

Ich rechne, denke an meine noch nicht bezahlte Sozialversicherung, nehme Vernunft an und sage zu, übermorgen im Fotostudio zu sein. Bei Licht betrachtet, ist das schnell verdientes Geld. Aber an der anderen Geschichte möchte ich dennoch dranbleiben.

»In Ordnung, Sie halten mich auf dem Laufenden, bevor wir entscheiden«, besänftigt mich der Chefredakteur. Ich hoffe einfach auf das Sommerloch.

Der Apfelbaum hat heute Ruhetag. Ich bleibe in der Redaktion und erledige eine Menge Routinearbeit. Droch spöttelt über meinen neuen »Beruf« als Küchenhilfe. Soll er doch. Ich lerne eben gern etwas Neues.

Gegen Abend fahre ich zu Oskars Wohnung, ich will ihn mit einem netten Abendessen verwöhnen. Etwas Besseres fällt mir nicht ein. Denke ich so eindimensional? Aber ins Theater gehe ich viel lieber als er, ein Jazzkonzert, das ihn reizen würde, gibt es heute nicht in Wien, mich als Überraschung in schwarzer Spitzenunterwäsche und Strapsen auf seinem Langhaarteppich zu räkeln könnte peinlich werden, also eben Essen. Ich habe eingekauft, bleibe meiner Lieblingsküche, der venetischen, treu, will aber auch das umsetzen, was ich in den letzten Tagen gelernt habe. Als Hauptspeise soll es deswegen eine verbesserte Form meines »Branzino in eigener Sauce« geben.

Ich filetiere die beiden Fische, lege Kopf und Gräten in eine passende Kasserolle, bedecke sie mit Wasser und Weißwein, gebe etwas Sellerie, Karotte, Petersilie, Zwiebel, Knoblauch, Lorbeerblatt, Pfeffer dazu und lasse das Ganze eine Viertelstunde kochen und dann ohne Flamme vor sich hin ziehen.

Als Oskar anruft, um sich mit mir zu verabreden, ist das Basilikumöl für die Spaghettini schon fertig gemixt, hauchdünne, der Länge nach geschnittene Gurkenscheiben und Speck habe ich zu Involtini zusammengerollt. Sie werden später auf einen Teller gelegt, mit Balsamicoessig besprüht, mit etwas gutem Olivenöl beträufelt und dann, besonderer Reiz, mit ein paar Kokosflocken bestreut.

Er freut sich hörbar über meine Überraschung.

Ich seihe den Fischsud ab, reduziere ihn auf die Hälfte ein, binde ihn mit einem halben Löffelchen Stärkemehl und stelle ihn zur Seite.

Es ist eines jener harmonischen Abendessen mit Oskar, bei denen ich mich frage, warum ich mich nicht restlos glücklich und zufrieden für immer in seine Arme fallen lasse. Aber Idyllen sind eben nicht von Dauer, das habe ich gelernt. Außerdem interessiert mich nun einmal noch eine ganze Menge anderes als häusliches Glück, sollte im Himmel jede auf ihrer Wolke hocken und die ganze Zeit glücklich vor sich hin lächeln, dann wäre das auch kein Platz für mich. Ich würde an Langeweile sterben. Oder an Gesichtslähmung. Aber im Himmel kann man nicht sterben. Umso schlimmer.

Wir reden wenig, genießen das Essen. Oskars Dachwohnung besteht, abgesehen von Schlafzimmer und Bad, aus einem einzigen riesigen Raum. Ich gehe zum Herd, um den Branzino fertig zu machen. Er fragt mich: »Wirst du auch diese Woche im Apfelbaum helfen?«

Ich zucke die Schultern, keine Ahnung, wir haben nichts vereinbart. Ich weiß nur, dass ich herausfinden möchte, wer Billy diese bösen Streiche gespielt hat. Und ob das Verschwinden ihres Kochs damit in Zusammenhang steht.

Ich stelle eine Pfanne auf den Herd, gieße etwas Olivenöl hinein, schalte die Hitze so hoch wie möglich, nehme die Fischfilets, drücke sie mit der Hautseite in etwas Hartweizenmehl, lege sie mit dieser Seite ins Öl und reduziere die Hitze auf die Hälfte.

Die Melone muss jedenfalls ein anderer als der Koch geworfen haben. Seine Freundin? Ich kann mir nicht vorstellen, dass die pummelige Friseurin das schafft. Aber Billy hat auch viel mehr Kraft, als man ihr zutraut. Kann es ein, dass Peppi sich ganz bewusst dumm gestellt und Salz und Zucker vermischt verwendet hat, um seiner Chefin zu schaden? Warum?

Nach fünf Minuten drehe ich die Gasflamme ab und lasse die Fische noch ein paar Minuten gar ziehen, das ist viel besser, als sie zu wenden. Ich gehe zurück zum Esstisch, nehme einen Schluck Weinviertler Riesling, gebe Oskar einen schnellen, aber innigen Kuss. Dann schwenke ich den blanchierten Mangold in Butter, salze, koche die Branzinosauce auf, nehme die Kasserolle wieder vom Herd, füge etwas Obers hinzu und rühre die Sauce mit dem Stabmixer schaumig. Auf vorgewärmte Teller gieße ich zuerst die Sauce, lege den Blattmangold darauf, dann nehme ich die Fischfilets und lege sie über Kreuz mit der Hautseite nach oben auf das Gemüse. Ein paar Körner grobes Meersalz darüber, Brot ist noch genug auf dem Tisch, ich serviere. Oskar ist begeistert. Und mir schmeckt es zugegebenermaßen ebenso sehr. Auch wenn es in der Großküche nicht immer so aussieht: Ein wenig verstehe ich doch vom Kochen.

Am nächsten Vormittag helfe ich Oskar beim Packen. Seine Partnerkanzlei in Frankfurt hat eine Hotelsuite zur Verfügung gestellt, allzu viel braucht er also nicht mitzunehmen, und ihm ist das recht so. Die Wochenenden, so versprechen wir einander, werden wir abwechselnd in Frankfurt und Wien verbringen, außerdem nehme ich mir vor, Oskar für mindestens eine Woche zu besuchen. Wir tun, als würde er für drei Jahre zu einer gefährlichen Expedition in einen neu entdeckten Erdteil aufbrechen.

Am Nachmittag verschwindet Oskar in die Kanzlei. Billy ruft an und fragt, ob ich das neue »Fine Food« schon gesehen hätte. Habe ich nicht. Dieser dämliche Bachmayer hat den Apfelbaum verrissen. Empört liest sie mir etwas von »bemühter neuer Chefin« vor, der »die Fußstapfen eines Manninger doch deutlich zu groß« seien. In den kommenden Wochen vergebe »Fine Food« seine Sterne, jammert Billy, sie werde ihren sicher verlieren, das sei dann das Ende.

Ich bitte sie, mir die gesamte Lokalkritik vorzulesen, aber leider kann ich auch nicht viel Positives daran entdecken. Da hilft es nichts, dass die wenigsten Restaurants bei ihm gut wegkommen. »Wann hat er bei dir gegessen?«, frage ich.

»Er selbst war sicher nicht da. Er schickt irgendwelche Testesser. Telefoniert haben wir vor einem Monat, aber das ist etwas, das ich dir lieber unter vier Augen erzähle.«

»Mein Telefon hat keine Augen«, beruhige ich sie. Aber ich habe ohnehin bis zum Abend Zeit, und so verabreden wir uns in einem neuen Café in der Kärntnerstraße.

Schwarzer Schleiflack, Chrom und Accessoires in Orange. Todschick, mit Ablaufdatum spätestens übernächstes Jahr. Die Eigentümer werden es verkraften. Das Lokal liegt zentral und ist an diesem Dienstagnachmittag fast voll. Billy hat einen Tisch ergattert und wartet schon auf mich. Missbilligend sieht sie einer Kellnerin zu.

»Seit fünf Minuten sind die beiden Kaffeetassen am Nebentisch leer. Sie übersieht sie einfach. Und auf dem Tisch da drüben versucht jemand seit ewiger Zeit zu bestellen. Na ja, gutes Personal ist auch in Wien schwer zu finden«, sagt sie an Stelle einer Begrüßung.

Ist sie immer im Dienst?

»Hallo«, antworte ich, »wie geht es dir?«

Sie fährt irritiert auf. »Entschuldige, Berufskrankheit, wird seit dem Apfelbaum immer ärger. Wie geht es dir?«

Ich erzähle kurz, dass Oskar schon morgen nach Frankfurt abreist. Dann frage ich sie nach der Sache mit dem Verriss im »Fine Food«.

Sie gibt mir den Artikel zu lesen, er wird dadurch nicht besser. Aber wenigstens stehen die Öffnungszeiten, die Telefonnummer, Homepage und E-Mail dabei.

Billy runzelt die Stirn. »Wer wird bei so einer Kritik noch reservieren wollen?«

»Man merkt, wie überheblich das Ganze ist.«

»Wer merkt das?« Billy seufzt. »Bachmayer hat mich sogar höchstpersönlich angerufen und vor einer nicht so guten Kritik gewarnt. Dabei hat er mir gleich über die supergünstigen Inseratpreise für das ›Fine-Food‹-Magazin und den ›Fine-Food‹-Gastronomieführer erzählt, ganz nebenbei, versteht sich. Er hat gemeint, dass es gerade nach einer Neuübernahme sinnvoll wäre, etwas Werbung zu betreiben. Vielleicht könne er mir auch noch einmal einen Testesser vorbeischicken, um ganz sicherzugehen, dass der erste richtig geurteilt hat.«

»Und? Ist einer gekommen?«

»Wie man sieht, nicht. Aber ich habe auch keine Inserate

– 73 –

gebucht. Glaubst du, ich lass mich erpressen? Außerdem waren die Tarife alles andere als günstig, ich kann mir so was nicht leisten.«

»Eigentlich sollte man solche Praktiken publik machen.«

»Wer druckt es? Und ich bin sicher nicht die, die öffentlich darüber spricht. Ich bin ja nicht verrückt. Gerüchte, dass es so läuft, kennt man seit Jahren. Jetzt weiß ich, dass sie nicht übertrieben sind. Aber da kannst du nichts machen. Greift man den Bachmayer an, wird er empört sagen, dass da eine gekränkte Wirtin Dreck schleudere. Die Kritik sei objektiv, jeder könne sich davon überzeugen. Außerdem: Ist das nicht das Wirtshaus, in dem sogar Salz und Zucker verwechselt werden? Nicht, dass die ganze Branche so ist wie er, aber im ›Fine Food‹ unten durch zu sein reicht. Zumindest bei mir, wo ohnehin alles auf wackligen Beinen steht.«

»Du brauchst jemanden, der den Apfelbaum öffentlich lobt.«

»Christian Guttner hat in seiner Kolumne einen Absatz über den Wechsel im Apfelbaum geschrieben, sehr freundlich. Aber das ist schon zwei Monate her.«

Wir trinken Kaffee, Billy bestellt zuerst zwei gefüllte Schinkenrollen und dann noch ein Stück Apfeltorte mit einer doppelten Portion Schlagobers. Ich frage mich, wo diese schmächtige Person das hinisst, und spüre, wie ich allein vom Zuschauen ein Kilo zunehme.

Billy grinst. »An den Ruhetagen hole ich alles auf, was ich während der Arbeitszeit versäume. Das war schon immer so. Ich bin keine, die neben dem Kochen halbe Schnitzel in sich hineinstopft wie viele von uns, da koste ich nur, so viel notwendig ist. Aber wenn ich einmal Zeit habe ...« Sie sieht auf die Uhr. »Apropos, viel Zeit habe ich nicht mehr. Ich muss noch einkaufen fahren. Das meiste lasse ich mir zwar von den Bauern aus der Umgebung bringen, das hab ich gerne

– 74 –

von Manninger übernommen und will es noch verstärken, aber im Weinviertel wachsen eben weder Frittieröl noch Küchenhandtücher noch tausenderlei anderes, was du im Großmarkt bekommst. Hast du Lust mitzufahren?«

Lust hätte ich schon, aber heute ist der letzte gemeinsame Abend mit Oskar. Der letzte Abend, wie das klingt, so melodramatisch. Ich frage Billy, ob sie mich morgen wieder brauchen kann, tagsüber muss ich zwar zum Fotoshooting mit den Politikerinnen, aber gegen Abend könnte ich auftauchen.

»Das kann ich nicht annehmen.«

»Ich bin ohnehin allein«, erinnere ich sie.

Billy wechselt ihre Meinung sehr rasch und fragt, was sie mir zahlen soll.

»Wenn der Kochkurs nichts kostet, ist es mir recht.«

»Du arbeitest …«

»… und ich lerne. Wenn du willst, bezahle mich in Gratisabendessen, Geld will ich keines. Ich kann dir ja auch nicht versprechen, wie oft ich Zeit haben werde.«

Nachdenklich fährt sich Billy über die Stirn. »Was ist wohl mit Peppi geschehen?«

»Wahrscheinlich wird es wirklich Zeit, die Polizei einzuschalten.«

Doch die Polizei wird schneller zum Apfelbaum kommen als der Apfelbaum zu ihr.

5.

D afür man muss nicht studiert haben«, stellt Vesna fest.

»Für meinen Job beim ›Magazin‹ auch nicht«, erwidere ich.

Wir sitzen wieder einmal in der Früh an meinem Küchentisch und trinken Kaffee. Ich muss ins Fotostudio, Vesna hat vor, die Fenster zu putzen. Ich würde gerne mit ihr tauschen.

Vesna bleibt beim Küchenthema. »Das ist kein Vergleich. In der Küche machst du Gleiches wie meine Cousine. Nur, dass sie nichts anderes kriegt. Bist du Flüchtling? Ausländerin?«

»Der Unterschied ist: Ich mache es freiwillig, ich muss nicht.«

Vesna schüttelt ablehnend den Kopf. »Vielleicht komme ich doch und helfe dir, Mira Valensky, man kann dich nicht alleine lassen.«

»Weil ich eine Babysitterin brauche«, spotte ich. Klar hätte ich Vesna gerne in meiner Nähe.

»Natürlich.«

Die Politikerinnen benehmen sich wie eine Horde pubertierender Nachwuchsmodels. Unterschiede zwischen den Parteien verschwinden, hier geht es nicht um Programme und politische Überzeugungen, sondern um Hüftumfang und fotogene Gesichter. Die Grüne gewinnt bei mir um Längen, aber sie ist auch mindestens fünfzehn Jahre jünger als der Rest der versammelten Damen. Ich befrage sie über ihre Garderobe und ihre Sommeraktivitäten abseits der Politik. Eigentlich sind sie alle recht durchschnittlich und ganz nett. Ich bin rasch fertig und setze mich sofort an den Computer, um den Rohtext zusammenzustellen. Sehr viel Platz habe ich ohnehin nicht, im Mittelpunkt stehen die Fotos.

Es ist erst zwei Uhr nachmittags. Billy wird sich freuen. Hoffentlich. Ich klicke mich noch kurz ins Internet ein. Endlich wird eine stabile Warmwetterlage vorausgesagt. Mir kann es gar nicht heiß genug sein. Wenn alle schon über die Hitze in Wien stöhnen, geht es mir erst so richtig gut. Ticker mit den Headlines laufen über den unteren Rand des Bildschirms.

Plötzlich geht es mir viel zu langsam, viel schneller, als der Ticker läuft, will ich wissen, was geschehen ist:

»Herausgeber von ›Fine Food‹ Erich Bachmayer vor einer Bar mit Küchenmesser erstochen aufgefunden. Die Kriminalpolizei ermittelt.«

Ich krame aufgeregt nach der Visitenkarte vom Apfelbaum und rufe Billy an.

»Ich weiß es schon«, sagt sie, »ich kann es gar nicht glauben. Aber klar, Feinde hatte der viele.«

Ich drehe den Bildschirm ab, sage der Empfangsdame, dass ich via Mobiltelefon erreichbar bin, und setze mich ins Auto. Ein Glück, dass ich es heute nicht zu Hause stehen hab lassen, sondern zur Redaktion gefahren bin.

»Leider ist der Verriss schon erschienen«, meint Billy. »Wahrscheinlich sind auch die Bewertungen für den Gastronomieführer schon fertig.«

»So wichtig ist das auch nicht, es gibt ja noch andere Führer«, tröste ich sie.

»Aber dass ihn jemand umgebracht hat …«

»Vor einer Bar. In den Nachrichten haben sie auch ihren Namen genannt, aber ich hab ihn nicht ganz verstanden. Irgendetwas mit einer Blume.«

»Es gibt eine, in der viele aus der Kochbranche verkehren, Rosa Flieder heißt sie, gleich beim Naschmarkt.«

»Das ist sie! Ich kenne sie, aber ich war noch nicht drinnen. Klingt ziemlich halbseiden.«

»Ist sie gar nicht. Ob du es glaubst oder nicht, ihre Besitzerin heißt tatsächlich Rosa Flieder. Ich war einige Male mit, aber das ist mehr eine Männerangelegenheit. Das heißt, Mädels gibt es dort genug, eher solche von der Schickeria und ein paar Journalistinnen und drittklassige Models, denen es eben gefällt, mit mehr oder weniger bekannten Köchen oder Restaurantbesitzern zu flirten. Für mich hat es dort wenig interessante Männer gegeben. Meine Kollegen kenne ich zu gut, ihre Witze sind immer dieselben und ihre Versuche, charmant zu sein, auch. Außerdem weiß ich, was passiert, wenn man sich mit einem von ihnen einlässt. Das Getratsche ist mir keine Affäre wert. Ich hab oft genug mitbekommen, wie schnell man ausgetauscht wird. Köche sind nicht herzloser als der Rest, aber sie haben weniger Zeit. Und mehr Testosteron. Zumindest wollen sie das glauben und nützen es als Ausrede.«

Es ist nicht viel los im Wirtshaus, aber das ist unter der Woche tagsüber normal. Bis wir mit den Abendvorbereitungen beginnen, bleibt daher etwas Zeit. In einem Hinterzimmer steht ein Fernseher. Vielleicht bringen sie in den Nachrichten etwas über den Mord. Immerhin war Bachmayer einer der bekanntesten Restaurantkritiker.

Wir erfahren nicht mehr, als wir bereits wissen. Die Bar

wird von außen gezeigt, Rosa Flieder, eine sechzigjährige ehemalige Schönheit mit zu blond gefärbtem Haar, ringt die Hände und erzählt, dass Bachmayer bei ihr Stammgast gewesen sei, so wie viele andere Prominente auch, aber mit ihrem Lokal könne das Ganze nichts zu tun haben, bei ihr sei man sicher und man werde es auch weiterhin sein.

Dann wird die Tatwaffe gezeigt. Sie liegt auf einem braunen Resopaltisch. Man beschreibt sie als professionelles Küchenmesser mit einer Klingenlänge von 28 cm. Der Griff ist schwarz. Das Besondere daran sei, dass sich am Griff eine Gravur befinde. Was darauf zu lesen ist, wird groß ins Bild gezoomt: »Sibylle Winter«. Ich schaue Billy an und sehe, dass ihr der Mund offen geblieben ist. Sie bringt kein Wort heraus, sitzt einfach nur da und starrt auf den Bildschirm.

»Ist es deines?«, frage ich.

Sie nickt. Dann springt sie auf, rennt in die Küche und reißt die Messerlade auf, durchwühlt sie, fördert drei ähnliche, aber kleinere Messer zu Tage, sie wirft alle anderen Messer heraus, es sind mindestens dreißig, vierzig.

»Es ist mir nicht abgegangen.«

»Wann hast du es zum letzten Mal verwendet?«

»Keine Ahnung, gar nicht, seit ich hier bin. Dumme Sentimentalität, dass ich den Messersatz überhaupt mitgebracht habe. Die Messer taugen nicht mehr viel. Aber sie waren meine ersten eigenen Messer als Souschefin. Mein damaliger Mann hat sie mir geschenkt. Das Messer kann schon ewig lange verschwunden sein.«

»Zuerst der Koch weg, dann das Messer«, sage ich langsam.

»Was soll er damit zu tun haben? Er kennt Bachmayer nicht, Kritiken sind ihm egal. Wenn er monatlich sein Gehalt bekommt, ist er glücklich. Der hat nicht an Sterne oder Verrisse gedacht. Jedenfalls nicht so wie ich.« Wäre nicht ich ihr Gegenüber, sie wäre gerade dabei, sich um Kopf und Kragen zu reden. Das merkt sie schließlich auch selbst und verstummt. »Du glaubst doch nicht, dass ich … Bloß wegen einem Verriss … Es gibt auch andere Kritiker, andere Lokalführer, so wichtig ist ›Fine Food‹ nicht.«

»Vor kurzem hast du das noch anders gesehen. Du solltest überlegen, was du der Polizei sagst.«

Sie sieht mich gehetzt an. Ihr scheint erst in diesem Moment klar zu werden, was da auf sie zukommt.

Das jedenfalls ist kein Streich mehr. Wer hasst Billy Winter so, dass …? Unsinn. Kein Mensch ermordet einen anderen, um einer Dritten übel mitzuspielen. Das wäre völlig verrückt. Ein Irrer. Vielleicht ist das des Rätsels Lösung. Man muss den Koch finden. Vielleicht ist Josef Dvorak durchgeknallt. Auch wenn er auf mich nicht so gewirkt hat. Aber sind es nicht gerade die Braven und Verlässlichen, die irgendwann einmal auszucken?

»Ich sage gar nichts, nur, dass das Messer aus meiner Lade fehlt. Und dass viele die Möglichkeit hatten, das Messer zu nehmen.«

»Sie finden die Sache mit den durchgeschnittenen Leitungen heraus, die Salz-und-Zucker-Geschichte, die mit der Melone, so dumm sind sie nicht«, gebe ich zu bedenken. »Sag ihnen lieber auch gleich, dass dein Koch verschwunden ist.«

»Wenn es an die Medien geht …«

Ich bereite sie schonend auf das vor, was unvermeidlich ist: »Man weiß, welcher Name auf dem Messer steht. Es ist ziemlich einfach, herauszufinden, wem das Messer gehört.«

Billy wird noch bleicher und lehnt sich an die Spüle.

»Ich muss Hannes bei meinem Bruder lassen. Eigentlich wollte ich ihn heute holen. Er soll die nächsten Tage lieber dort bleiben. Ist dir klar, was das für das Sorgerecht heißt?«

Sie läuft zum Telefon, erklärt ihrer Schwägerin nichts, bittet sie einfach, sich um Hannes zu kümmern und ihn auf keinen Fall fernsehen zu lassen, kein Fernsehen, kein Radio, keine Zeitungen.

Ich wundere mich, dass noch immer weder Polizei noch Journalistenkollegen von sich hören lassen. Aber offenbar gibt es von »Sibylle Winter« auf dem Messer bis hin zum Apfelbaum im Weinviertel doch etwas Recherchearbeit. Ich habe die Nase vorne. Das ist eine Story, die unser Chefredakteur nicht ablehnen kann. Aber ob es in seinem Sinn ist, was ich schreiben will, wage ich zu bezweifeln.

Einige Autos parken. Beide sehen wir nach draußen.

Zuckerbrot, der Leiter der Mordkommission l, steigt aus. Ich bin ihm dankbar dafür, dass sie nicht mit Einsatzfahrzeugen und Blaulicht gekommen sind. Billy wird es im Ort ohnehin schwer genug haben. Zuckerbrot dürfte kaum erfreut sein, mich hier zu treffen. Wer mag es schon, wenn man ihm in die Arbeit pfuscht?

Ich merke, wie Billy zittert. Kurz drücke ich ihren Arm, dann gehe ich Zuckerbrot entgegen. Beinahe bereitet es mir Spaß, zu sehen, wie er kurz an eine Fata Morgana zu glauben scheint.

»Was machen Sie hier?«, fragt er wenig freundlich.

Ich lächle. »Das ist mein Stammlokal, außerdem helfe ich momentan in der Küche aus.«

»Sagen Sie es gleich. Sie haben ein Messer genommen und damit diesen Gastronomiekritiker erstochen, weil er schlecht über das Lokal geschrieben hat.«

Er glaubt natürlich keine Sekunde, was er sagt. Aber einige seiner Mitarbeiter sind mir bedrohlich nahe gekommen. Es ist gut ein Jahr her, seit ich das letzte Mal mit Zuckerbrot zu tun hatte. Erstaunlich, wie wenige Leute seiner Mannschaft ich noch kenne.

»Ist Frau Winter da?«, will er wissen.

Ich nicke und bitte ihn weiterzukommen.

Billy lehnt an der Theke, wenn jemand schuldbewusst aussieht, dann sie. Nichts ist von ihrer üblichen Dynamik zu spüren. Sie wirkt wie eine überführte Miniaturmörderin.

Eine Stunde später weiß Zuckerbrot das, was wir auch wissen. Zum Glück hat Billy nichts verschwiegen. Seine Leute nehmen Fingerabdrücke und versauen die ganze Küche. Ich sehe auf die Uhr. Halb fünf ist es inzwischen. In eineinhalb Stunden werden die ersten Gäste kommen.

Ich weise Zuckerbrot darauf hin, er reagiert irritiert. Was ich denn glaube, etwa dass er zusehe, wie alle Spuren verwischt werden?

Welche Spuren?

Das will oder kann er auch nicht genau sagen. Jedenfalls scheint er sich nun zu beeilen. Ja, natürlich stehe Frau Winter unter Verdacht. Klar sei es üblich, um drei in der Nacht in der eigenen Wohnung zu schlafen – und dass der Sohn ebenfalls tief und fest in einem Nebenraum schlafe, sei auch einsichtig. Aber Alibi sei das eben keines. Nein, einen Grund für eine Festnahme sehe er – noch – nicht. Aber sie müsse sich »zur Verfügung« halten. »Und Sie auch«, sagt er zu mir.

Ich sehe ihn so spöttisch wie möglich an. »Warum?«

»Sie hatten Zugang zu den Messern.«

»Ich aber habe ein Alibi. Es heißt Oskar Kellerfreund, und wir haben nicht geschlafen. Zu den Messern konnte ich wie alle anderen auch, die wussten, dass der Schlüssel zum Wirtshaus in einem Blumentopf lag. Glauben Sie im Ernst, Billy Winter nimmt wegen einer schlechten Kritik im ›Fine Food‹ das Messer, in das ihr Name graviert ist, lauert Bachmayer im Innenhof einer Bar auf, ersticht ihn, lässt das Messer stecken und fährt wieder heim?«

– 82 –

»Wer sagt, dass sie das Messer nicht wieder mitnehmen wollte? Vielleicht ist sie gestört worden. Und warum sie dieses Messer genommen haben soll? Soviel ich weiß, sind viele Köche abergläubisch, also nimmt sie ihr ganz persönliches Messer und hofft, dass es ihr sozusagen Glück bringt.«

Für so fantasiebegabt hätte ich Zuckerbrot gar nicht gehalten. Ich schließe gerade noch rechtzeitig den Mund, bevor mir etwas Derartiges herausrutscht. Immerhin will ich Billy helfen und ihr nicht zusätzlich schaden.

»Ihnen ist außerdem wohl klar, dass Sie über unsere Ermittlungen nicht berichten dürfen.«

»Das ist mir nicht klar. Es gibt keinerlei Vorschrift, die das verbietet. Ich werde natürlich berichten, wie meine Kollegen auch. Was ich schreibe, wird davon abhängen, wie die Ermittlungen laufen.«

»Sie gehören auch zum Kreis der Verdächtigen. Und Sie sind offensichtlich die Freundin der Hauptverdächtigen.«

»Tun Sie, was Sie nicht lassen können.«

Ich muss so schnell wie möglich mit meinem Chefredakteur reden. Wenn Zuckerbrot mir zuvorkommt, wird er versuchen, mich vom Fall fern zu halten. Außerdem muss ich Vesna anrufen. Jetzt wird es wirklich eng, jetzt brauche ich ihre Hilfe.

Alle heben den Kopf, als der weiße Kies des Parkplatzes aufspritzt und einige Autos übertrieben rasant zum Stehen kommen. Ich brauche nicht einmal aus dem Fenster zu sehen, ich weiß: Jetzt sind meine Kollegen da.

Ich blicke Zuckerbrot an, der zuckt mit den Schultern und sieht für einige Momente beinahe mitleidig drein.

»Sind Sie fertig?«, frage ich.

»Ja.«

»Werden Sie der Presse gegenüber etwas sagen?«

»Was gibt es da zu sagen? Wem das Messer gehört, haben

Ihre Kollegen offenbar ganz alleine herausgefunden. Nein, ich werde nichts sagen.«

Billy sieht mich an, ich bin alles andere als eine Gedankenleserin, aber in diesem Fall ist sonnenklar, woran sie denkt: Flucht!

Ich unterdrücke einen ähnlichen Impuls. In dem Moment fällt mir ein, wie bei einem früheren Fall eine improvisierte Pressekonferenz einiges erleichtert hat. Ich packe Billy an beiden Schultern: »Du musst ein Statement abgeben, nichts verschweigen, was sie ohnehin herausfinden. Erzähle, dann bist du sie vielleicht noch vor dem Abendgeschäft los.«

»Ich sperr zu.«

»Das tust du nicht.«

Sie seufzt, sieht mich an, dann Zuckerbrot. Zuckerbrot nickt wie der gute Onkel, und einen Augenblick lang verspüre ich eine Riesenwut. Warum braucht sie ausgerechnet seinen Zuspruch?

»Okay?«

Billy nickt, als die Meute bereits hereinstürmt.

Zuckerbrot und sein Team brechen so rasch auf, als wären sie die Verdächtigen. Der Chef der Mordkommission 1 wehrt alle Fragen ab, ignoriert die Blitzlichter, geht mit seinen Leuten zum Ausgang, verzichtet sogar darauf, uns mit Zurufen wie »Sie halten sich zur Verfügung!« zu demütigen. Wahrscheinlich weiß er, dass wir es schwer genug haben.

»Billy Winter will eine Erklärung abgeben«, rufe ich. Beim dritten Mal gelingt es mir, das Stimmengewirr zu übertönen.

Ich entdecke einen Fotografen und einen jungen Chronikreporter vom ›Magazin‹. Letzterer ist sichtlich irritiert, aber da kann ich momentan nichts machen.

Plötzlich sind alle ruhig. Ich nicke Billy aufmunternd zu. »Erzähle«, sage ich, »erzähl die ganze Geschichte.« Eigentlich bin ich verrückt, ich gebe Details der Story freiwillig aus der Hand. Bleibt nur zu hoffen, dass mein junger Kollege das nicht sofort unseren Chefs meldet.

Billy räuspert sich und berichtet dann.

Niemand stellt Zwischenfragen. Jetzt, wo sie einmal begonnen hat, ist ihre laute, dunkle Stimme, mit der sie sonst in der Küche Bestellungen abruft, zurückgekehrt. Präzise schildert sie die Angriffe auf ihr Lokal, erwähnt das spurlose Verschwinden des Kochs, die Geschichte mit dem Messer und das mit dem Schlüssel im Blumentopf. »Ich weiß nicht, was da vor sich geht«, sagt sie zum Schluss und lässt die Arme sinken.

Ruhe. Dann mein alter »Freund« vom »Blatt«, unserer größten und nicht eben anspruchsvollsten Zeitung im Land: »Wenn Sie schon das Opfer sind, wer war dann der Täter? Irgendeine Idee?«

Billy Winter hebt das Kinn. Fordert man sie heraus, kämpft sie. Gut so, Mädchen. »Nein, das habe ich schon gesagt.«

Er bohrt weiter. »Wie wäre es mit Ihrem Exmann?« Gut recherchiert. Es würde mich allerdings wundern, wenn er vor versammelter Mannschaft über das Sorgerechtsverfahren reden würde. Wieso mit Informationen herausrücken, die man vielleicht als Einziger hat?

»Warum?«, fragt Billy.

Ich behalte Recht. Er verzichtet darauf, nachzuhaken. Trotzdem mache ich mir Sorgen. Er wird Billys Privatleben unter die Lupe nehmen.

»Sag ihnen, dass du gerne weiterhin mit ihnen zusammenarbeitest, dass du jetzt aber in die Küche musst«, flüstere ich Billy zu. Sie nickt, sagt genau das und geht.

Erst jetzt, quasi im inoffiziellen Teil, werde ich mit Fragen bestürmt. Was ich hier mache, warum ich schneller gewesen sei als alle anderen, woher ich Billy Winter kenne, seit wann …

Ich grinse breit. »Ich hab immer schon ein Faible für gutes Essen gehabt, das wisst ihr doch.«

So einfach wollen sich nicht alle zufrieden geben. Erst jetzt fällt mir auf, dass Onkel Franz während unserer Pressekonferenz gekommen ist. Er steht hinter der Theke und sieht entsetzt drein, heute glaubt man ihm sein Alter.

»Vielleicht bleiben wir zum Essen«, sagt einer, den ich noch nie gesehen habe.

»Essen kann man hier hervorragend«, bestätige ich.

»Da war der Bachmayer anderer Ansicht. Jetzt ist er tot.«

»Na dann ist es vielleicht besser, ihr denkt an euren Redaktionsschluss und verrollt euch.«

»Und du?«

»Ich arbeite bei einer Wochenzeitung, schon vergessen?« Ich will sie draußen haben, und zwar schnell.

Den jungen Chronikredakteur vom »Magazin« ziehe ich zur Seite. Felix heißt er, fällt mir gerade noch rechtzeitig ein, er arbeitet erst seit ein paar Monaten bei uns. »Ich rufe den Chefredakteur an. Du lieferst die Bilder ab, über alles Weitere reden wir morgen in der Redaktion. In Ordnung?«

Er nickt. Mal sehen, ob er wirklich so kooperativ ist.

Der Hinweis auf den Redaktionsschluss hat offensichtlich gewirkt. Niemand bleibt zum Essen. Ich versuche mir alle Gesichter einzuprägen. Nur für den Fall, dass sich in den nächsten Tagen doch einige von ihnen unter die Gäste mischen wollen.

Billy arbeitet in der Küche wie besessen. Mahmet und der Lehrling sind auch bereits da.

»Alles okay?«, frage ich sie.

Sie sieht mich an, als ob ich verrückt geworden wäre. Ich verstehe sie. Nichts ist in Ordnung.

Das Telefonat mit meinem Chefredakteur ist mühsam, das Ergebnis unbefriedigend. Ich solle gleich morgen Früh, jedenfalls aber vor zehn, zu ihm kommen, dann werde er entscheiden. »Disponieren«, hat er exakt gesagt. Hauptsache, Worte klingen wichtig.

Beinahe gespenstisch, wie normal der weitere Abend verläuft. Noch hat keiner der Gäste mitbekommen, dass Bachmayer mit Billys Messer ermordet worden ist. So gesehen ist es ein Glück, dass das Lokal noch immer mit Manninger in Verbindung gebracht wird und die wenigsten der Gäste Billys Namen kennen. Spätestens ab morgen Früh wird das anders sein. Ich gebe in der Küche mein Bestes. Da das Lokal heute nur halb voll ist, tue ich mich leichter als an den letzten Tagen. Zeit, Onkel Franz und die anderen zu informieren, bleibt trotzdem nicht. Billy arbeitet konzentriert wie immer. Mit einem Unterschied: Heute schimpft sie nicht, sie treibt nicht an, lobt nicht, lacht nicht, singt nicht. Sie wirkt wie eine präzis arbeitende Maschine.

Sie bricht auch nicht zusammen, als das Abendgeschäft vorbei ist. Sie atmet tief durch, versammelt ihre Belegschaft um sich und erzählt, was geschehen ist. Danach macht sie eine kurze Pause. »Wenn einer von euch nicht mehr hier arbeiten möchte, ich lege ihm nichts in den Weg.«

Mahmet schaut zu Boden, der Lehrling tut wieder einmal so, als ginge ihn das alles überhaupt nichts an, Hans-Peter schüttelt den Kopf, die Praktikantin poliert weiter Gläser, die Abwäscherin hustet verlegen. Onkel Franz reagiert erwartungsgemäß empört. »Ich werde herausfinden, wer Sie vernichten will, ich werde ihn …« Er hebt drohend die sehnigen Arme und zittert etwas dabei. Wahrscheinlich sollte ich mir um seinen Gesundheitszustand mehr Sorgen machen als um den von Billy.

Sie nickt kurz, sagt danke und geht zurück in die Küche.

Als ich einige Minuten später nachkomme, finde ich sie nicht. Im Hinterzimmer höre ich halblaute Stimmen. Angespannt schleiche ich näher. Durch den Türspalt sehe ich, wie im Finstern eine Zigarette aufglimmt. Aber es sind bloß Hans-Peter und der Lehrling, die über die Ereignisse reden. Warum haben sie kein Licht gemacht? Aber braucht es für alles eine Erklärung?

»Da ist einer durchgeknallt, aber der Peppi war das sicher nicht.«

»Aber sie auch nicht.«

Die beiden verstummen, als sie mich entdecken.

Ich finde sie schließlich im Auto hinter dem Wirtshaus, dort, wo wegen des lärmempfindlichen Nachbarn nur sie parken darf. Sie sitzt hinter dem Steuer, den Kopf an die Nackenstütze gelehnt. Panisch renne ich hin. Ist sie die Nächste, die …?

Billy bemerkt mich nicht. Tränen strömen ihr über das Gesicht. Sie gibt keinen Ton von sich.

Als sie mich endlich wahrnimmt, zuckt sie zusammen, versucht ihr Gesicht zu verbergen, kramt nach einem Taschentuch.

Ich weiß nicht, was ich tun soll. Ist es taktvoller, zu gehen? Ist es besser, zu bleiben?

»Ich hab Zwiebel geschnitten«, schluchzt sie.

Ich nicke. Niemand soll sie schwach sehen. Sonst könnte sie tatsächlich zusammenbrechen. »Verdammte Zwiebeln«, sage ich und sehe, dass sie sogar ein bisschen lächelt. »Ich bin in der Küche, wenn du mich brauchst.«

»Die anderen sollen zusammenräumen«, versucht sie zu befehlen, »du nimmst dir ein Glas Wein und setzt dich an einen Tisch. Ich komme gleich.«

Ich nicke folgsam und gehe in die Küche, um beim allabendlichen Saubermachen zu helfen.

»Es ist jemand für Sie da«, sagt Onkel Franz und zieht ein Gesicht, als ob es sich bei dem Besuch um eine zwielichtige Erscheinung handeln würde. Für einen Moment denke ich an Oskar, aber der ist in Frankfurt. Und alles andere als zwielichtig, eher schon ein bisschen zu honorig für mich. Ich folge Onkel Franz in den Schankraum, und da steht Vesna mit dem Sturzhelm in der Hand.

»Ich habe Nachrichten gesehen, da kann man zusammenzählen, um wen es geht, also bin ich gekommen. Wenn es ernst wird, helfe ich, habe ich versprochen.«

»Du bist mit deiner Mischmaschine hergefahren?«

»War Notfall.«

Vesna besitzt ein Motorrad, das sie noch mit ihren Brüdern in Bosnien zusammengebaut hat. Lange nicht alle Teile stammen ursprünglich von Motorrädern, kein Wunder, dass das Gefährt in Österreich nie zugelassen wurde. Bei jeder Fahrt riskiert sie, von der Polizei aufgehalten zu werden. Ausländerinnen ohne Arbeitsgenehmigung sind schon wegen kleinerer Vergehen abgeschoben worden.

»Mann hat das Auto, was soll ich tun?«, fügt sie hinzu. Sie liebt es, auf der viel zu lauten illegalen Maschine durch die Landschaft zu brausen. Typisch Vesna.

Onkel Franz steht die Frage, wer denn das sei, deutlich ins Gesicht geschrieben.

»Meine Freundin Vesna«, sage ich daher kurz. Hoffentlich hat sich Billy inzwischen wieder gefangen. Ich erzähle nun auch Vesna, was sie noch nicht weiß, und komme mir schon wie eine Gebetsmühle vor.

Vesna nickt. »Wir müssen Koch finden. Und Bar ansehen. Und fragen nach Feinden von diesem Kritiker. Und vorsichtig sein. Ich werde da arbeiten, geht sich schon aus, zumindest am Abend. Wenn es sein muss, auch an der Spüle. Jetzt ist ein Mord passiert. Das ändert alles.«

»Das macht die Sache für dich spannender, als wenn man bloß eine Wirtin in den Konkurs treiben will ...«

Vesna ist nur scheinbar gekränkt. »Ich will helfen. Aber bei schwerer Sache ist das eben notwendiger wie bei leichter.«

»Die Abwäscherin ist schon zurück.«

»Dann werde ich was anderes tun.«

»Wir sind voll«, mischt sich Onkel Franz wenig höflich ein. Aus irgendeinem Grund scheint er Vesna nicht zu mögen.

Ich sehe ihn bittend an. »Wir reden mit der Chefin, ja?«

Er schüttelt stur den Kopf. »Ich kann auf sie aufpassen, da brauche ich niemanden. Ich habe Herrn Manninger versprochen, auf sie Acht zu geben. Und auf das Wirtshaus.«

»Aber Unterstützung kann man doch immer brauchen.« Das »in Ihrem Alter« verkneife ich mir.

Billys Gesicht ist noch etwas gerötet, aber ihre Stimme ist schon wieder fest. Sie kontrolliert unerbittlich, ob in der Küche alles sauber ist. Sie findet schließlich auch eine Lösung für Vesna, mit der selbst Onkel Franz gut leben kann: Vesna wird hinter der Theke Gläser polieren, einschenken helfen und bei Bedarf auch Besteck polieren. Onkel Franz hasst die Poliererei.

6.

Der Kriminalpolizei gelingt es nicht, etwas über den Verbleib von Josef Dvorak herauszufinden. Das erfahre ich von Droch, der seit Jahren mit Zuckerbrot befreundet ist und sich einmal pro Woche mit ihm zum Mittagessen trifft. Ein Amtshilfeverfahren mit den tschechischen Behörden ist bereits eingeleitet worden.

Nach schwerem Kampf hat mir der Chefredakteur den Mordfall Bachmayer übertragen. Zum Glück ist der Chronikchef auf Urlaub, er hätte darauf gedrängt, dass die Story in dem Ressort bleibt, in das sie gehört. Felix soll mir, wenn ich ihn brauche, zur Seite stehen. Natürlich warnt mich der Chefredakteur vor »einseitiger Berichterstattung«, andererseits weist er mich an, ja alles zu verwenden, was ich durch meine Freundschaft mit Billy Winter herausfinden kann. Ich werde mich hüten. Vor beidem. Billy ist objektiv nicht besonders verdächtig. Das sieht selbst Zuckerbrot so. Andererseits will ich sie aber auch nicht unterschätzen. Sie hat eine Menge Temperament, im Affekt kann sie einiges anstellen. Und so gut kenne ich sie auch wieder nicht.

Das Azorenhoch hat sich nun tatsächlich durchgesetzt. Im Wiener Stadtzentrum hat es zu Mittag bereits einunddreißig Grad. Ich schwitze, widerstehe der Verlockung, am Naschmarkt einkaufen zu gehen, und steuere die Bar Rosa Flieder an. Keine Uhrzeit für eine Bar, ich weiß, aber mit Sicherheit eine gute Chance, mit der Besitzerin in Ruhe reden zu können.

Die Bar liegt in einer Seitengasse der Rechten Wienzeile, die Eingangstür ist offen, das Innere wirkt im Kontrast zum Sonnenlicht stockfinster. Ich blinzle, bis ich im Zwielicht doch endlich einiges ausnehmen kann. Ein langer Tresen, schwarz, blank poliert. Einfache Barhocker aus Edelstahl mit schwarzem Sitzpolster, ein paar kleine Tische in Nischen, Design der Fünfzigerjahre. Hinter der Bar Spiegel, eine eindrucksvolle Menge an Getränken. Es riecht nach Putzmittel und kaltem Rauch. Wahrscheinlich ist deswegen die Türe offen. Niemand zu sehen. Ich räuspere mich, rufe schließlich: »Hallo! Wer da?«

Es ist Rosa Flieder persönlich, die nun erscheint. Sie trägt einen Jogginganzug aus violettem glänzenden Material und hat einen Putzlappen in der Hand. »An sich haben wir noch geschlossen.« Misstrauisch betrachtet sie mich: »Oder sind Sie gar noch jemand von der Presse?«

Ich mache eine vage Geste. »In erster Linie bin ich eine Freundin von Billy Winter, der Wirtin vom Apfelbaum, ehemals Souschefin im Royal Grand.«

»Die Verdächtige«, ergänzt Rosa Flieder. »Ich kenne sie nicht.« Das klingt, als ob dieser Umstand Billy noch viel verdächtiger machen würde.

»Sie hat einen Sohn, sie kann nicht viel ausgehen. Aber sie war einige Male bei Ihnen, hat sie mir erzählt.«

»Die Medien haben noch kein Bild gebracht …«

Zum Glück. Ich beschreibe Billy.

Rosa Flieder nickt. »Ich habe ein ausgezeichnetes Personengedächtnis, jetzt erinnere ich mich an sie, sie war wirklich ab und zu da, aber das ist schon lange her. Sie war mit dem Manninger liiert. Eine nette Kleine, man hat ihr nachgesagt, dass sie sehr ehrgeizig ist.«

Ich will schon widersprechen und ihr von der tatsächlichen Art der Verbindung zwischen den beiden erzählen, stocke dann aber. Wenn die Frau ein so gutes Personengedächtnis hat, wie sie behauptet, dann wird da wohl etwas dran sein. Interessant, worauf man so nebenbei kommt.

»Was wollen Sie von mir?«

»Billy Winter hat Bachmayer sicher nicht ermordet, also versuche ich herauszufinden, ob es sonst Verdächtige gibt.«

Rosa Flieder lacht, dass ihr großer, lila glänzender Busen nur so wogt. »Sie sind lustig«, keucht sie dann, »wirklich. Der Bachmayer hatte mehr Feinde, als ich Kunden habe. Und das heißt etwas. Erstens hat er alle möglichen Restaurants schlecht gemacht. Nicht immer zu Recht, das weiß ich von meinen Stammkunden. Zweitens hatte er immer wieder Probleme mit seinen Beziehungen.« Sie beugt sich vertraulich zu mir vor und flüstert: »Er war schwul. Nicht, dass ich da etwas dagegen hätte …«

»Aber?«

»Ich sage eben immer, man muss mit der Liebe und dem Sex ehrlich umgehen. Es gibt das eine, und es gibt das andere, und dann gibt es natürlich noch so Mischungen. Da wird es dann oft gefährlich. Aber er hat auf Liebe gemacht und seine Freunde doch nur ausgenutzt. Junge Burschen teilweise, dabei war er wirklich nicht schön. Aber eben einflussreich, wegen seines Magazins. Und des Restaurantführers.«

Es sieht so aus, als würde Rosa Flieder ihrem ermordeten Stammgast nicht besonders nachtrauern.

»Verkehren viele Homosexuelle bei Ihnen?«

Sie sieht mich empört an. »Wo denken Sie hin? Das ist keine Schwulenbar, aber er hat eben zur Branche gehört. Ich habe viele Leute aus der Gastronomieszene da, auch Künstler, andere Prominente. Und ganz normale Leute. Mir ist jeder recht, der seine Rechnung zahlt und nicht randaliert.«

»Kann ich mir den Innenhof ansehen, in dem er erstochen worden ist?«

»Was sind Sie eigentlich von Beruf? Privatdetektivin? Die Polizei war schon da.«

Natürlich. »Und Leute von den Medien?«

»Waren auch schon einige da.« Sie seufzt. »Das Ganze ist ein schwerer Schlag für mein Geschäft. Ich meine, im Innenhof hätte ja niemand etwas zu suchen, da stehen bloß die Mülltonnen. Aber es gibt vom Gang mit den Toiletten eine Tür hinaus. Normalerweise versperre ich sie. Die Leute in den Häusern rundum regen sich sonst wieder über den Lärm auf. Aber leider denke ich nicht immer daran.«

»Das heißt: Zumindest zwei Personen, Bachmayer und sein Mörder, müssen durch das Lokal gegangen sein, zu den Toiletten und dann durch die in den Innenhof.«

»Bachmayer ist schon etwas angetrunken gekommen, das war zirka um Mitternacht, das hab ich der Polizei und auch den Journalisten schon gesagt. Wer hinausgegangen ist, weiß ich nicht. Ich kontrolliere doch nicht, wer wann aufs Klo geht. Es war einiges los am Dienstagabend. Außerdem kann man nicht nur von uns aus in den Innenhof, sondern auch durch die Hintertüren der Häuser rundum.«

Zuckerbrots Mordkommission wird das alles überprüfen, da bin ich mir sicher. Routinearbeit.

»Hat Bachmayer auch einmal etwas über Ihre Bar geschrieben?«

Frau Flieder lacht schon wieder. »Wo denken Sie hin? Niemand will, dass die eigenen Stammlokale überfüllt sind. Schon gar nicht mit Touristen. Das hier ist eine Touristengegend. Außerdem hat der doch alle, die gut wegkommen wollten, um Inserate angeschnorrt.«

Sieh an, offenbar kein Geheimnis für Insider.

»Nicht, dass ich mir das nicht leisten könnte. Ich bin sparsam, das Lokal und die Wohnung gehören mir, da fallen die hohen Mieten in dieser Gegend weg, aber ich brauche keine Inserate. Meine Bar ist auch so voll.«

»Irgendwelche besonderen Streitereien in letzter Zeit?«

»Sie sind doch Privatdetektivin.«

»Nein, Billys Freundin. Nebenbei auch Journalistin. Vom ›Magazin‹.«

Ihre Miene wird reserviert. »Warum haben Sie das nicht gleich gesagt?«

»Wir haben über anderes geredet.«

Rosa Flieder schüttelt den Kopf und lächelt dann. »Hab ich offenbar wieder einmal zu viel geredet. Aber ich habe nichts zu verbergen, schreiben Sie nur, dass bei mir alles sauber ist. Keine Homo-Fehden, keine anderen Streitereien, ich habe eine Bar, in der man sich entspannen kann. Punkt.«

Fast fange ich an, Bachmayer zu verteidigen. Ich mag keine Vorurteile gegenüber Homosexuellen. Als ob die Heteros nicht ähnliche Probleme hätten – aber eben anerkannt, und wenn sie wollen, auch mit Brief, Siegel, staatlichem und kirchlichem Segen. Trotzdem nicke ich bloß und wiederhole: »Homo-Fehden?«

»Die gibt es bei mir nicht.«

»Hatte Bachmayer einen aktuellen Freund? Kann ich ihn irgendwo finden?«

»Lassen Sie den Jungen bitte in Ruhe. Der Polizei habe ich ohnehin schon seinen Namen sagen müssen. Ein Musiker, der mit deutschen Liedern, so wie der Grönemayer oder so, Karriere machen will. Hübsch genug ist er für einen Schlagerstar, heutzutage müssen sie ja in erster Linie hübsch sein. Bachmayer hat mächtig angegeben. Der Junge ist lieb, der tut niemandem etwas. Er hat außerdem gerade begriffen, dass Bachmayer von ihm nur das eine will. Aber jetzt, wo er tot ist, trauert er eben doch.«

– 95 –

»Woher wissen Sie das?«

»Er war da. Wahrscheinlich hat auch der Bachmayer seine netten Seiten gehabt, das alles soll sich nicht so anhören, als sei es um ihn nicht schade, um jeden ist es schade, wenn Sie verstehen, was ich meine. Aber Sie dürfen auf keinen Fall schreiben, was ich so dahergeredet habe.«

»Versprochen. Ab wann geht es bei Ihnen so richtig los?«

»Sie wollen wiederkommen?«

Ich nicke.

»Daran kann ich Sie nicht hindern … Also, die meisten meiner Stammgäste arbeiten lange, vor Mitternacht ist es selten voll bei mir. Wie das heute ist, weiß ich nicht. Natürlich haben alle vom Mord gehört. Ob da mehr Gäste kommen? Oder weniger? Man wird sehen. Ich will aber nicht, dass irgendwer meine Stammgäste belästigt. Da kann ich böse werden, ich warne Sie. Am Abend ist Willy da, er ist fast zwei Meter groß und kann einen jeden vor die Türe setzen.«

»Warum haben Sie einen Rausschmeißer?«

»Das macht er nur nebenher, er ist mein Kellner. Einer mit Überblick. Zumindest theoretisch.«

Jetzt habe ich mir doch noch einen Abstecher auf den Naschmarkt verdient. Zu viel darf ich nicht kaufen, bremse ich mich, immerhin ist Oskar nicht da, und ich werde wohl die meisten Abende der nächsten Zeit im Apfelbaum verbringen. Aber türkischen Käse fürs Frühstück und einen Sesamkringel gegen den plötzlichen Hunger. Etwas Lammfleisch, das kann ich ja einfrieren. Rote, längliche Paprika, solche mit viel Aroma, nicht das holländische Plastikzeug. Ein paar Babymelanzane. Die wären eigentlich auch fürs Wirtshaus fein, aber da will ich Billy lieber nicht hineinpfuschen. Lauch ist uns gestern ausgegangen, davon nehme ich jedenfalls drei Stangen, das kann nicht schaden.

Die Wärme, die Zurufe der Verkäufer, das Gedränge, die Gerüche und die bunten Farben, das ist wie ein kleiner Urlaub. Meine Schritte werden elastischer, mein Blick aufmerksamer. Ich bin unterwegs. Auf der Jagd. Hühnerkrägen für Gismo. Sie soll teilhaben an meiner guten Laune.

Gute Laune? Ich bleibe so abrupt stehen, dass zwei japanische Touristen auf mich auflaufen und beginnen, sich wortreich zu entschuldigen. Oder machen sie mir Vorhaltungen?

Gute Laune? Dass Bachmayer tot ist, trifft mich nicht besonders. Aber die Auswirkungen des Mordes auf Billys Lokal. Der verschwundene Koch, die üblen Späße. Ich rufe in der Redaktion an und frage Felix, ob es in den Agenturmeldungen etwas Neues gibt. Ganz stolz erzählt er mir, dass er erst vor einer Viertelstunde alles gecheckt habe, nein, es gebe nichts Neues. Offenbar lässt es sich mit ihm gut arbeiten, ein Glück.

Ich schleppe die Einkäufe die acht Treppen zu meiner Wohnung nach oben, füttere Gismo, lüge ihr vor, demnächst wieder mehr zu Hause zu sein, nehme den Lauch und mache mich auf Richtung Apfelbaum.

Billy ist wirklich zäh, sie tut, als wäre nichts geschehen. Ich sage ihr das, und sie lächelt.

»Ich hab gelernt, mich durchzubeißen. Disziplin, ohne die kommst du in meinem Beruf nicht weit.«

Es gibt eine Grenze der Belastbarkeit, für jede und jeden. Aber das sage ich nicht, ich nehme mir nur vor, gut auf sie aufzupassen.

Billy steht im Schankraum und breitet die Arme aus: »Das Wirtshaus ist wunderschön, nicht wahr? Ich hab mich sofort in den Apfelbaum verliebt. Vor allem in diesen Raum. Sie werden es mir nicht wegnehmen. Das gelingt ihnen nicht.«

»Wer sind ›sie‹?«, frage ich Billy.

Sie lässt ernüchtert die Arme sinken. »Wenn ich das wüsste.«

Am Abend tauchen erwartungsgemäß etliche Journalisten auf und tun so, als würden sie aus blankem Zufall heute hier essen wollen. Wäre die Sache nicht so ernst, könnte man lachen. Die eine Partie sitzt im Garten, jene von der Konkurrenzzeitung im Schankraum. Man kennt einander und beäugt sich entsprechend misstrauisch.

Billy meint kurz angebunden: »Sie sind Gäste wie alle anderen auch. Keine Vorzugsbehandlung, keine schlechtere Behandlung.« Sie verzichtet auf eine Lokalrunde und bleibt vorerst lieber in der Küche. Wir haben ohnehin genug zu tun. Aus irgendeinem Grund bin ich heute unkonzentriert. Zwei-, dreimal, als zu viele Bestellungen auf einmal im Laufen sind, weiß ich nicht mehr, was ich tun soll. Was fehlt? Was hab ich vergessen? Was will Billy als Nächstes anrichten? Geht das Wildschweinragout mit der Entenbrust hinaus? Brauchen wir noch einen Branzino? Ich rühre hektisch in Töpfen, schwenke unnötig Pfannen und sehe nach, ob man was am Grill wenden sollte, Ersatzhandlungen, leere Kilometer, um Aktivität vorzutäuschen und das Missverhältnis zwischen Adrenalin und Können zu verringern. Dabei wäre es so wichtig, die nächsten Gerichte in Angriff zu nehmen. Aber in meinem Kopf ist nur gähnende Leere. Billy bemerkt es.

»Zweimal Branzino auflegen, dreimal Fischfiletstreifen. Kürbisgemüse fertig machen. Wir brauchen noch eine Thymianpalatschinke. Zucchini für den Wildkarpfen.«

Ich fasse wieder Tritt. Helle, metallische Töne, wenn Pfannen und Töpfe auf den Herd gestellt werden, am Griller zischt es, die Dunstabzugshaube, die wie ein riesiger Schirm über allem hängt, saugt auf vollen Touren, der Geschirrspüler im Eck gurgelt überflüssiges Wasser aus, er wird geöffnet, und es scheint mir, als könnte man selbst die Dampfschwaden hören. Konzert einer Küche im Hochbetrieb.

Hans-Peter kommt und ruft: »Neuer Tisch!« Noch einer mehr. Billy knallt den Bon an die Wand zu den anderen.

Onkel Franz umschleicht die beiden Journalistentische mit auffälliger Häufigkeit, sagt uns Vesna, als der Druck nachlässt. Sie poliert hinter der Theke Gläser und hat alles gut im Blick.

Wenig später stellt Hans-Peter in der Küche einen Stapel leer gegessener Teller ab und sagt: »Die Zeitungsleute lassen fragen, ob die Chefin gar nicht ins Lokal kommt. Sie hätten gerne ein paar Fotos gemacht.«

Billy sieht mich kurz an.

»Du wirst wenig dagegen tun können. Besser, du spielst mit, als sie machen Meuchelfotos von dir.«

»Kann ich dich alleine lassen?«

Ich sehe auf unser Magnetbrett. Die Vorspeisen für Tisch 14 sind noch offen, Tisch 20 und Tisch 5 haben noch keine Hauptspeisen, aber das meiste ist schon am Laufen. In gewisser Weise bin ich stolz, dass Billy mir zutraut, alleine mit dem – zugegebenermaßen kleinen – Rest der Abendbestellungen fertig zu werden. Ich nicke.

»Ich hole mir eine neue Kochbluse und mache meine Lokalrunde. Alles wie üblich. Man wird schon sehen, was passiert.«

»Tu dir etwas Puder ins Gesicht. Glänzende Gesichter kommen auf Fotos nicht so gut.«

Billy lacht, es klingt beinahe fröhlich. »Monatelang hab ich mir gewünscht, dass mehr Journalisten kommen. Jetzt sind sie da. Zwar keine Gastrokritiker, sondern Kriminalberichterstatter, aber was soll's. Auf in den Kampf! Vielleicht hat mir mein geheimer Feind letztlich eine Riesenfreude gemacht!«

Davon bin ich zwar nicht restlos überzeugt, grinse aber zurück. Erst als Billy aus der Küche verschwunden ist, fällt mir ein, dass ich nicht weiß, wie der Wildkarpfen angerichtet wird. Idiotisch, gesehen habe ich es oft genug, aber es erscheint kein passendes Bild in meinem Kopf. Seltsam, daheim bin ich nie unsicher, wenn es ums Kochen und Anrichten geht.

Ich bestelle bei Mahmet den Salat für das Entenhaxerl, erinnere ihn an den Weinviertler Schinken als Vorspeise und schneide dünne Scheiben vom marinierten Lachs. Die Vorspeisen sind fertig und können rausgehen. Ich richte an, garniere. Grünes Öl da, knusprig frittierte Tomatenhaut dort, dann läute ich dem Service, kläre, was mir noch für die Hauptspeisen fehlt, sautiere Steinpilze, weise den Lehrling an, Gemüse und Kaninchenbrust zu frittieren. Eine Portion Rehragout wird gewärmt, ein Stück rosa gegrillter Rehrücken liegt im Hold-o-Mat bereit.

Wieder richte ich an, selbst der Wildkarpfen sieht dem von Billy ähnlich. Zwei Kartoffelscheiben, darauf die gegrillten Zucchinischeiben, dann der Wildkarpfen, rund herum etwas vom Rucolaöl, zur Garnitur eine Gurkenblüte. Etwas grobes Meersalz.

»Auf Tisch 13 ist noch jemand dazugekommen. Könnt ihr noch einmal Variationen vom Kürbis machen?«

Ich seufze und nicke.

Zum Glück ist noch eine Kürbisblüte da. »Füllen«, sage ich zum Lehrling, »danach gleich in den Backteig und einlegen.«

Die Kürbisstücke sind aus. Ich hetze ins Kühlhaus, nehme eine Spalte Muskatkürbis, schäle sie, so schnell es geht, renne zur Schneidemaschine, um den Kürbis in regelmäßige, 8 mm dicke Scheiben zu schneiden. Gleich ist alles geschafft, dann kann ich nachsehen, was meine Kollegen ... Der Kürbis ist zäh, die Spalte auch für dieses Profigerät beinahe zu groß. Ich drücke ungeduldig nach, an sich sollte ich den Fingerschutz ... Ob mein Kollege vom »Blatt« ...?

Es geht so schnell, dass ich gar nicht weiß: Hab ich aufgekreischt? War es die Maschine? Jedenfalls klafft in meinem Daumen ein tiefer Spalt. Blut, sehr viel Blut, noch spüre ich nicht viel, renne bloß zur Spüle, um nicht alles zu versauen. Mahmet kommt erschrocken näher.

»Schneid den Kürbis fertig, leg drei Stücke auf den Grill. Schnell«, sage ich. Nicht nur Billy kann tough sein. Ich bin richtig stolz auf mich. Dann spüre ich hellen Schmerz. Laut, sehr laut.

»Ein Pflaster und Leukoplast zum Abbinden«, rufe ich dem Lehrling zu.

»Man sollte die Chefin ...«, wirft er ein.

»Die hat andere Sorgen. Mach schon, es hört nicht auf zu bluten.« Ab wann verblutet ein Mensch? Mira, mach dich nicht lächerlich. An einem Schnitt in den Finger ist noch niemand verblutet. Nicht einmal an einem tiefen. Aber warum wird mir dann so schwindlig?

Ich presse das Pflaster auf die Wunde, wickle, so fest es geht, viele Lagen Leukoplast herum.

»Einen großen Schnaps«, ordere ich bei Hans-Peter.

»Welchen?«

»Egal«, presse ich zwischen den Zähnen heraus.

»Oje«, sagt er, als er meinen behelfsmäßigen Verband sieht. Pflaster und Leukoplast sind mit Blut getränkt. Der Schnaps soll schnell kommen, sonst ...

Ich kippe ihn hinunter und bilde mir ein, dass er tatsächlich hilft. Noch zwei Lagen Leukoplast, dann schaue ich auf Fritteuse und Grill. Die gefüllte Kürbisblüte gehört dringend heraus und abgetupft. Die Kürbisstücke sind auch schon fertig.

»Soll ich?«, fragt Mahmet, als ich mit der linken Hand einen Teller aus dem Wärmegerät nehme, um anzurichten.

»Geht schon«, lächle ich und komme mir tapfer vor. So was passiert in der Küche jeden Tag, wer ein Profi sein will, muss sich wie ein solcher verhalten. Ich schneide die dekorative Kürbisblüte der Länge nach in zwei Hälften, platziere sie und die gegrillten Kürbisstücke auf etwas Kürbissalat, vollende mit einem raschen Strich kalter Paprikasauce. Hans-Peter serviert.

Das Magnetbrett ist leer. Ich atme durch, verspreche mir einen zweiten Schnaps und sehe auf meinen Finger. Durch den verstärkten Verband ist nun zumindest kein Blut mehr gedrungen. Aber so wie die Wunde pulsiert, blutet sie noch. Ich zittere etwas, als ich meine ziemlich mitgenommene blaue Küchenschürze abnehme. Beinahe hätte ich meine neugierigen Kollegen vergessen. Ablenkung ist ohnehin das Beste. Vielleicht werde ich Billy später fragen, ob man mit einer solchen Wunde zum Arzt … Unsinn, so was passiert immer wieder, so was heilt von selbst zusammen.

Ehe ich noch in den Schankraum gehen kann, kommt der Lehrling und zeigt mir, wo er sich vor einem Monat verbrannt hat: Ein bläulich-roter Strich zieht sich quer über seinen rechten Unterarm. »Mahmet, zeig ihr, wo du dich geschnitten hast!«

Mahmet kommt und beweist, dass einen die Schneidemaschine noch viel schlimmer erwischen kann. Sein Zeigefingerkäppchen ist seltsam abgeflacht, und die Haut ist an dieser Stelle deutlich heller als am Rest der Hand. Nun muss ich mit meiner Narbe, die mir ein langer, rostiger Nagel gerissen hat, auftrumpfen. Der Lehrling kontert mit seinem Knie, in dem einige erbsengroße Fremdkörper zu stecken scheinen.

»Auch hier in der Küche?«, frage ich beeindruckt. Meine Wunde tut schon viel weniger weh. Oder ist das doch die betäubende Wirkung vom Schnaps?

»Nein, beim Mopedfahren«, gibt er zu, »da sind ein paar Kiesel drinnen geblieben.«

Irgendwie ist es, als wäre ich in einen Klub aufgenommen worden.

Jetzt endlich gehe ich in den Schankraum und sehe mich um. Vesna deutet auf den Tisch 1. Ich linse vorsichtig hinüber. Da sitzt ausgerechnet einer der Kollegen vom »Blatt«, und Billy neben ihm. Sie scheinen sich allerdings ganz friedlich zu unterhalten. Hoffentlich kann sie abschätzen, was sie ihm sagen soll und was nicht. Der Mann ist eine Dreckschleuder, das weiß ich.

Die andere Journalistenpartie ist schon abgefahren, erzählt Vesna. Ansonsten sei der Mord an Bachmayer mit Billys Messer natürlich das Gesprächsthema des Abends gewesen. Auch die paar einheimischen Männer, die sich meist nur am Wochenende rund um den Stehtisch bei der Theke versammeln, haben schon alles und noch etwas mehr gewusst. Gerüchte entstehen schnell. Vesna verspricht, mir später Details zu erzählen. Ich sehe auf die Uhr. Viel Zeit habe ich nicht mehr. Spätestens um Mitternacht will ich zurück im Rosa Flieder sein. Zerschnittener Finger hin oder her. Gut möglich, dass ich dort auf dieselben Reporter treffe wie hier.

Ich nehme mir noch einen Schnaps. Jetzt bemerkt auch Vesna meinen Verband. Ihre Besorgnis wische ich weg, so, als wäre ich vor einer Viertelstunde nicht beinahe umgekippt, als ich das viele Blut gesehen hab. »Das passiert in der Küche immer wieder.« Hoffentlich ist es wirklich nichts Ernsteres. Der Verband fühlt sich aufgeweicht an. Ob ich noch immer blute?

Ich kippe den zweiten Schnaps und zwinge mich dann

– 103 –

zu überlegen, worin mein Wissensvorsprung besteht. Billys hilfsbereite Freundin zu sein reicht nicht aus. Ich muss eine Reportage liefern. Und die sollte besser sein als jene der Konkurrenzblätter. Viel fällt mir nicht ein, was ich exklusiv habe. Gut, ich kann die Stimmung besser schildern, das Flair, die Hintergründe, auch den Melonenangriff. Aber wenn es um die harten Fakten geht, so muss ich zugeben, dass ich nichts habe, was die anderen nicht auch hätten. Ich bin mir sicher, dass Rosa Flieder mit allen so geredet hat wie mit mir. Manninger. Billy muss mir einen Draht zu Manninger in New York herstellen. Vielleicht hat daran noch niemand gedacht. Bilder von ihm gibt es im Archiv des »Magazins« sicher genug.

Als ich Billy darum bitte, sieht sie mich entsetzt an.

Ich denke, sie hat den Verband auf meinem Finger gesehen, aber dann wird mir klar: Sie hat einfach vergessen, Manninger von den Vorfällen zu berichten. Noch ist es sein Lokal, sie zahlt Pacht mit der Option, es in drei Jahren kaufen und die bisherigen Pachtkosten in den Kaufpreis einrechnen zu können.

»Gibt es zwischen dem Manninger und dir mehr als ein Pachtverhältnis?«, möchte ich wissen.

Billy schüttelt den Kopf, lächelt dann etwas schmallippig: »Du bist wirklich gut im Recherchieren. Die Sache zwischen uns ist Jahre vorbei, woher weißt du …?« Sie sieht auf meinen Finger: »Hast du dich verletzt?«

Keine Ausflüchte jetzt. »Ist schon in Ordnung. Rosa Flieder. Aber ihr scheint euch noch gut zu vertragen, Manninger und du.«

»Das musst du anschauen lassen und neu verbinden. Ein Schnitt? Wie tief? Vielleicht sollte man ihn nähen lassen, bevor wildes Fleisch entsteht.«

Von »komischem Fleisch« hab ich schon gehört, aber das

ist eine vergangene Geschichte, die in einem Supermarkt gespielt hat. Von »wildem Fleisch« aber … Hört sich beunruhigend an. Trotzdem will ich nicht, dass sie an meinem Verband herumfummelt. Das Ganze tut weh genug. So tapfer, wie ich tue, bin ich ja doch nicht.

»Also was ist mit dem Manninger? Wie gut vertragt ihr euch?«

Billy blickt von meinem Daumen auf. »In gewisser Weise wirklich gut. Er wollte sich mit mir immer gut verstehen, ich meine – auch nach unserer Affäre. Er schätzt mich auch als Köchin, nur ich hab mich mit dem ›Wir-können-ja-gute-Freunde-bleiben‹ eine Zeit lang schwer getan. Er war es, der unser Verhältnis beendet hat. Besser gesagt: Ich bin dahinter gekommen, dass er sich eine um einiges jüngere Zuckerbäckerin angelacht hatte. Na ja, wie ich dir schon erzählt habe, besser, man lässt sich mit niemandem aus der Branche ein. Hab ich seither auch nicht mehr getan.«

»Von deinem Ex warst du damals schon geschieden?«

»Schlimmer, da haben wir gerade in Scheidung gelebt. Keine einfache Sache. Wenn, dann kommt es bei mir dick.«

»Und Manninger?«

»Der war Single. Überzeugter Single. Irgendwann einmal ist auch er verheiratet gewesen, aber das hat nicht lange gehalten. Unser Job verträgt sich nicht so gut mit Beziehungen. Aber jetzt scheint er ja seine große Liebe gefunden zu haben. Ich gönn es ihm, glaube mir.«

Die Tür der Bar steht auch jetzt in der Nacht weit offen. In der schmalen Gasse hat sich die Hitze des Tages konserviert, einige Leute stehen am Gehsteig, reden und lachen, so, als ob sie sich noch lange nicht voneinander verabschieden möchten. Ein Song von Frank Sinatra klingt nach draußen. Das passt zu Rosa Flieder. Schmalzig oder nicht – ich mag solche Lieder auch, vor allem nach Mitternacht, und wenn es in Wien endlich einmal so warm ist wie im Süden.

Ich bin daran gewöhnt, vieles allein zu tun. Zumindest war ich es in der Zeit vor Oskar. Allein in eine Bar zu gehen hat mich aber immer eine gewisse Überwindung gekostet. Man wird angestarrt, taxiert oder, schlimmer noch, man wird gar nicht wahrgenommen. Heute passiert mir Zweiteres.

Natürlich ist auch hier der Mord Gesprächsthema Nummer eins. Ich sehe den Fernsehkoch Udo Baumann, Traum aller Schwiegermütter. Der Chef vom Solid ist da. Der Typ hinten in der Ecke mit dem Model, das ihn um einen halben Kopf überragt, ist der Eigentümer vom Wiener Schmäh. Hübscher Name für ein Lokal. Flüchtig kenne ich sie alle, so, wie eben eine Lifestylejournalistin Topköche samt ihrem Anhang kennt.

Die Bar ist gerammelt voll. Natürlich, in einer der Nischen sitzt mein Freund vom »Blatt« und tratscht mit einigen jungen Männern, die aussehen, als seien sie aus der Werbebranche. Sie wirken so uniform und langweilig wie mittelgut gestylte Reklame.

Zwei Frauen verabschieden sich voneinander mit viel Gekreische und neben das Gesicht gehauchten Küsschen. Tussis. Wahrscheinlich bin ich ungerecht und beneide sie bloß um ihre Figur, ihr Alter, um was weiß ich noch alles. Na ja, schöne Beine hat die eine jedenfalls nicht, auch wenn der Chef vom Solid sie begierig anstarrt. Gewisse Männer fahren eben mehr auf simple Signale als auf tatsächliche Reize ab.

Die beiden stöckeln in unterschiedliche Richtungen davon, niemand hat sie – außer mit Blicken – aufgehalten.

Ich drücke vorsichtig an meinem verletzten Daumen herum. Billy hat ihn desinfiziert und neu verbunden. Die Wunde hat nach nicht viel mehr als einem Ritzer ausgesehen, wäre nicht wenigstens das dramatisch blutgetränkte Leukoplast gewesen, ich hätte mich wegen meiner Wehleidigkeit in Grund und Boden geniert. Mir ist etwas schwindlig. Nachwirkung der beiden großen Schnäpse? Auswirkung des dumpf schmerzenden Pochens – kleiner Kratzer hin oder her?

Ich sehe mich nach jemandem um, der mich in ein Gespräch ziehen möchte, und finde niemand. Okay, dräng dich an die Bar, bestell dir ein Glas Rotwein. Rosa Flieder erkennt mich, sie nickt mir sogar halbwegs freundlich zu.

Ich nippe an meinem Glas und versuche Gesprächsfetzen aufzuschnappen, aber der Geräuschpegel ist einfach zu hoch. Jemand greift mir von hinten an die Schulter.

»Mira Valensky, wie schön, Sie wieder einmal zu sehen«, sagt er und küsst mich auf beide Wangen.

Nur langsam dämmert mir, wer der Küsser sein könnte. Chefkoch im KaReh – schrille Namen sind momentan in der Wiener Lokalszene in. Ich habe ihn vor einigen Monaten für eine Reportage über die Partys der Reichen und Schicken interviewt, KaReh übernimmt auch Caterings.

»Schon gehört, was bei uns los ist?«, kommt er sofort zur Sache. »Aber das ist ja nicht ganz Ihr Metier.«

Ich nicke brav, besser, man gibt sich so harmlos wie möglich. »Schlimme Sache«, antworte ich.

»Vor Urzeiten habe ich mit Bachmayer sogar gemeinsam gekocht, im alten Sacher.«

»Ich wusste nicht, dass er gelernter Koch war.«

»Ist auch niemandem aufgefallen, er hat schon mit Anfang zwanzig die Seite gewechselt und ist Kritiker geworden. Als Koch hat er nicht besonders viel Zukunft gehabt. Ohne etwas Schlechtes über Tote sagen zu wollen, natürlich.«

»Warum hat er keine Zukunft gehabt?«

»Na das merkt man eben. Was weiß ich, woran. Er hat nie die richtigen Bewegungen gehabt, wahrscheinlich war es das. Ein Streber ohne Talent. Aber als Journalist hat er sich hinauf-

gearbeitet. Ein eigenes Magazin, einen wichtigen Gastronomieführer.«

»Wer wird eigentlich erben?«

»Gute Frage. Keine Ahnung, Sie wissen ja, er war …« Der
Koch wedelt mit der Hand durch die Luft, als ob er sich verbrannt hätte. Leicht hatte es der schwule Bachmayer in dieser Umgebung sicher nicht. Also hat er sich gerächt. Mit seinen Kritiken. Trotzdem, die Sache mit den Inseraten bleibt
mies.

Ein jüngerer Mann, schwarzes T-Shirt, Designerjeans,
dreht sich zu uns um. »Das kann ich dir sagen, Alfi«, wendet er sich zu meinem Gesprächspartner. »Seine beiden Hunde. Bachmayer war ganz schön exzentrisch. Es sind die ersten beiden Hunde, die ein Gastronomiemagazin herausgeben
werden. Wahrscheinlich wollte er euch noch im Nachhinein
eins auswischen!« Er lacht.

Die Erbschaftsgeschichte interessiert auch einige andere in
unserer Umgebung. Der Chef vom Solid kommt, der Koch
vom Wiener Schmäh drängt sich mit seinem übergroßen Model heran. Auf den zweiten Blick erkennt er in mir sogar eine
Journalistin vom »Magazin«, auch wenn ihm mein Name
nicht einfällt. Damit kann ich leben. Ich bin eben nicht seine
Kragenweite. Er meine auch nicht.

»Wisst ihr, wie ›Fine Food‹ in Zukunft heißen wird?«
Kunstpause. »Hot Dogs!«, ruft er und schüttet sich vor lauter Lachen etwas Bier auf sein Armani-Polo.

»Ob es wirklich die Kleine war …? Wie heißt sie …? Billy Winter? Ein paarmal sind wir uns über den Weg gelaufen,
schlecht ist sie nicht, fachlich. Aber die hat Haare auf den
Zähnen«, meint der vom KaReh. Bei einem Mann hätte das
wohl »durchsetzungsstark« oder so ähnlich geheißen.

Der Chef vom Solid wärmt die alte Geschichte zwischen
ihr und Manninger auf, sehr viel scheinen die meisten über

– 108 –

Billy nicht zu wissen. Außer, dass sie gute Chancen gehabt hätte, Küchenchefin im Royal Grand zu werden, sich aber dann doch für den Apfelbaum entschieden hat.

Ob da nicht doch noch etwas zwischen ihr und dem Manninger läuft, wird gemutmaßt. Aber säße er dann in New York und sie im Weinviertel? Unser Kreis wird größer.

Rosa Flieder mischt sich ein. »Der Manninger ist seit einigen Jahren fest mit seiner Amerikanerin zusammen. Ihr gehört eine Werbefirma. Sie wollte zurück, deswegen ist er nach New York.«

Was Frau Flieder sagt, wird geglaubt, das merke ich sofort.

»Dass sie Salz und Zucker vertauscht hat, das kapier ich nicht«, meint das Model.

Ihr Begleiter streichelt ihr beiläufig über die Wange. »Du bist zu nett. Das Mädel wird überfordert gewesen sein.«

Der KaReh-Koch widerspricht, bevor ich mich nicht mehr zurückhalten kann. »Wer soll versehentlich Zucker und Salz mischen? Außerdem: Das ›Mädel‹ ist gut und seit fast zehn Jahren Souschefin. Wer, glaubst du, hat die Küche im Royal Grand in den letzten Jahren geleitet? Demetz sicher nicht mehr. Und der Klaus … Das ist ein Weichei. Da ist sie schon ein anderes Kaliber.«

Jetzt muss ich etwas nachlegen. »Irgendjemand scheint sie sabotieren zu wollen. Zuerst die durchgeschnittenen Leitungen zu den Kühlanlagen, dann die Sache mit Salz und Zucker, dann die Melone, die durchs Fenster geworfen wurde.« Mir schaudert bei der Erinnerung daran.

»Küchenstreiche«, sagt einer und zuckt mit den Achseln.

»So eine Melone kann jemanden schwer verletzen.«

Einige kichern. Sie haben die Aktion ja nicht mitbekommen.

Der Chef des Solid spöttelt: »Das perfekte Verbrechen! Man nehme eine Wassermelone von mindestens fünfzehn Kilo, erschlage jemanden, verarbeite die Waffe danach zu Wassermelonensorbet und verfüttere es an die Gäste! Vielleicht als kleine Aufmerksamkeit des Hauses.«

Lautes Lachen.

»Ihr Koch ist verschwunden.«

Das Grinsen wird etwas weniger breit.

»Seltsame Sache. Jemandem den Koch abzuwerben gehört zum Schlimmsten, was man momentan einem Feind antun kann. Bei der Personalknappheit. Da lass ich mich lieber mit zehn Melonen beschießen. Aber wehe, ihr sagt das meiner Truppe. Zwei von ihnen lehnen da hinten herum.« Der Solid-Chef deutet auf einen der umlagerten Nischentische.

Die Diskussion verlagert sich für einige Minuten hin zum akuten Mangel an Köchen. Jeder kennt jemanden, der einen Koch sucht, niemand kennt gute Köche – oder auch Köchinnen –, die zu haben wären.

»Die Jungen halten einfach nichts mehr aus«, sagt der KaReh-Chefkoch. »Wir haben bis zwölf, eins gearbeitet, dann bis fünf gesoffen und sind am nächsten Tag wieder pünktlich auf die Minute angetreten. Wem man etwas angesehen hat, der ist doppelt so hart drangekommen.«

Legendenbildung wie in jeder Branche, denke ich mir. Andererseits, Kochen ist tatsächlich auch harte körperliche Arbeit und bedeutet Stress, das habe ich in letzter Zeit selbst gemerkt. Kein Wunder, wenn man sich danach noch etwas entspannen will, fortgehen, tratschen … Meist ohnehin wieder über einschlägige Themen. Die Köche rund um mich sind zwischen vierzig und fünfzig, sie scheinen offenbar noch einiges auszuhalten. Es ist halb zwei. Weder das Solid noch das KaReh sind so groß, als dass der Küchenchef bloß Befehlsgeber sein könnte. Und was es heißt, in einer Großküche wie der des Royal Grand sechzig, siebzig Leute einzuteilen, das hat mir Billy beiläufig erzählt. Knochenarbeit und Kopfarbeit und Zeitdruck. Ich sehe mir die Helden rundum an.

»Den Capriati hat es übrigens auch bös erwischt«, tratscht der Solid-Chef munter weiter. »Zwei Sterne in Rekordzeit, fast war er schon am dritten dran.«

»Weiß ich, immerhin hat er bei mir angefangen.«

»Salmonellen sind nicht wirklich gut fürs Image. Eine Razzia des Lebensmittelinspektorats, ein Zeitungsartikel. Armer Bub. Hat sich wohl übernommen. Seine Eltern sollen ja reich sein, aber mit nicht einmal dreißig ein eigenes Lokal aus dem Boden zu stampfen, das war eben doch zu viel. Hat wohl nicht genug Huhn verkauft in letzter Zeit.«

»Aber dass er so dumm ist und die Salmonellenhühner wirklich in den Müll wirft?«

»Wo soll er sie denn im zweiten Bezirk bestatten? Außerdem war das ja nicht die einzige Geschichte. Die Küche dürfte nicht auf dem neuesten Stand sein, letzte Woche erst haben sie eine Gasexplosion gehabt, bei der die ganze Bude fast in die Luft geflogen wäre. Weiß ich von Marina Klein, du weißt schon, das ist die mit den kurzen roten Haaren und den langen Beinen. Sie ist Gardemanger dort.«

»Im ›Magazin‹ ist die Geschichte auch gestanden.«

Ich schrecke hoch. Anders als die Kochveteranen bin ich am Ende dieses Tages ziemlich geschafft.

»Dein Blatt«, klopft mir der Solid-Chef auf die Schulter.

Nur, dass ich die Sache leider nicht mitbekommen habe. Da hab ich das eigene Magazin wieder einmal viel zu wenig gründlich gelesen. Daniel Capriati gilt als einer der neuen jungen Kochstars, ich kenne ihn nur von Bildern. Schmal, groß, dunkel, er sieht fast zu gut aus, um auch gut zu sein. Mehr so ein Pin-up-Koch.

»Vielleicht war es bei der Billy Winter und bei Capriati

– 111 –

gleich: Der Feind lauert in der eigenen Küche. Aber wer ist es?«

Der Chef des Solid legt noch nach: »Der Capriati ist selbst schuld, würde ich einmal sagen. Ganz schön abgehoben. Oder hat er sich hier etwa schon einmal blicken lassen?«

Die meisten schütteln den Kopf.

Nur Udo Baumann, der Fernsehkoch der Nation, protestiert: »Ich hab ihn hier schon gesehen. Er hat eben viel zu tun. Und was er kocht, ist wirklich gut.«

Einige lachen. »Wieder einmal der heilige Udo!«, ruft jemand. Baumann steht im Geruch, schon fast zu nett zu sein, zu allen freundlich, blitzsauber, bescheiden, mit einer glücklichen blonden Frau und zwei Kindern im Schulalter. Ich finde ihn langweilig. Und seine Sendung auch. Jedenfalls: Der »heilige Udo« will nicht so lange durchhalten und verabschiedet sich. Das sollte ich auch schön langsam tun, um dann in Ruhe daheim Tratsch, Gerüchte und Fakten voneinander zu trennen. Viel Neues habe ich nicht erfahren. Einen Versuch starte ich noch.

»Hat Bachmayer in letzter Zeit Streit gehabt?«

Der Chefkoch vom KaReh schüttelt den Kopf über so viel Naivität. »Nicht mit uns, natürlich nicht. In einem Monat kommt sein neuer Gastronomieführer heraus. Niemand will bei ›Fine Food‹ Punkte verlieren. Also halten wir schön fein den Mund und denken uns unseren Teil. Wenn's um so etwas geht, sind wir eine feige Bande.«

»Klug, nenn es einfach klug«, grinst der vom Wiener Schmäh.

»Es muss ja keiner von euch gewesen sein, der ihn ermordet hat.«

»Herzlichen Dank auch.«

»War er irgendwie anders an dem Abend?«

Rundum wird mir beteuert, dass er wie immer gewesen sei:

etwas angetrunken, großsprecherisch, laut. Und natürlich hat man niemanden gesehen, der mit ihm in den Innenhof gegangen ist.

Mir kommt der »Mord im Orientexpress« von Agatha Christie in den Sinn. Da schließen sich zwölf Personen zusammen, um einen von allen aus guten Gründen gehassten Mann gemeinsam zu ermorden. Wie wäre es, wenn sich die Kochbranche so an ihrem ungerechtesten Kritiker gerächt hätte?

Mira, die Fantasie geht mit dir durch. Außerdem wäre er dann Geschnetzeltes. Hier hat es nur einen, wenn auch ganz gezielten Stich ins Herz gegeben. Ein Täter – aber vielleicht viele Komplizen?

Ich verabschiede mich nun endgültig.

»Lassen Sie die Winter grüßen«, meint der Chefkoch vom KaReh, »die ist schon in Ordnung. Sie soll sich wieder einmal blicken lassen.«

Als Mordverdächtige würde sie hier für Furore sorgen, das kann ich mir vorstellen. Wahrscheinlich spielen sich die meisten Abende in der Bar ähnlich ab. Abgesehen von der Geschichte mit Bachmayer eben.

Meine Wohnung kommt mir leer vor. Wenigstens Gismo freut sich, mich zu sehen. Ich belohne sie mit einer großen Portion Hühnerkragen. Was ich davon habe? Jetzt ignoriert auch sie mich. Und so wird es bleiben, bis der letzte Kragen vertilgt ist.

Ich schenke mir eine großzügige Menge meines irischen Lieblingswhiskeys ein und lümmle mich auf das Sofa. Der Abend in der Bar ist unterhaltsamer gewesen als erwartet. Mehr gibt es darüber freilich auch nicht zu sagen. Bei Licht betrachtet, waren die Typen dort so durchschnittlich wie anderswo. Einige recht sympathisch, andere weniger, ein paar herausragende Köche, die Frauen, so wie Billy gesagt hat, eher Staffage. Aber auch das ist ja leider nicht eben ungewöhnlich.

Tratsch, Schadenfreude und Heldensagen. Ins Lokal von Daniel Capriati wollte ich mit Oskar schon lange einmal. Ich werde mir eine Freundin suchen, die mitgeht. Oder warten, bis Oskar zum ersten Mal am Wochenende nach Wien kommt.

Die Salmonellengeschichte klingt zwar nicht nach einem Streich à la Salz und Zucker, aber wer weiß. Jedenfalls ist auch Capriati – durch eigenes Verschulden oder nicht – unter Druck geraten. Ob Billy den Capriati kennt? Ich sehe auf die Uhr, jetzt ist es selbst bei ihr zu spät für einen Anruf. Ich sollte dringend schlafen gehen.

Für morgen Mittag haben sich die Bürgermeister der Nachbargemeinden im Apfelbaum angesagt. Irgendeine regionale Tagung, die sie mit einem guten Mittagessen auflockern wollen. Zum Glück muss ich nicht ins »Magazin«. Dafür wird es höchste Zeit, dass ich meine Story recherchiere. Aber wo könnte ich näher dran sein als im Apfelbaum, rede ich mir ein.

Ich wache um halb fünf auf dem Sofa auf, Gismo liegt auf meinem Bauch und schnurrt so leise wie möglich, mein rechter Arm ist eingeschlafen, die Halswirbelsäule total verbogen. Der Daumen pocht nicht mehr, er dröhnt. Ich fühle mich für dieses Leben einfach nicht hart genug, ziehe den nach kaltem Rauch stinkenden Hosenanzug aus, schleppe mich ins Bett und schlafe auf der Stelle weiter.

Den Wecker habe ich überhört, die drei Anrufer, die Nachrichten auf dem Anrufbeantworter hinterlassen haben, auch. Es ist halb zwölf mittags. Verdammt. Dabei bin ich sonst ein recht verlässlicher Mensch. Ich hasse es, andere zu enttäuschen. Zähne putzen, schnell duschen, nicht einmal mehr einen Kaffee. Während ich mich anziehe, schimpfe ich mit Gismo, weil sie mich nicht aufgeweckt hat. Ich weiß es doch: Auch meine Katze ist eine Langschläferin.

Um eins sollen die Bürgermeister kommen. Wenn ich Glück habe und es keinen Stau gibt, kann ich in einer halben Stunde beim Apfelbaum sein. Ich habe Billy mit den Vorbereitungen allein gelassen. Dabei weiß ich ja inzwischen, wie aufwändig sie sind. Vierzig Bürgermeistern soll gleichzeitig serviert werden. Wie das in unserer eher kleinen Küche gehen soll? Keine Ahnung. Sie haben drei Menüs zur Wahl gehabt. Zwei hätten es auch getan.

Vesna steht in der Küche und zupft Broccoliröschen ab.

»Ich hab verschlafen, sorry«, rufe ich.

Billy kommt aus dem Kühlhaus, das vakuumverpackte Fleisch auf ihren Armen wiegt sicher dreißig Kilo. »Schon in Ordnung«, sagt sie. Aber sie meint es nicht so, das sehe ich deutlich.

Obwohl ich ihr gegenüber nun wirklich zu nichts verpflichtet bin, habe ich ein schlechtes Gewissen. Wenn sie sich nicht auf mich verlassen kann, dann ist es besser, ich helfe erst gar nicht. Wie soll sie sonst planen?

»Schau nicht so drein, sonst entschuldige noch ich mich bei dir«, sagt sie. »So was kann passieren.«

Mir. Ihr sicher nicht. Ich halte den Mund, binde mir eine saubere blaue Kochschürze um und kontrolliere in den Kühlladen, ob alle Zutaten in ausreichender Menge vorbereitet sind.

»Das habe ich schon gemacht«, sagt Billy. »Auf die Pilzlieferung warten wir immer noch, wenn sie nicht bald kommt, sind wir aufgeschmissen. Der Krebsfond muss abgeseiht werden, dann aufkochen, mit etwas Stärkemehl abziehen. Okay?

Die meisten Bürgermeister haben sich ohnehin für den Kalbs-rücken entschieden. Mit sautierten Steinpilzen. Leider. Hol aus dem Kühlraum den Kalbsjus, außerdem unsere Kartoffel-nudeln.«

Ich nicke und eile. Vor zwei Jahren war ich einmal in ei-nem Kühlraum eingesperrt, mit weniger Glück wäre ich er-froren. Hier gibt es Licht und auch innen einen Hebel, mit dem man die Tür öffnen kann. Trotzdem beschleicht mich immer wieder ein ungutes Gefühl, wenn ich die Kühlzelle be-trete. Ich gehe zum Regal, auf dem die Saucen stehen. Vier Kübel mit Plastikfolie darüber. Die Kälte hat ihren Inhalt zu einer mehr oder weniger festen Masse werden lassen. Das ganz Dunkle ist ein Wildjus, das weiß ich. Das Rötliche ein Schweinsjus. Aber welcher der beiden anderen ist der Kalbs-jus? Die Zeit drängt. Ich koste beide. Ist es die Kälte, oder schmecke ich viel weniger, als ich mir immer eingebildet ha-be? Keine Ahnung, welches der Kalbsjus ist. Ich greife mir beide Kübel und trage sie in die Küche.

Billy telefoniert gerade im Schankraum. Jetzt kann ich sie nicht fragen. Aber auch im helleren Licht der Küche erkenne ich nicht, welche Sauce die richtige ist. Unsere Wirtin schießt wieder herein, kontrolliert das Marillenparfait, an dem Mah-met arbeitet, bittet Vesna, gekochte Kartoffeln zu schälen. Ich renne hinter ihr her. Sie schaut in beide Kübel, deutet auf den mit dem helleren Inhalt und sagt: »Der. Und wo sind die Erdäpfelnudeln? Wenn wir uns jetzt nicht beeilen, schaffen wir's nie.«

Ich hetze zurück in den Kühlraum, auf halbem Weg fällt mir ein, dass ich gleich den Jus hätte mitnehmen können, Bil-ly kommt mir mit beiden Kübeln entgegen.

»Ich hab die nötige Menge schon umgeleert.«

Ich nehme ihr die Last ab, hole die Kartoffelnudeln.

Onkel Franz lässt uns wissen, dass die ersten Bürgermeister schon eingetroffen sind. Sie bekommen auf der Terrasse einen Aperitif serviert, die Praktikantin wird Appetithappen reichen: winzig kleine Strudelstücke, mit einer Hühnerfarce gefüllt, Weißbrotscheibchen mit Kalbsleber, mit Käse gefüllte heimische Weinblätter. Wann Billy das alles vorbereitet hat, weiß ich nicht. Ich helfe ihr jedenfalls, kleine Tellerchen herzurichten und auf Tabletts zu laden. Die Pilzlieferung ist immer noch nicht da. Dafür stellt sich heraus, dass statt vierzig Bürgermeistern sechsundvierzig gekommen sind.

Billy tut das bloß mit einer Handbewegung ab, besser mehr als weniger Geschäft, das werde auch noch ausreichen.

Die Arbeitsfläche auf der einen Seite der Küche ist in Windeseile abgeräumt, überall, wo es geht, werden die großen weißen Teller platziert. Siebzehn Personen bekommen gebackenen Kaninchenrücken auf Salat, fünfzehn Tomatenterrine mit Lachstatar, die restlichen vierzehn haben sich für ein Kalbscarpaccio mit Kapern entschieden. Die Kaninchenrücken werden in Mehl gewendet und dann durch den Backteig gezogen. Billy befiehlt, sie in die Fritteuse zu legen. Mahmet richtet den Salat an, ich häufe Lachstatar auf und fluche im Stillen darüber, wie ungeschickt man mit einem lädierten Daumen ist. Vesna legt die Tomatenterrine dazu, Billy zieht eine Spur mit dem grünen Rucolaöl. An den Rand kommt noch ein Ananassalbeiblatt, darum kümmert sich die Abwäscherin. Die erste Vorspeise geht hinaus, schon werden die nächsten Teller hergerichtet, hauchdünne Kalbfleischscheiben und Tunfisch-Sardellen-Kapernmarinade werden verteilt.

Wir gießen gerade die Suppe ein, als die Pilzlieferung endlich kommt. Ohne sich vom Herd zu bewegen, faucht Billy Winter den Lieferanten an.

»Nicht gewusst, dass das Zeug für früher bestellt war«, sagt er mundfaul.

Trotzdem, so viel Zeit, um die Pilze nachzuwiegen, muss sein.

»Bescheißen lass ich mich nicht auch noch«, meint Billy. Kraftausdrücke nimmt sie selten in den Mund. Wohl ein Zeichen, wie angespannt sie ist. Die Menge passt, die Abwäscherin und ich erhalten den Befehl, schnellstens eine Kiste Steinpilze zu putzen. Rund um uns hantiert der Rest der Belegschaft mit den heißen Suppen, ich putze wie um mein Leben, zweimal stoße ich mit der Spitze meines verletzten Daumens so an das Brett, dass ich Sterne sehe. Dann sind die Suppen draußen, Billy stellt sich zu uns, zeigt, was Schnelligkeit heißt.

Weiter, weiter, weiter. Wieder werden Teller bereitgestellt, der Herd ist viel zu klein, wieder wird angerichtet, jeder übernimmt einen Part. Billy ist mit den Kalbsrücken auf sautierten Pilzen noch nicht ganz zufrieden. Bei aller Hektik, schön muss es auch sein, was da aus der Küche geht. Mit der Lieferung sind auch zwei Gläser Pilzcreme gekommen. Sie kostet, kippt ein Glas in eine Schüssel, gießt Olivenöl darüber, gibt groben Pfeffer dazu, Zitronensaft, gemahlenen Kümmel, etwas vom knallgrünen Basilikumöl, rührt durch, riecht, nickt. Auf jeden der Teller kommt ein Esslöffel der Pilzmischung. Jetzt ist sie zufrieden und verschwindet gemeinsam mit der Servierbrigade nach draußen.

Mir fällt erst jetzt auf, dass ich heute noch nicht einmal Kaffee getrunken habe. Vesna kostet etwas von der übrig gebliebenen Pilzcreme und ist ganz begeistert. Ich lehne ab. Zuerst brauche ich Kaffee und Wasser, bevor ich etwas anderes zu mir nehmen kann.

Billy kommt zurück und ist so guter Laune wie schon lange nicht mehr.

»Wir kommen an!«, ruft sie. »Den Bürgermeistern schmeckt es!«

Die Portionen waren nicht eben klein, viel eher übertrieben großzügig. Dennoch bestellen einige noch nach. Wir sautieren erneut Steinpilze, geben die restliche von Billy aufgepeppte Pilzsauce in eine Glasschüssel und lassen auch die nach draußen bringen.

Dessert, Käse, der Bus mit sechsundvierzig beschwingten Bürgermeistern fährt wieder ab.

Ich lasse mich auf eine der hellen Holzbänke im Schankraum fallen und bin rundum zufrieden. Müde, erschöpft, aber auf eine gute Art, ähnlich wie früher nach einem Tag Schifffahren. Billy setzt sich neben mich. »Wie geht's dem Daumen?«, fragt sie.

»Geht schon, nur ankommen sollte ich an der Wunde nicht. Als ich früher …«

Vesna, die zähe Vesna, unterbricht: »Irgendwie mir ist schlecht.«

»Es war ziemlich heiß in der Küche«, meint Billy, »selbst mir ist eine Spur flau im Magen.«

Vesna nickt und sieht wirklich sehr bleich um die Nase aus. »Macht mir normal nichts.«

Hitze halte ich offenbar besser aus. Ich bin allerdings auch viel später gekommen. Zu spät, um genau zu sein.

Wir räumen zusammen, füllen die Laden auf, bereiten alles für den Abend vor. Vesna geht es immer schlechter.

»Vielleicht bekommst du ein Kind?«, versuche ich zu scherzen.

»Unsinn. Das kriegt man nicht im Magen, ich habe Faust im Magen und Sterne vor den Augen.«

Auch Billy ist nun ernsthaft besorgt. »Was hast du gegessen?«

»Daheim nichts, bin ich früh los, weil Sie mich mitgenommen haben. Da Brot mit Butter. Kaffee natürlich. Was von der Pilzsauce. Ein paar Löffel.«

»Die war zum Glück mehr oder weniger fertig im Glas, da können keine Giftpilze darunter geraten sein. Das sind Profis. Obwohl …« Billy bittet Vesna, die Zunge herauszustrecken, dann sieht sie sich ihre Augen näher an. Sie räuspert sich, so, als ob ihr die Kehle mit einem Mal trocken geworden wäre. »Obwohl … Es sieht aus wie eine Vergiftung.«

»Muss ich vielleicht Milch trinken, das ist gut, sagt man«, stöhnt Vesna. Schweiß läuft ihr übers Gesicht.

»Nein«, widerspricht Billy, »muss man den Arzt holen, und zwar sofort.«

»Bin ich nicht angemeldet hier.«

»Weiß ich auch, aber ihr seid eben Freundinnen. Punkt.«

Billy ruft den Gemeindearzt an. »Er war schon einige Male bei uns essen«, erzählt sie mir, während seine Sprechstundenhilfe verbindet.

Es dauert keine zehn Minuten, und Dr. Vislotschil ist da. Er bestätigt Billys Verdacht. Es ist eine Vergiftung. Wir packen Vesna in sein Auto, er will ihr in der Ordination den Magen auspumpen. Danach wird man sehen, ob sie zur Beobachtung ins Krankenhaus muss. Ich verspreche, sofort nachzukommen. Billy und ich öffnen das zweite Glas der Pilzsauce, riechen daran. Zu kosten trauen wir uns nicht mehr.

Gleichzeitig wird uns klar, was es heißt, wenn sich dieser Verdacht bestätigt: Wir haben zwanzig Bürgermeister mit Pilzvergiftung. Nicht alle von ihnen sind so robust wie Vesna. Ich kenne eine hilfsbereite und kompetente Lebensmittelchemikerin. Sie hat mir damals geholfen, als es darum ging, so rasch wie möglich Fleischproben zu analysieren. Zum

Glück ist sie im Labor, ja, wenn ich will, kann ich das Material sofort bringen.

Billy entschließt sich, die Bürgermeister vorsorglich zu warnen.

»Wenn unser Verdacht stimmt, ist ihnen jetzt ohnehin schon ziemlich übel«, gebe ich zu bedenken.

Sie erreicht die Organisatorin der Tagung, und eigentlich brauche ich jetzt gar nicht mehr nach Wien zu fahren: Tatsächlich ist vielen Bürgermeistern schlecht geworden, ein Arzt ist gerade unterwegs. Zweien von ihnen geht es gar nicht gut, einer von ihnen ist sogar bewusstlos.

Ich telefoniere mit Dr. Vislotschil, Billy versucht die Pilzfirma zu erreichen, um sie zu warnen. Dass so viel Pech auf einmal möglich ist.

Vesna ist über den Berg, sie bleibt zur Sicherheit die nächsten Stunden in der Ordination.

»Wir müssen trotzdem wissen, was genau los ist«, befindet Billy.

Ich rase in Rekordtempo zu meiner Lebensmittelchemikerin, bald habe ich das Ergebnis: Pilzgift, und zwar das des Fliegenpilzes. Den Steinpilzen wurde rund ein Drittel Fliegenpilz zugesetzt. Das fällt im Geschmack nicht besonders auf, kann aber zu ernsthaften Vergiftungserscheinungen führen.

An diesem Abend sperrt Billy tatsächlich ihr Lokal zu und schickt die Belegschaft heim. Bei Onkel Franz muss sie dabei fast Gewalt anwenden.

Wie nicht anders zu erwarten war, haben die ersten Reporter schon am Nachmittag angerufen und wollten Näheres über die neue Katastrophe wissen. Gegen Abend stellt sich heraus, dass alle bei der Pilzfirma verbliebenen Gläser mit der Pilzsauce vollkommen in Ordnung sind. Sicherheitshalber werden auch alle verkauften Gläser zurückbeordert.

Ich habe es gesehen: Billy hat bloß das Glas geöffnet, Olivenöl, Zitrone und Gewürze dazugetan.

»Das Glas war fest verschlossen, der typische Unterdruck am Schraubverschluss war da«, sagt Billy.

»Kann man den auch erzeugen, nachdem ein Glas schon einmal offen war?«

»Ja, das ginge«, erwidert Billy nachdenklich. »Man braucht das Glas eigentlich bloß zu erhitzen, verschließen und es wieder abkühlen lassen. Aber wer tut so etwas schon?«

Wenn ich darauf eine Antwort wüsste.

Als ich Vesna besuche, geht es ihr sichtlich besser. Ich frage den Arzt, ob man an diesem Pilzgift sterben kann.

»Hängt von der Dosis und dem Gesundheitszustand des Betreffenden ab«, erwidert er. »Ein gesunder Mensch muss schon einiges an vergifteter Sauce zu sich nehmen, um in ernsthafte Schwierigkeiten zu kommen.«

Einige der Bürgermeister haben Pilze nachbestellt. Wir haben ihnen die restliche Sauce in einer Schüssel serviert.

Vesna besteht darauf, mit mir zum Apfelbaum zu fahren. »Es geht mir gut genug, dort geht es schlecht.«

Gegen Abend rückt das Fernsehteam eines Privatsenders an. Ich versuche die Leute zu verscheuchen, sie filmen das Lokal von außen und seine Eingangstür, auf der HEUTE GESCHLOSSEN steht. Das Team ist hartnäckig, nur einer fährt – offenbar mit der Videokassette – weg, die anderen warten im Bus, falls Billy sich doch noch blicken lässt. Auch zwei Fotografen und drei Journalisten treffen ein. Belagerungszustand. Ich erreiche eine gute Freundin, die bei der größten Presseagentur des Landes arbeitet, und erzähle ihr, was tatsächlich geschehen ist. »Bitte gib so schnell wie möglich – natürlich ohne meinen Namen zu nennen – eine Meldung hinaus. Du hast recherchiert und schützt deine Informanten, okay?« Die Pilzfirma kann ich leider nicht aus der Sache heraushalten. Vielleicht haben sie so wenig Schuld an den Vergiftungen wie wir, aber das soll ruhig nachgeprüft werden. Jedenfalls hat ihr Lieferant die Pilzsauce gebracht.

Zuckerbrot ruft endlich zurück. Ich erkläre ihm, was passiert ist.

»Sieht aus, als ob die Anschläge weitergingen. Oder Ihre Freundin hat alles sehr geschickt geplant.«

Ich kann fast nicht mehr vor Empörung: »Selbst geplant, dass Gäste vergiftet werden? Ist sie geisteskrank?« Meine Stimme überschlägt sich.

»Man darf eben nichts außer Acht lassen, außerdem: Was ist wichtiger? Zufriedene Gäste oder von einem Mord abzulenken?«

»Das glauben Sie nicht …«

»Ich glaube gar nichts, es ist eine Möglichkeit, und jede Möglichkeit wird nachgeprüft.« Er will in ein, zwei Stunden ein Spezialteam vorbeischicken, das Spuren sichern und das noch vorhandene Glas mit der Pilzsauce mitnehmen wird.

Wir sitzen im verlassenen Schankraum an einem der massiven, aber sorgfältig geschliffenen Holztische und warten. Das Kcamerateam lauert noch immer vor der Tür, die beiden Fotografen auch. Die Redakteure sind wieder abgezogen. Offenbar hat die Agenturmeldung etwas genützt.

Niemand von uns redet darüber, wie es weitergehen soll. Was morgen sein wird, übermorgen.

Billy telefoniert ausführlich und ganz ruhig mit ihrem Sohn Hannes. »Er ist ein sehr verständiges Kind«, meint sie und seufzt. »Aber erste Anzeichen der Pubertät sind schon da.«

Damit uns die Stille nicht erdrückt, frage ich Billy, ob sie Daniel Capriati kennt.

»Vom Sehen«, erwidert sie ohne Interesse, »er soll gut sein.«

7.

Der Apfelbaum hat wieder geöffnet, die drei Bürgermeister befinden sich auf dem Weg der Besserung. Das Publikum des Lokals aber hat sich gewandelt. Zum überwiegenden Teil haben wir es nun mit Schaulustigen zu tun. Sie bestellen nur, was ihnen sicher erscheint. Ich versuche, Billy aus ihrer Depression zu holen. Sie hat sich bemüht, Manninger zu erreichen, aber er ist irgendwo in New Jersey auf Urlaub und leistet sich den Luxus, kein Mobiltelefon mitzunehmen, keine Adresse anzugeben. Im Hotelsekretariat verspricht man Billy, ihm, sobald er sich meldet, Bescheid zu geben.

Das Klima in der Küche, aber auch im Service ist angespannt. Jeden Moment erwartet man einen neuen Angriff, eine neue Katastrophe. Billy hat drei Kilo abgenommen und gibt nicht eben eine Werbung für ihr Lokal ab. Ich überrede sie, am kommenden Montag mit Hannes in den Tiergarten zu gehen. Ich hingegen muss an diesem Tag meine Reportage abliefern. Viel mehr als meine Kollegen weiß ich immer noch nicht.

Am Sonntagabend haben wir bloß zwölf Gäste. Onkel Franz versucht Billy damit zu trösten, dass er sich auch aus früheren Zeiten an so schlechte Sonntagabende erinnern könne.

»Nicht bei Manninger.«

»Natürlich auch bei Manninger. Was glauben Sie denn?

Selbst Manninger hat kämpfen müssen, als er das Lokal übernommen hat. Und er hat gezweifelt, ob er es schafft. Und er
ist von den Kritikern viel zu schlecht bewertet worden, weil
er eben nicht mehr dasselbe gemacht hat wie alle anderen.«

Billy lächelt etwas. »Das sagen Sie nur, um mich aufzuheitern.«

Onkel Franz spielt auf empört. »Was sollte es Sie aufhei-
tern, dass es dem Manninger schlecht gegangen ist? Ich weiß
nicht …«

Ich muss raus oder ich ersticke. Daniel Capriati habe ich
beinahe vergessen. Etwas abrupt verabschiede ich mich. Das
ist vielleicht nicht besonders solidarisch, aber was bringt es,
wenn eine mehr Trübsal bläst?

Auch Daniel Capriatis Lokal ist alles andere als voll. Es
hat ohnehin nur fünfundvierzig Plätze, jetzt, um zehn Uhr
abends, sind weniger als die Hälfte besetzt. Zum ersten Mal
seit Tagen bekomme ich Hunger. Die junge braunhaarige
Kellnerin ist gerne bereit, mir auch jetzt noch die Speisekarte zu bringen.

»Ist Daniel Capriati da?«, frage ich.

»Soll ich nachsehen, ob er kurz herauskommen kann?«

Ich habe in den letzten Wochen einiges gelernt, also erwidere ich: »Wenn das Küchengeschäft vorbei ist, würde ich mich
freuen, mit ihm reden zu können. Ich hab keine Eile.«

Die Trilogie vom Tunfisch ist großartig, davon muss ich
Billy erzählen. Für einige glückliche Momente vergesse ich
die ganze Misere.

Es wird abserviert, Daniel Capriati kommt aus der Küche
und sieht sich suchend um. Er trägt Schwarz – wohl, um sich
von den Köchen mit ihrer klassischen weißen Uniform ab-
zuheben. Jeans, T-Shirt und eine Kochschürze mit der Auf-
schrift OFFEN. So heißt sein Lokal. Er sieht noch jünger aus

als auf den Fotos. Ich nicke ihm zu, und er reagiert verunsichert. Natürlich, er hat ein bekanntes Gesicht erwartet.

»Sie wollten mich sprechen?«, fragt er schüchtern, so als ob ich ihn zu einem ganz anderen Zweck an den Tisch gebeten hätte.

Ich lächle, nicke. »Ich soll Sie von Billy Winter grüßen lassen. Ich – arbeite mit ihr in der Küche.« Etwas Besseres ist mir nicht eingefallen. Wider Erwarten reagiert er darauf erfreut.

»Billy Winter? Meine Güte, das ist lange her. Ich weiß, dass sie erst vor kurzem vom Royal Grand weggegangen ist, um …« Jetzt fällt ihm wieder ein, was er in den vergangenen Wochen über sie gehört und gelesen hat. »Sie hat ja ziemliches Pech …«

»So könnte man es auch nennen.«

»Wie geht es ihr? Ich hab sie sehr bewundert vor Jahren.«

Billy hat sich gar nicht an den hübschen Koch erinnert. Seltsam.

»Ich hab im Royal Grand mit neunzehn ein Praktikum gemacht, sie war damals gerade erst dreiundzwanzig und kurz davor zur jüngsten Souschefin befördert worden. Und sie war gut. Sehr gut. Ist sie sicher jetzt auch noch.«

»Inzwischen haben Sie es auf zwei Sterne gebracht.«

Daniel Capriati seufzt. »Darf ich mich für einen Moment setzen?«

»Auch für zwei.«

Er sieht einfach hinreißend aus, dunkle Augen mit langen Wimpern, ein Mund mit vollen Lippen – Männer mit dünnem Mund kann ich nicht ausstehen –, extrem schlank, aber nicht dürr, feingliedrig, dabei sicher einsfünfundachtzig groß, schmale, aber kräftige Hände. Unter den Fingernägeln Reste von dem, was sich bei der Küchenarbeit ansammelt. Aus irgendeinem Grund rührt mich das besonders. Es macht ihn so

– 127 –

– menschlich, irgendwie angreifbar. Mira, der Typ ist mindestens um ein Jahrzehnt zu jung für dich. Außerdem: Seit wann beurteilst du Männer nach dem Äußeren? Okay, er hat auch andere Werte. Er kann kochen. Und wie.

Ich gratuliere ihm zu der Tunfischtrilogie, er freut sich. Bescheiden auch noch, das hält die stärkste Frau nicht aus. Was hat der Typ dann für Fehler? Vielleicht ist er schwul. Ich stutze. Bachmayer war schwul, Bachmayer hat für schöne junge Männer geschwärmt. Hat Capriati sich etwa gar hinaufgeschlafen zu den zwei Sternen? Unsinn, kochen kann er wirklich. Aber Glück gehört in dieser Branche auch dazu. Oder Protektion.

»Haben Sie Bachmayer gekannt?«

Sein Blick wird deutlich verschlossener. »Ja. Natürlich.«

»Gut?« Verdammt, wie fragt man so etwas?

Er sieht mich an, dann beginnt sich sein Gesicht aufzuhellen, schließlich lacht er.

Kann man mir meine Gedanken derart einfach anmerken? Ich glaube, ich werde etwas rot.

»Wenn Sie wissen wollen, ob ich was mit ihm gehabt habe, nein, das hab ich nicht. Und ich bin auch nicht schwul. Ich weiß nicht, es gibt immer wieder Menschen, die das vermuten, sie sagen, ich bin zu …«

Vielleicht schwingt doch etwas Eitelkeit mit in dem, wie er das sagt. Trotzdem ergänze ich: »… hübsch.«

»Distanziert, wollte ich sagen, vor allem Frauen gegenüber. Keine Ahnung, warum, aber ich nehme Beziehungen zu ernst. Und ich hab eine ziemliche Enttäuschung erlebt.«

Spannend, spannend. Trotzdem: Zurück zum Thema. »Sie wissen, was Billy Winter in letzter Zeit alles passiert ist?«

»Ich kann mir nicht vorstellen, dass sie etwas mit dem Mord an Bachmayer zu tun hat. Der hat so viele Feinde gehabt. Natürlich auch Neider, immerhin war er erfolgreich.«

»Von den anderen ›Streichen‹, die ihr gespielt wurden, haben Sie auch gehört?«

»Das geht ja durch alle Medien. Wobei die letzte Sache mit den vergifteten Pilzen schon mehr ist als ein ›Streich‹.«

»Sehe ich auch so.«

Er spielt mit einem Dessertmesser auf dem Tisch. »Ich habe mich sogar schon gefragt …«

»Ich habe gehört, dass Ihnen in letzter Zeit auch Seltsames passiert ist …«

»Passiert ist gut, mir ist salmonellenverseuchtes Huhn untergejubelt worden. Das Lebensmittelinspektorat hat einen anonymen Hinweis bekommen, sie sind tatsächlich ausgerückt und haben einige Packungen im Mülleimer gefunden, Billigstindustriehuhn, das ich gar nicht kaufe. Ich war noch so dumm und habe ihnen gezeigt, dass derartiges Hühnerfleisch in meiner Buchhaltung nicht aufscheint. Jetzt haben sie mir auch noch die Finanz auf den Hals gehetzt. Ihr Verdacht ist: Ich kaufe schwarz verseuchtes Billigstgeflügel.«

»Und was war mit dem Brand in der Küche?«

»Sie lesen offenbar das ›Magazin‹. Das hat der Redakteurin jemand gesteckt.«

Ich will mit offenen Karten spielen und sage ihm, dass ich nicht nur Billys Freundin und seit neuerem auch Helferin bin, sondern überdies beim ›Magazin‹ arbeite. Er sieht mir aufmerksam ins Gesicht. »Wenn Billy Sie schickt, ist es in Ordnung.«

»Sie haben Billy seit Jahren nicht mehr gesehen.«

»Trotzdem. Bei meinem Herd war das so: Es hat jemand am Haupthahn manipuliert. Wir drehen die Flammen meistens ab, indem wir einfach den Haupthahn zumachen. Aus feuerpolizeilichen Gründen müssen wir das auch in der Nachmittagspause tun. Aber an diesem Nachmittag ist trotzdem Gas ausgeflossen. Als ich zurückgekommen bin, um die Flammen wieder zu zünden, hat es einen Riesenknall gegeben, die ganze Küche war für einige Momente in Flammen, auch ich bin bis zu den Oberschenkeln im Feuer gestanden. Das war Sabotage, das ist auch durch Schlamperei nicht möglich. Ich müsste den Haupthahn abdrehen, bis die Flammen aus sind, dann wieder andrehen und zusätzlich die Sicherheitsventile bei den einzelnen Herdplatten außer Funktion setzen. Dafür genügt es allerdings, wenn man einen Zahnstocher geschickt einklemmt. Bei der Gasexplosion fliegt ein Zahnstocher oder etwas Ähnliches natürlich davon.«

»Schäden?«

»Ich bin mit dem Schrecken und versengten Haaren davongekommen. Zwei Scheiben sind geborsten, das war alles. Zum Glück ist nichts Brennbares herumgestanden. Es war einfach ein Megaflash, und dann war es wieder vorbei. Wenn ich allerdings eine Stunde später gekommen wäre …« Er schüttelt den Kopf.

»Haben Sie eine Ahnung, wer da gegen Sie arbeiten könnte?«

»Ich hab hin und her überlegt … Klar hat man Neider, wenn man so schnell zwei Sterne bekommt. Aber ich hab auch hart dafür gearbeitet.«

»Mit den alteingesessenen Köchen haben Sie offenbar wenig Kontakt.«

Daniel Capriati lächelt. »Stimmt, nicht sehr viel. Ein Zeitproblem. Außerdem nehmen die mich ohnehin nicht für voll. Da brauchst du nicht nur ein gewisses Alter, sondern auch ihre Sprüche und so. Die hab ich nicht drauf. Außerdem will ich auch einiges anders machen als sie.«

Jetzt hat er sich in Fahrt geredet, keine Spur von Unsicherheit oder Schüchternheit mehr.

»Klar gibt es beim Kochen Traditionen, auf die man aufbauen muss, sonst ist man ein Idiot. Aber man kann auch neue

Wege gehen. Teilweise tun sie es. Der Manninger, der Billy das Restaurant weitergegeben hat, ist so einer. Im KaReh geht man auch etwas in die Richtung. Reduzieren, wenn Sie verstehen, was ich meine, die Essenz herausholen, mit hochwertigen bodenständigen Produkten arbeiten, sie neu übersetzen und interpretieren. Kein Schmäh, wie das teilweise bei der Nouvelle Cuisine war, nicht nur fürs Auge und weil's schick ist. Außerdem kann auch in den Küchen intern vieles besser laufen. Die haben alle eine brutale Hierarchie kennen gelernt und glauben daran. Aber in einer so kleinen Küche wie bei uns ist das nicht möglich. Es geht auch partnerschaftlich. Klar, einer gibt die Linie vor, aber dieser Befehlston, das Nicht-widersprechen-Dürfen, das braucht man nicht. Das schadet.« Er hält abrupt inne. »Jetzt hab ich einen Vortrag gehalten, entschuldigen Sie, aber ...«

Ich schüttle den Kopf. »Es interessiert mich. Bei Ihnen in der Küche läuft es so gut, dass Sie sich nicht vorstellen können, es könnte sich jemand vom eigenen Team rächen wollen?«

Capriati denkt nach, senkt seine langen, dunklen Wimpern. Er ist wirklich fast zu hübsch.

»In der Praxis ist eben nicht immer alles, wie ich es in der Theorie gern hätte. Es hat Schwierigkeiten gegeben mit meinem Gardemanger. Sie tratscht gerne.«

»Sie ist oft im Rosa Flieder.«

»Dagegen ist nichts zu sagen, ich bin auch hin und wieder dort. Aber ... Ich bin mir nicht sicher, ob nicht sie die Sache mit der Gasexplosion weitererzählt hat. Sie muss wissen, dass das schlecht für unser Image ist.«

»Und die Salmonellensache?«

»Traue ich ihr auf keinen Fall zu. Wir haben uns ausgesprochen, und jetzt funktioniert es wieder gut. Abgesehen davon: Gute Köche oder Köchinnen kriegt man nicht so leicht. Ich hab keine Lust, schon wieder jemandem beizubringen, was man bei mir können muss.«

»Andere Feinde?«

Capriati schüttelt langsam den Kopf. »Hab ich nicht. Neider, das schon, aber die spielen einem bestenfalls einen Streich, und das war kein Streich mehr.«

Seltsam, dass sowohl er als auch Billy immer wieder von »Streichen« reden. Vielleicht sollten die beiden gemeinsam überlegen, wer hinter den Aktionen stecken könnte.

»Haben Sie Lust, Billy und mich im Apfelbaum zu besuchen?«

Er nickt sofort begeistert. »Es ist nicht weit von Wien entfernt, richtig? Ist am Mittwoch geöffnet?«

»Ja, nur die Stimmung ist bei uns zurzeit nicht sehr gut.«

»Bei mir hat das Geschäft auch nachgelassen. In den letzten Monaten waren wir fast jeden Abend ausgebucht. Die Macht der Medien oder so …«

»Vielleicht ist aber auch schlicht Sommerflaute.«

»Wer kann so etwas in unserem Geschäft schon genau sagen? Jedenfalls hab ich am Mittwoch Ruhetag. Wenn ich rechtzeitig aufstehe, die neue Speisekarte mache – ich wechsle sie einmal pro Woche – und dann einkaufen fahre … Gegen Abend könnte ich da sein. Wenn Billy Winter Zeit hat …«

»Ich fürchte, Billy hat mehr Zeit, als ihr lieb ist. Unsere schaulustigen Gäste bestellen das Billigste und erwarten dafür, dass Ihnen eine neue Katastrophe geboten wird. Aber natürlich gibt es auch Stammgäste, die uns die Treue halten, die möchte Billy nun besonders verwöhnen. Und dann kommen immer wieder ein paar, die – man glaubt es kaum – von unseren Problemen gar nichts wissen.«

Daniel Capriati grinst. »Manchmal nehmen wir uns alle zu wichtig. Sie reden übrigens so … Ich glaube, es hat Sie auch schon gepackt, das Küchenfieber.«

Ich grinse zurück. Gerade damit hat er mich allerdings an meinen Hauptberuf erinnert.

»Ich schreibe eine Reportage über den Mord an Bachmayer, die seltsamen Vorfälle bei Billy und so weiter. Darf ich auch über das schreiben, was Ihnen passiert ist?«

Capriati überlegt. »Ich weiß nicht … Auf der einen Seite will ich nicht, dass darüber noch mehr in den Medien steht. Auf der anderen Seite … Sie haben alle über die Salmonellengeschichte geschrieben, als ob die Hühner tatsächlich von mir gewesen wären … Wenn da einmal die Wahrheit zu lesen wäre …«

»Ich fasse das, was Sie mir erzählt haben, zusammen, wahrscheinlich in Form eines kurzen Interviews, und schicke Ihnen den Text zur Kontrolle. Ist das in Ordnung?«

»Sie werden es schon richtig machen …«

Danke für die Blumen, mit dieser Vertrauensseligkeit wird er es nicht sehr weit bringen. Andererseits: Zwei Sterne hat er schon. Dennoch bestehe ich darauf, ihm meinen Text zu schicken, es wäre zu schade, wenn der nette Typ anschließend beleidigt wäre.

»Sie werden Verbindungen zwischen den Vorfällen im Apfelbaum und im Offen herstellen?«

Dumm ist er nicht. »Ja, doch nicht zu direkt. Immerhin gibt es diese Möglichkeit …«

Weniger vornehm ausgedrückt könnte man das, was ich vorhabe, auch »wilde Spekulationen« nennen. Aber etwas Besseres habe ich im Moment nicht.

Als ich auf die nächtliche Gasse trete, meldet mein Mobiltelefon eine Message. Oskar ist keiner, der allzu häufig SMS sendet, er findet, seine Finger sind zu groß für diese kleinen Tasten. Jetzt aber hat er es getan: »Will dich seit 2 Std. erreichen, wo bist du? Bitte sei vorsichtig! DEIN Oskar.«

Capriatis Innenarchitekt hat dafür gesorgt, dass Mobiltelefone nur im Vorraum des Lokals funktionieren. An sich eine gute Idee. Ich stelle fest, dass Oskar insgesamt sechsmal versucht hat anzurufen. Natürlich habe ich ihm von den Entwicklungen im Apfelbaum erzählt. Jetzt macht er sich Sorgen. Auf der einen Seite finde ich es rührend, ich bin es immer noch nicht gewohnt, dass sich jemand um mich sorgt. Auf der anderen Seite ist es stressig. Ich weiß schon, was ich tue – weiß ich es wirklich?

Jedenfalls rufe ich sofort zurück. Oskar muss das Telefon unmittelbar neben sich liegen haben, so schnell hebt er ab.

Ich erzähle ihm vom Offen, allerdings ohne allzu sehr auf Daniel Capriatis optische Vorzüge hinzuweisen, dafür lobe ich die Tunfischtrilogie umso mehr.

»Iss nichts, was dir nicht sicher vorkommt. Geh nicht allein aus dem Wirtshaus. Versuche die Polizei dazu zu bringen, ab und zu im Apfelbaum nachzusehen.«

Ich seufze. Inzwischen bin ich bei meinem Auto angekommen und steige ein. Am Sonntag gegen Mitternacht ist in Wien selbst im Sommer nicht viel los. Weit und breit bin ich der einzige Mensch auf der Gasse. Was, wenn jetzt …? Unsinn, Mira, lass dich nicht von Oskars Ängstlichkeit anstecken. Wer immer Billy und vielleicht auch Capriati übel mitspielt – auf dich hat er oder sie es nicht abgesehen.

Ich beantworte Oskars Aufforderungen also alle brav mit Ja. Kriminalbeamte haben wir ohnehin schon genug im Haus, an die Sache mit dem »Freund und Helfer« glaube ich nur bedingt. Vor allem: Wie soll man immer genau unterscheiden, wann sie »Freund und Helfer« sind und wann sie nur Ärger machen wollen?

Schön wäre es schon, wenn Oskar jetzt hier wäre. Ich sage es ihm und male detailreich aus, wie es wäre, jetzt in seine Dachwohnung zu fahren, anzukommen, mit ihm …

Oskar meint, er würde schon ganz rot und dass er mich auch ganz schrecklich vermisse. Ich starte den Motor, wir reden noch eine Zeit lang über dies und jenes, um keine allzu sentimentale Stimmung aufkommen zu lassen. Vielleicht schaffe er es am nächsten Wochenende, nach Wien zu fliegen. Oder vielleicht fliege ich … Mal sehen, was rund um den Apfelbaum passiert.

Diesen Montag nehme ich nur kurz an der Redaktionskonferenz teil. Ich muss aufpassen, dass mir die Bachmayer-Story mit allem Drumherum erhalten bleibt. Ich bitte den Chefredakteur, mir gleich am Anfang das Wort zu geben, denn erst gestern Nacht hätte ich neues, interessantes Material bekommen, also müsse ich heute die gesamte Story umschreiben. Er braucht ja nicht zu wissen, dass ich noch gar nicht angefangen habe. Ich bin eine schnelle Schreiberin, zum Glück. Der Chefredakteur willigt ein, ich erzähle kurz über die vielen Feinde von Bachmayer, streife seine Homosexualität, berichte darüber, dass es seltsame Vorfälle nicht nur bei Billy, sondern auch bei Capriati gegeben hat. Offenbar bin ich gut drauf, denn eigentlich ist die Geschichte dünn, aber dem Chefredakteur gefällt sie. Neben der Hauptreportage kündige ich ein kurzes Interview mit Billy Winter und mit Daniel Capriati an, außerdem Statements von Brancheninsidern. Vielleicht, aber das könne ich noch nicht versprechen, erreiche ich sogar Manninger in New York.

»Starköche in Angst!«, schlägt der Chefredakteur als Titel vor. Ich sehe Droch gar nicht an, ich weiß, dass sich seine Mundwinkel spöttisch verziehen. Ich weiß leider aber auch, dass er nichts gegen diesen absurden Vorschlag sagen wird.

»Ich denke darüber nach …«, murmle ich. Es muss mir etwas viel Besseres einfallen, viel weniger peinlich, treffend und trotzdem ausreichend plakativ.

»›Die Anschläge, die Spekulationen im Rosa Flieder‹ – übrigens eine sehr nette Bar, ich kenne sie –, ›wer weiß, was als Nächstes passiert, wer als Nächstes drankommt …?‹ Etwas in dieser Art können Sie als Unterzeile verwenden!«, setzt der Chefredakteur nach.

Ich bedanke mich artig und verziehe mich schnell an meinen Computer. Wider Erwarten habe ich für die Story samt Bildern vier Seiten bekommen, da liegt einiges an Arbeit vor mir. Spätestens um sieben am Abend muss ich alles fertig haben. Deadline. Redaktionsschluss. Mein Adrenalin steigt. Ich mag das. Manchmal.

Der verletzte Daumen ist beim Kochen hinderlicher als beim Schreiben am Computer, stelle ich fest. So gesehen ein Glück, dass ich das perfekte Zehnfingersystem nie gelernt habe. Als Erstes schreibe ich aus dem Gedächtnis ein kurzes Interview mit Daniel Capriati. Bilder von ihm haben wir im Archiv, das habe ich schon abgeklärt. Ich schicke das Gespräch an seine E-Mail-Adresse und rufe zusätzlich im Offen an. Eine Frau hebt ab. Daniel sei gerade am Naschmarkt, müsse aber jeden Moment zurückkommen, ja, sie werde ihm ausrichten, dass der Text angekommen sei.

Ich beschreibe gerade, wie die Melone durch das Fenster fliegt, als er sich bei mir meldet. Alles bestens, keinerlei Einspruch. Er freue sich schon auf Mittwochabend.

Ich lese das Kurzinterview noch einmal durch. Vielleicht habe ich mich zu sehr auf seinen Blickwinkel eingelassen. Wer sagt, dass nicht auch ein hübscher junger Koch krumme Dinge mit Billigsthühnern drehen kann? Warum bin ich viel eher geneigt, einem wie ihm zu glauben als einem fetten Sechzigjährigen? Andererseits: Ich kenne Typen in seinem Alter, denen würde ich, hübsch hin oder her, keineswegs über den Weg trauen. Ich muss mich eben einmal mehr auf meinen Instinkt verlassen. Klar fallen mir nun sofort Fälle ein, in denen mich mein Instinkt grob im Stich gelassen hat. Aber für Zweifel habe ich heute keine Zeit, außerdem kommt ohnehin auch Zuckerbrot mit seinen Theorien zu Wort. Das muss reichen.

Den Abend verbringe ich zum ersten Mal seit Tagen wieder zu Hause. Gismo gefällt es, und ich schlafe vor dem Fernseher ein, während eine deutsch-österreichische Liebeskomödie läuft. Dabei mag ich solche Sachen, auch wenn ich es nicht gerne offen zugebe. Etwas Romantik und Schmalz, Happyends sind eine schöne Sache. Die Realität sieht ohnehin anders aus. Aber der Film zieht sich schrecklich in die Länge. Warum muss die Heldin immer blond sein? Warum sind solche Heldinnen immer bereit, für einen Mann selbst einen Traumjob sausen zu lassen? Oder gibt es nur für diese Frauen ein Happyend? Jedenfalls kommt es zu einer Verwechslung zwischen ihrem Angebeteten, er ist ein erfolgreicher Arzt, und dem Kollegen ihres Angebeteten, er ist auch ein erfolgreicher Arzt und viel schöner, aber lange nicht so nett. Außerdem intrigiert ihre Sekretärin – was haben Sekretärinnen auch sonst noch zu tun? –, und irgendwie mischt auch noch eine aufgedrehte Krankenschwester mit zu großer Oberweite mit. Aber das bekomme ich nur mehr im Halbschlaf mit. In meinen Träumen bin ich auf einer Insel mit sehr viel Tunfisch, Capriati würzt ihn, plötzlich kommt mir vor, als wäre ich der Tunfisch, den er würzt, zuerst ein sehr angenehmes Gefühl, dann aber weiß ich nicht, ob ich nicht zu Tatar verarbeitet werden soll. Billy ruft irgendwo im Hintergrund: »Neuer Tisch!«, und schwenkt ein langes Messer. Alle aus dem Rosa Flieder beugen sich über mich …

Diesmal bin ich Gismo unendlich dankbar, dass sie ihre Krallen in meinen Oberschenkel bohrt. Ich schrecke hoch und sehe gerade noch, wie die Blonde in ein Flugzeug steigen

– 137 –

will, ihr Angebeteter ruft von weit unten: »Heirate mich!«
Sie zögert, dreht sich dann um und steigt die Gangway unter
lebhaftem Klatschen der anderen Passagiere wieder nach unten, in Richtung neues Leben. Oder zumindest Ehe. Ich gähne, putze mir die Zähne, nehme noch einen Schluck Jameson
aus der Flasche – es hat eben seine Vorzüge, wenn man alleine lebt –, verkrieche mich ins Bett und schlafe tief und traum-
los.

Am Dienstagnachmittag begleite ich Billy zum Einkaufen in
den Großmarkt, auch Hannes ist mitgekommen. Er erzählt
begeistert vom Tiergarten und vom Gameboy 2, den er letzte Woche von seinem Vater geschenkt bekommen hat. Billy
sieht mich kurz an. Ich zucke mit den Schultern. Sie muss ak-
zeptieren, dass ihr Sohn auch seinen Vater mag und dass es
ihm wohl nicht nur auf die Geschenke ankommt. Klar ist das
unter den gegebenen Umständen nicht einfach.
    Wir schieben einen überdimensionalen Einkaufswagen vor
uns her. An das Klemmbrett, das an der Haltestange angebracht ist, hat Billy eine lange handgeschriebene Liste gehef-
tet. Eigentlich habe ich mir gar nicht vorstellen können, was
sie im Großhandelsmarkt einkaufen muss, da doch Fleisch,
teilweise Geflügel, Fisch, der Großteil des Gemüses, selbst
Eier von Produzenten aus der Umgebung geliefert werden.
Doch der Wagen füllt sich schneller, als man glauben möchte.
Zwanzig Liter Frittieröl. Zehn Liter Olivenöl. Zehn Kilo glat-
tes Mehl, zehn Kilo griffiges Mehl. Kapern und Trockenfrüch-
te, Madeira und Noilly Prat zum Kochen, zwei Säcke Kartoffeln, eine Steige günstige Ananas, Ingwer, Passionsfrüchte,
außerdem fünf Kilo Branzino, zwei große ganze Lachse, drei
Packungen gefrorene Flusskrebse.
    Ich liebe Einkaufstouren. Und in diesem Fall muss ich
endlich einmal nicht überlegen, ob alles in meinen Kühl-

schrank passt. Ein Stückchen Paradies für Mira. Hannes scheint das ähnlich zu sehen. Da gibt's für ihn eine Packung Schokoriegel, dort zwei spacige Kugelschreiber, dazu noch seine Lieblingspuddings auf Vorrat. Zehn Liter Schlagobers, Butter gleich in Kilopackungen. Bei den französischen Käsesorten schaut Billy wie bei allem anderen nicht nur auf die Qualität, sondern auch auf den Preis. »Wenn der Wareneinsatz nicht stimmt, kannst du schneller zusperren, als du glaubst. Nur die Sache mit den Personalkosten ist noch gefährlicher. Das sollte man diesen Hobbyköchen klar machen, die vor sich hin schwärmen, ein eigenes Lokal aufzumachen.«

Ich zucke zusammen. Tatsächlich haben sich in den letzten Wochen einige meiner romantischen Vorstellungen vom eigenen kleinen Restaurant in Küchendunst aufgelöst. Sie hat schon Recht, ein Restaurant ist auch ein Wirtschaftsunternehmen. Nach außen muss es leicht und fein und kreativ aussehen, Freude am Kochen und an den Gästen ausstrahlen … Gut, ohne das alles geht es sowieso nicht.

Billy hat unterdessen bemerkt, dass sie in der Non-Food-Abteilung einiges vergessen hat. Wir lassen den ohnehin schon gefährlich angefüllten Rieseneinkaufswagen in der Nähe der Kassen zurück, nehmen uns einen neuen, diesmal von nahezu durchschnittlicher Dimension, und laden noch Kassenrollen, Küchenpapier, überbreite Alu- und Plastikfolie, Kanister voll Putz- und Abwaschmittel auf.

Die Rechnung beläuft sich schließlich auf mehr als tausend Euro. Um das wieder hereinzubekommen, muss sie schon einige Essen verkaufen.

Wir verstauen unsere Beute in ihrem Kombi. Er ist bis zum Dach gefüllt, ich verstehe, warum sie gemeint hat, es sei besser, wenn ich mit dem eigenen Auto fahre. Hannes hat schon wieder Hunger. Im ersten Stock des Großmarktes gibt es ein

Schnellrestaurant. »Klingt gar nicht schlecht«, meint Billy, als sie die Speisekarte liest. Mich wundert immer wieder, wie diese Frau mit ihrem ausgeprägten Geschmackssinn und ihrer exzellenten Küche auf ordinäre Billigstgerichte abfährt. Hannes bestellt sich Fleischlaibchen mit Pommes, Billy Berner Würstel mit einer doppelten Portion Pommes. Mir wird schon vom Zuhören schlecht. Ich nehme Mozzarella mit Tomaten.

Mittwoch ist wieder Wochenstart im Apfelbaum, Suppen und Saucen neu, viel Gemüse zu schneiden, neue Speisekarte. Vesna hat heute erst am Abend Zeit, sie will mit der Schnellbahn nachkommen, ich werde sie abholen. Ich telefoniere zwischendurch mit der Redaktion, alles in Ordnung, morgen erscheint die neue Ausgabe des »Magazins«. In den Tageszeitungen wird der Mord an Bachmayer kaum mehr erwähnt, auch die Pilzvergiftungen sind zum Glück Schnee von gestern. Wenn Zuckerbrot ermittelt, so weiß ich nicht, wo und gegen wen. Droch hat sich geweigert, ihn beim gemeinsamen Mittagessen auszuhorchen. Aber das macht er immer, und dann gibt es hin und wieder doch interessante Informationen. Zuckerbrot ist nicht dumm, selbst wenn er so tut, als wolle er keinesfalls mit mir zusammenarbeiten, er weiß, dass es ab und zu auch für ihn sinnvoll ist.

Zu Mittag feiert eine Familie aus dem Ort bei uns den Geburtstag der Großmutter. Acht Personen. Billy gibt sich besondere Mühe, für die betagte Frau, die nicht mehr alles essen und noch weniger beißen kann, etwas zusammenzustellen, das einem Sternerestaurant gerecht wird. Immer mehr komme ich dahinter, dass im Dorf nur Einzelne dem neuen Apfelbaum ablehnend gegenüberstehen. Die meisten anderen sind es einfach nicht gewohnt, öfter als drei-, viermal im Jahr essen zu gehen.

Erst in der Nachmittagspause fällt mir ein, dass ich Billy noch gar nicht von Daniel Capriati erzählt habe.

Sie reagiert überrascht darauf, dass Capriati sie von einem Praktikum im Royal Grand kennt. »Klar, wir haben immer wieder Praktikanten gehabt, aber an jemanden, der ihm ähnlich sehen würde, kann ich mich nicht erinnern.«

»So einen wie ihn merkt man sich«, ergänze ich.

»Warum?«, fragt Billy zurück.

»Hübsch ist er schon, leider für mich zu jung.«

»Hübsch? Na ja.«

Ich weiß nicht, wo Billy hingesehen hat. Außerdem ist er sympathisch. Ich freue mich, dass er heute gegen Abend kommen wird. Oskar braucht nicht eifersüchtig zu sein, er ist – etwas ganz anderes für mich. Außerdem weiß ich um meine Grenzen. Hoffentlich.

Daniel fährt einen offenen blauen Mazda Sportwagen, und Billy rümpft schon die Nase, als er einparkt.

»Ein Angeber, das habe ich befürchtet«, sagt sie.

»Ist er nicht. Außerdem: Wer kann schon was gegen ein Cabrio im Sommer sagen? Ist ohnehin eines von den billigeren.«

»Und wo will er seine Einkäufe unterbringen? Aber wahrscheinlich geht er selbst gar nicht einkaufen.«

Woher sie bloß die Vorurteile gegen Capriati hat? Hoffentlich wird das Gespräch nicht mühsamer als gedacht.

Er sieht sich suchend im Garten um, kommt dann langsam in Richtung Eingangstür. Wir verschwinden rechtzeitig vom Fenster.

Ich gebe ihm die Hand, Capriati lächelt mich schüchtern an.

Billy schaut etwas reserviert und gibt ihm dann auch die Hand.

»Sie erkennen mich nicht mehr, oder?«, meint Capriati.

»Ich kenne Sie natürlich. Ein Restaurant mit zwei Sternen …«

»Nein, ich meine von früher. Das ist aber auch kein Wunder. Ich war damals neunzehn und Sie die jüngste Souschefin. Das hat mich sehr beeindruckt. Ausgesehen hab ich auch anders. Ich war ziemlich dick und entsetzlich unbeholfen. Demetz war ein Bekannter meiner Eltern, damals war er noch großartig, meine Eltern haben oft im Royal Grand gegessen, ich hab meinen Praktikumsplatz nur durch Protektion bekommen. Aber ich wollte unbedingt Koch werden und nicht wie meine Mitschüler am Gastronomie- und Tourismus-Gymnasium später ins Management gehen.«

Jetzt lächelt auch Billy. »Nein, ich gebe es zu, ich kann mich nicht mehr erinnern.«

Wir setzen uns auf die Terrasse, Onkel Franz bringt Kaffee.

Ich versuche die beiden miteinander ins Gespräch zu bringen, und nach einigen Anläufen gelingt mir das auch. Sie erzählen einander von ihren Ideen und von den Rückschlägen der letzten Zeit. Im Nachhinein hört sich das eine oder andere tatsächlich an wie ein mehr oder weniger harmloser Streich.

Daniel Capriati kann sich nicht vorstellen, dass zwischen den Vorfällen ein Zusammenhang besteht. Immerhin habe man sich ewig lang nicht gesehen und auch sonst kaum etwas miteinander zu tun gehabt.

»Gemeinsame Feinde?«, frage ich nach.

Wir kommen auf niemanden. Selbst ihr Zugang zu Bachmayer ist unterschiedlich. Capriati und sein Offen wurden von ihm bejubelt, Billy zeigt ihm die miese Kritik über den Apfelbaum. Capriati schüttelt den Kopf.

»Zum Glück sind die wenigsten Gastronomiejournalisten

so, wie er war. Sicher sind solche Bewertungen immer eine sehr subjektive Sache, aber er ...«

»Haben Sie eigentlich Inserate geschaltet?«, frage ich.

Capriati rührt verlegen in seinem Kaffee. »Nein, ich nicht. Ich meine, erstens hab ich gar kein so großes Budget, unsere Ausgaben sind ziemlich hoch. Zweitens ... So möchte ich nicht bekannt werden.«

»Aber?«, hake ich nach.

»Dumm war Bachmayer nicht. Er hat mit meinen Eltern Kontakt aufgenommen. Sie haben diese Papiermaschinenfabrik. Meine Mutter glaubt bis heute, mir helfen zu müssen, also hat sie als Geschäftsfrau sofort zwei und zwei zusammengezählt und gleich doppelt so viel Inseratenfläche gebucht, wie Bachmayer ganz nebenbei vorgeschlagen hatte. Muss man sich vorstellen: Im ›Fine Food‹ ein Rieseninserat für Papiermaschinen. Weil die typischen Abonnenten sicher nichts mehr brauchen als eine preisgünstige Rotationspresse! Ich war stinksauer auf sie und hab mich eine Zeit lang gar nicht mehr unter die Kollegen getraut.«

Billy lacht. »Bei mir war das ganz anders. Meine Eltern waren nicht einmal heiß darauf, dass ich eine Lehre mache, die haben gemeint, ich könnte auch gleich nach der Schule arbeiten gehen, da brächte ich mehr Geld heim. Aber ich war stur. In einem so noblen Hotel wie dem Royal Grand war ich zum ersten Mal in meinem Leben, als ich mich nach der Kochprüfung vorgestellt habe. Meine Zeugnisse waren hervorragend. Ich kann mich noch erinnern, da war irgend so ein stellvertretender Personalchef, der mich angesehen und gesagt hat: ›Die ist ja noch im Wachsen.‹ Ich hab enorm jung ausgesehen für mein Alter. Aber das muss man dem alten Demetz lassen, er hat mich trotzdem genommen.«

»So alt ist er noch gar nicht.«

»Nein, aber eben eine Legende.«

Beide schweigen für einige Momente.

»Schlimm, dass er sich so versoffen hat«, sagt Capriati dann.

»Doppelt schlimm, wenn man es live miterlebt. Er war ja nie ein besonders zugänglicher Mensch, aber irgendwie doch eine Zeit lang eines meiner großen Vorbilder. Er hat mir eine Chance gegeben, und ich hab versucht, zum Dank alles besonders gut zu machen. Jeder ist für sich selbst verantwortlich, auch der Demetz mit seiner Sauferei, aber das Hotelmanagement des Royal Grand hat in den letzten Jahren schon dazu beigetragen, dass es so weit gekommen ist. Immer weniger Budget für immer mehr Arbeit. Irgendwelche ahnungslosen Knilche haben ihm erzählen wollen, wie er kochen und wie er mit seinem Personal umgehen soll. Hat er Widerstand geleistet, haben sie ihn spüren lassen, wer auf dem längeren Ast sitzt. Geschäftsführungsmeetings am Nachmittag, wenn er endlich Pause gehabt hätte, man hat von ihm eine Aufstellung aller Einkäufe des letzten Monats verlangt mit Angabe der Gründe, warum was bei wem bestellt worden sei. Die Ablehnung von Materialanforderungen, Kürzungen beim Personal. Ich glaube, das alles waren Gründe, warum ich gar nicht so heiß darauf war, nach ihm Küchenchefin zu werden. Auch wenn es ein riesiges Renommee bedeutet hätte.«

Ich bin überrascht und komme mir ausgeschlossen vor. Mir hat Billy davon nie erzählt. Aber ich bin ja auch nicht vom Fach. Capriati nickt voller Verständnis.

»Vom jetzigen Küchenchef hört man überhaupt nichts. Wer ist es eigentlich?«

»Sie haben einen aus Deutschland geholt, aber der ist schon wieder weg. Nach knapp sechs Wochen hat er aufgegeben. Warum, weiß ich nicht genau, jedenfalls haben sie ein neues Konzept, bei dem noch mehr gespart, dafür noch mehr ein-

– 144 –

genommen werden soll. Das geht in der Gastronomie nicht. Kann aber auch sein, dass ihn ein paar meiner Exkollegen gemobbt haben. Wer gehobene österreichische Küche kochen soll, fühlt sich einigermaßen gepflanzt, wenn er einen deutschen Chef vorgesetzt bekommt.«

»Und jetzt?«

»Sie suchen einen neuen. Die Souschefs im Royal sind ja daran gewöhnt, Küchencheffunktionen zu übernehmen. In den letzten beiden Jahren war Demetz nur noch selten in der Lage …«

Capriati nickt. »Habe ich selbst erlebt. Es hat diese Gala gegeben, da ist die neue gegen die alte Schule der Köche zum Schaukochen angetreten. Ich weiß nicht, warum sich Demetz das angetan hat, jedenfalls war klar, dass er nicht mehr ganz nüchtern war und dass er auch schon lange nicht mehr selbst gekocht hat. Man merkt es an den Bewegungen. Jedenfalls hat er begonnen eine ganze Menge Unsinn zu reden, und dann ist er auch noch auf mich losgegangen. Ich habe versucht, mich zurückzuhalten. Aber wenn es ums Kochen geht, dann gelingt mir das nicht immer. Herausgekommen ist ein gehöriger Streit vor Publikum. Zu allem Überfluss ist ihm auch noch der Becher mit Schlagobers aus den Händen gefallen. Alle haben gelacht, ich wollte ihm helfen, aber er hat mich weggestoßen.«

Ich sehe auf die Uhr. Üblicherweise steht Billy um die Zeit längst in der Küche, um alles für das Abendgeschäft vorzubereiten. Erst als Mahmet und der Lehrling kommen, sagt sie:

»Bleiben Sie zum Essen?«

Daniel Capriati sieht sie treuherzig, beinahe schon schmalzig an. »Ja, gerne. Ich könnte auch helfen …«

Billy winkt ab. »Kommt gar nicht infrage. Heute ist Ihr Ruhetag. Ein Glas Prosecco vielleicht?«

»Ich will nicht wie der Demetz enden …«

– 145 –

»Ich stoße noch mit Ihnen an, dann muss ich in die Küche.«

Was ist mit mir? Schon will ich mich beleidigt an den Herd trollen, als Billy mit drei Gläsern kommt. Unser hübscher junger Freund kratzt verlegen am Glas und meint dann: »Können wir per du sein?«

Dass so etwas immer kompliziert ist. Ich mag Länder, in denen Höflichkeit gar nicht erst eine Sache der Höflichkeitsform sein kann, weil die nicht existiert.

Wir stoßen an und trinken auf ... Ja, worauf?

»Aufs Überleben«, schlägt die Realistin Billy vor.

»Auf den Erfolg«, sage ich.

»Auf uns«, sagt Daniel Capriati und schaut Billy in die Augen. So distanziert, wie er mir erzählt hat, ist er Frauen gegenüber wohl doch nicht.

Beinahe hätte ich vergessen, Vesna von der Schnellbahn zu holen. Als ich bei der Station ankomme, wartet sie schon unruhig. »Schon wieder was passiert?«

Ich schüttle den Kopf.

8.

Am nächsten Morgen will ich Billy beweisen, dass auch ich das Zeug zur Köchin habe. Oder zumindest die nötige Härte dafür. Es ist gestern spät geworden. Daniel Capriati ist bis halb drei geblieben. Von wegen, dass nur die Alteingesessenen der Branche Durchhaltevermögen haben.

Ich habe nicht nur den Wecker gestellt, sondern auch die Weckfunktion am Mobiltelefon aktiviert und das Telefon direkt neben das Polster gelegt.

Grauenvoll. Acht. Mein Kopf ist schwer, niemand von uns will wie Demetz enden, aber trotzdem haben wir viel zu viel getrunken. Alles Mögliche durcheinander. Billy hat immer wieder einen Wein gefunden, von dem sie Daniel kosten lassen wollte. So aufgekratzt habe ich sie noch nie erlebt. Gut so, es sei ihr gegönnt.

Gismo sieht mich nur verwundert an und schläft dann weiter. Schon eine halbe Stunde später bin ich zu meinem Auto unterwegs. Die Sonne scheint. Üblicherweise würde ich mich an einem Mittwoch wie diesem in die Sonne legen, vielleicht in der Neuen Donau schwimmen gehen. Kurz bereue ich, dass ich mich auf all das eingelassen habe. Aber in der Sonne liegen und schwimmen kann ich immer noch – falls ich möchte. Mir ist der Abenteuerurlaub im Wirtshaus lieber. In diesem Wirtshaus, um genau zu sein. Ich mag seine Atmosphäre. Die hellen Tische und Bänke im Schankraum, die Weinflaschen auf dem Bord, das Licht am Abend, das

– 147 –

schön gedeckte Speisezimmer mit den hohen Fenstern, den Gastgarten mit den Kastanienbäumen. Vor allem mag ich die Küche. Edelstahl, Funktionalität, die man in einer privaten Küche nicht einmal um viel Geld erreichen kann, Grill, Fritteuse, Salamander, Hold-o-Mat, Steamer, alles, von dem ein Kochfreak wie ich nie zu träumen gewagt hat. Warum bin ich nie auf die Idee gekommen, Köchin zu werden? Das war einfach zu weit von meiner Vorstellungswelt entfernt. Und von der meiner Eltern noch mehr. Mein Vater war Landesrat, ein Politiker der alten Schule, wahrscheinlich ziemlich korrekt, aber abhängig von dem Machtgefühl, das ihm seine Funktion verliehen hat. Ein guter Patriarch, wenn es gute Patriarchen überhaupt geben kann. Jetzt leitet er den Pensionistenverband seines Bundeslandes. Keine politische Aufgabe zu haben wäre wohl sein Tod. Natürlich war klar, dass die einzige Tochter studieren wird. Hab ich dann ja auch. Aber schon während des Gerichtsjahres bin ich nach New York geflohen. Dort habe ich auch zum ersten Mal ein Restaurant von innen kennen gelernt. Mein damaliger Freund Mario hat ein sehr fashionables italienisches Lokal in der Upper Eastside besessen. Aber die Küche war dort lange nicht so eindrucksvoll. Außerdem waren wir mehr in den Gasträumen als in der Küche, Mario war kein Koch, sondern der Manager. Und er hat es nicht besonders gern gesehen, wenn ich in der Küche war.

Danach … Ja, danach ist mir der Job im »Magazin« passiert. Nicht aus Leidenschaft für Lifestyle, sondern weil ich noch aus New York Einschlägiges berichten konnte und ohnehin dringend einen Job gesucht habe.

Ein paar Kilometer nach der Wiener Stadtgrenze biege ich in die schmale Straße ab, erfreue mich an den sonnenbeschienenen Weinhügeln, nehme mir wieder einmal vor, die Sonnenblumenfelder zu fotografieren. Ich weiß, dass Billy üblicherweise um neun Uhr kommt. Heute werde ich endlich gleichzeitig mit ihr da sein. Mein Herz schlägt höher, als ich um die Kurve biege und das Wirtshaus sehe. Es ist, als hätte ich mich verliebt.

Billys Auto ist noch nicht da. Ich besitze keinen eigenen Schlüssel, und das praktische System mit dem Blumentopf hat sie aus guten Gründen abgeschafft. Ich stelle meinen kleinen Fiat am Rand des Parkplatzes ab, lasse die besten Plätze für Gäste frei. Noch besser, ich war schneller als Billy. Zeit, mir die Morgensonne ins Gesicht scheinen zu lassen.

Trotzdem probiere ich, ob der Hintereingang schon offen ist. Kann ja sein, dass Onkel Franz aufgesperrt hat. Er ist zwar auch erst um Mitternacht gegangen, aber er behauptet, dass man in seinem Alter nicht mehr so viel Schlaf braucht. Abgesehen davon hat er ja keinen Anfahrtsweg.

Tatsächlich, die Tür ist unversperrt. Ich gehe den schmalen Gang entlang, vorbei an den Toiletten, biege nicht in die Küche ab, trabe gleich in den Schankraum. Ein zweiter Kaffee wäre eine feine Sache. Kein Onkel Franz zu sehen. Ab und zu sitzt er auf dem alten Sofa im Hinterzimmer und macht ein Nickerchen. Von wegen schlaflos im Alter. Ich trete leise ein, um ihn nicht zu erschrecken, und erschrecke selbst. Onkel Franz liegt nicht auf dem Sofa, sondern am Boden. Ich bekomme kaum mehr Luft, weiß gar nicht, wie ich neben ihm zu knien komme. Seine Augen sind geschlossen, das faltige Gesicht ist kreidebleich, der Hals seltsam verdreht. Blut. Nicht viel Blut, aber Blut unter seinem Kopf. Ich muss die Nerven behalten.

Um mich dreht sich alles, ich versuche mit zwei Fingern seine Halsschlagader zu finden. Kein Puls. Ich drücke heftiger. Sein Kopf bewegt sich. Ich zucke zurück. Hab ich ihn bewegt? Hat er sich bewegt? Ich taste nach seinem Arm, will dort den Puls fühlen. Der Arm ist kühl und faltig, fast wie

– 149 –

mit Pergament überzogen. Da. Pochen. Puls. Blut, das zirkuliert. Ich bin mir fast sicher. Ja. Er lebt. Noch. Darf ich ihn aufrütteln? Wer weiß, was gebrochen ist. Vielleicht hat er etwas an der Wirbelsäule. Zitternd stehe ich auf, renne zum Telefon, finde in der Lade darunter die Nummer des Gemeindearztes. Bitte sei da!

Er ist da, gleichzeitig mit Billy trifft er im Apfelbaum ein. Billy kommen die Tränen, und jetzt versucht sie nicht, sie zu verbergen. Der Arzt kniet neben Onkel Franz, tastet die Wirbelsäule entlang, dreht vorsichtig den Kopf. Diesmal bin ich mir sicher: Onkel Franz hat sich bewegt.

Dr. Vislotschil sieht zu uns auf: »Er ist niedergeschlagen worden, würde ich sagen. Wahrscheinlich ein Schädel-Hirn-Trauma. Er muss sofort ins Spital.«

»Ich fahre mit«, sagt Billy, »er hat ja sonst niemanden.«

Es dauert zehn Minuten, bis die Rettung da ist.

Vislotschil gibt den Sanitätern ein paar Anweisungen. Dann fährt der Wagen mit Blaulicht davon. »Könnte ich einen Kaffee haben?«, fragt er mich.

Ich nicke. Mir ist nach etwas Stärkerem. Aber ich geniere mich in der Anwesenheit des Arztes. Also nehme ich auch einen Kaffee. »Wird er es überleben?«

Der Arzt macht eine unbestimmte Geste. »Hängt davon ab, ob er innere Blutungen hat. Ich kenne ihn, seit ich hier meine Praxis habe. Er war selten krank. Er ist zäh.«

Ich sollte Zuckerbrot anrufen. Wieder einmal.

»Was ist hier los?«, fragt der Arzt.

Das würde ich selbst gerne wissen.

Um zehn kommt der Rest der Belegschaft, noch habe ich nichts aus dem Krankenhaus gehört. Ich erzähle kurz, was geschehen ist, und bitte Mahmet, das zu tun, was er sonst auch tut. Dem Lehrling trage ich auf, sich um die Mise en place zu kümmern. »Aber Tempo bitte, heute haben wir keine Chefin, die uns herausreißen kann.« Ich hoffe, dass meine Stimme fest und autoritär geklungen hat. Auch wenn ich theoretisch sehr für Daniels neuen, partnerschaftlichen Stil in der Küche bin – hier und jetzt kann etwas Druck nicht schaden. Ich versuche, das graue Gesicht von Onkel Franz zu verdrängen, und sehe mich in der Küche und den Galträumen um. Wer weiß, wobei er den Eindringling überrascht hat? Ich schnuppere, rieche kein Gas. Der Haupthahn steht, wie es sein soll, auf »Aus«. Die Kühlung funktioniert. Salz und Zucker sind in den richtigen Behältern.

Starrköpfiger, tapferer alter Onkel Franz. Das hat er jetzt davon, dass er Billy beschützen wollte.

Nichts scheint verändert worden zu sein. Selbst der Computer funktioniert. Das Reservierungsbuch liegt da wie gestern. Der Keller. Soll ich Mahmet bitten mitzugehen? Soll ich auf Hans-Peter warten?

Ich drücke die Klinke und drehe den Lichtschalter an. Muffiger Geruch. An großen Nägeln hängen ein paar Besen. Sie sehen aus wie hingerichtet. Ich darf nicht hysterisch werden. Die steilen Stufen hinunter.

Zehn Minuten später weiß ich: alles in Ordnung. Zumindest hier.

Ich muss die Speisekarte durchsehen, vorbereiten, was der Lehrling nicht schafft. Ist das alles so wichtig, wenn Onkel Franz stirbt?

Um halb zwölf, gleichzeitig mit den ersten beiden Gästen, kommt der Anruf von Billy: Der Arzt hat Recht gehabt, Onkel Franz hat ein schweres Schädel-Hirn-Trauma. Er liegt auf der Intensivstation, hat aber höchstwahrscheinlich keine inneren Verletzungen. Er ist sogar zwischendurch kurz aufgewacht und hat etwas gemurmelt, niemand hat ihn verstanden. Ob Zuckerbrot schon da sei.

Das darf nicht wahr sein, den habe ich vollkommen vergessen.

»Hatten Sie vor, den Überfall zu vertuschen?«, faucht er mich wenig später übers Telefon an.

»Hätte ich dann angerufen?«

»Man hat uns vom Krankenhaus aus verständigt. Zum Glück hat mein Kollege zwei und zwei zusammengezählt und mich informiert.«

»Auch wenn Sie es nicht glauben, ich hatte den Kopf voll mit anderen Dingen. Jedenfalls habe ich Ihnen erzählt, was ich weiß. Mehr ist es nicht. Ich habe ihn einige Minuten nach neun im Hinterzimmer gefunden.«

»Meine Leute sind schon auf dem Weg zu Ihnen. Richten Sie Ihrer Freundin aus, sie soll sich überlegen, Fremdenzimmer einzurichten. Dann können wir vielleicht gleich einziehen.«

»Da Sie offenbar nicht im Stande sind, den Wahnsinn aufzuklären …« Das hätte ich mir verkneifen sollen, aber meine Nerven sind heute überstrapaziert.

Zuerst Stille in der Leitung, dann ganz ruhig und böse: »Dafür hat Frau Winter ja Sie. Mit dem Vorteil, dass Sie felsenfest von ihrer Unschuld überzeugt sind.«

»Richtig. Wann werden Sie Onkel Franz, ich meine Franz Haberzettl, vernehmen?«

Er knallt einfach den Hörer auf.

Mir kommt noch eine Idee. Die Messerlade. Andere Waffen. Vielleicht wollte sich der Täter neues, für Billy belastendes Werkzeug beschaffen. Ich sehe die Messer durch. Von denen, die wir üblicherweise verwenden, scheint keines zu fehlen. Aber sicher bin ich mir nicht. Billys Messerset mit der Gravur ist ohnehin noch bei der Kriminalpolizei.

Ich rieche Verbranntes und rase zurück in die Küche. Der

Lehrling hat zwar, so wie ich gesagt habe, einen Topf mit Kürbiskraut hingestellt, aber dann nicht mehr darauf geachtet. Ich imitiere Billy, packe den großen Topf, ziehe ihn vom Feuer und befehle: »Wegwerfen! Sofort!«

Dieser Mittag wird meine Feuerprobe. Zum Glück sind nicht sehr viele Gäste gekommen, aber ohne Billy … Wir stehen die Sache mit Anstand durch, irgendwann zwischendrin fragt mich der Lehrling: »Werden Sie der Chefin das mit dem verbrannten Kürbiskraut sagen?«

»Wenn du für heute Abend ein neues machst, dann nicht.«

Der introvertierte Mahmet grinst. »Neue Chefin, habe ich das Gefühl.«

Ich lächle ihn an. Ich sollte mich einmal ausführlicher mit ihm unterhalten.

Am Nachmittag kommt Billy zurück, sie ist mit den Gedanken noch so bei Onkel Franz, dass sie nicht einmal kontrolliert, ob ich ihr Wirtshaus auch nicht ins Unglück gestürzt habe. Leider komme ich so auch um ein Lob.

Sie erzählt, dass Onkel Franz bereits wieder ansprechbar ist, die meiste Zeit schlafe er zwar, aber er habe sie eindeutig erkannt und gesagt: »Ist er weg? Hab ich ihn vertrieben?«

Billy kommen wieder die Tränen. »Ich hab gesagt: ›Ja, danke, Onkel Franz, du hast ihn vertrieben.‹ Dann hat er gelächelt und ist wieder weggedämmert.«

Ich schenke Billy einen großen Marillenschnaps ein und nehme mir selbst einen kleinen.

»War Zuckerbrot schon bei Onkel Franz?«

»Er ist noch nicht vernehmungsfähig, hat der Arzt gesagt.«

»Hat Onkel Franz noch mehr gesagt? Hast du irgendetwas verstanden, was uns weiterhelfen kann?«

Billy schüttelt den Kopf. »Mir ist das alles nicht mehr wichtig. Ich sage Manninger, er muss das Wirtshaus zurücknehmen. Ich bin vertraglich zu nichts verpflichtet, kann aufhören, wann ich will. Glaube ich jedenfalls.«

»Und der, der Onkel Franz niedergeschlagen hat, hat endgültig gewonnen?«

Sie sieht mich an, geht durch den Schankraum, sieht hinaus zu den beiden Kastanienbäumen. Lange sagt sie nichts. Sie räuspert sich, um den Hals frei zu kriegen. »Du hast Recht. Aber wie lange kann ich es noch verantworten? Was, wenn morgen dem Nächsten etwas passiert?«

Ich weiß es nicht. Die Sache mit der Messerlade fällt mir ein. Billy legt alle Messer heraus, zieht die Stirn in Falten, überlegt. Dann beginnt sie zu suchen. Auf den schon weitgehend abgeräumten Arbeitsflächen, in der Spüle, selbst in der Spülmaschine, in der Messer nichts verloren haben.

»Eines fehlt. Eines von den großen Kochmessern mit schwarzem Griff.«

Richtig. Davon hat es mehrere gegeben.

»Es ist noch relativ neu und gut.«

»Kann es irgendwo sonst sein?«

Billy zuckt mit den Schultern.

Mahmet und der Lehrling haben fertig zusammengeräumt und treten ihre Nachmittagspause an. Eigentlich wollte ich ja noch mit den beiden reden. Von sich aus sagen sie nicht viel. Als ich zum Hinterausgang laufe, um zu sehen, ob ich Mahmet noch einholen kann, kommt er mir entgegen. Mit einem Kochmesser, schwarze Halterung, lange Klinge. Für einen Moment zucke ich zusammen, will nur davonlaufen. Dann habe ich mich wieder halbwegs im Griff.

»Habe ich hinter dem Haus gefunden, am Weg.« Er sieht besorgt aus. »Ist ein Messer von uns.«

– 154 –

Verdammt, er hätte es nicht angreifen dürfen, jetzt sind womöglich die Fingerabdrücke verwischt oder ganz unbrauchbar.

Mahmet versichert mir, sonst nie etwas bemerkt zu haben. Jedenfalls wisse er genau, dass die Chefin keine Mörderin ist, und Peppi, der Koch, hätte überhaupt niemandem etwas zu Leide tun können. Außerdem: »Er ist nicht tief. Für böse Dinge wie die da muss jemand tief sein.«

»Böse?«, frage ich, und er reagiert, als würde ich ihm unterstellen, nicht gut Deutsch zu können.

»Böse auch. Aber auch tief.«

»Tief?«

Mahmet ist nun eindeutig verärgert. »Tief!«, ruft er.

Ich nicke, gebe vor, ihn jetzt verstanden zu haben, und lasse ihn ziehen. Besser, ihn nicht gegen mich aufzubringen. Ich werde eine türkische Freundin fragen, die in Wien aufgewachsen ist. Sie kann mir vielleicht sagen, was Mahmet gemeint hat.

Als zwei junge Männer aus Zuckerbrots Team kommen, liegt das Messer bereits auf einem Küchentuch bereit.

Sie stecken es vorsichtig in einen mitgebrachten Plastiksack und beschweren sich darüber, dass alle Flächen in der Küche sauber gewischt sind.

»Das ist in Küchen so üblich«, erwidere ich. Vielleicht haben wir mit dem Messer mehr Glück.

Sie sehen sich gründlich im Hinterzimmer um, da ist alles, wie ich es in der Früh vorgefunden habe. Ich habe den Raum sicherheitshalber versperrt. Aber was kann ein leeres Zimmer schon erzählen? Natürlich, es gibt mikroskopische Spuren, Haare, Fasern. Auch wenn es momentan sehr modern ist, darauf zu hoffen: Ohne Verdächtige gibt es nichts, mit dem die Spuren verglichen werden können. Der Einzige, der mehr wissen könnte, liegt im Spital auf der Intensivstation. Man müsste mit ihm reden. Am besten, bevor Zuckerbrot mit ihm geredet hat.

Der jüngere der beiden Beamten wischt sich die Hände an seinen Jeans sauber und fragt: »Haben Sie die Tatwaffe irgendwo gesehen?«

Schon habe ich eine böse Bemerkung auf der Zunge, aber ich schüttle nur den Kopf.

»Ist hier irgendetwas verändert worden?«

»Ich habe Ihnen schon gesagt: Nachdem Herr Haberzettl von der Rettung abtransportiert worden ist, habe ich den Raum versperrt.«

»Wo haben Sie den Schlüssel hingegeben?«

»In meine Hosentasche. Was kann die Tatwaffe gewesen sein?«

»Nach dem, was im Rettungsprotokoll steht, der typische schwere Gegenstand ohne scharfe Kanten.«

Seltsam. Der Täter verliert auf der Flucht das Messer, aber von der Tatwaffe ist keine Spur.

»Schlagstock? Nudelwalker? Fleischklopfer?«

Der Beamte schüttelt bedauernd den Kopf. »Keine Ahnung.«

Ich gehe in die Küche und sehe nach, ob die Geräte an ihrem üblichen Platz liegen. Ja, das Nudelholz ist in der zweiten Lade von unten. Der Fleischklopfer liegt auf dem massiven Hackstock bereit. Sauber. Ich sehe mich suchend um und betrachte unsere Küchengeräte mit ganz neuen Augen: Was könnte geeignet sein? Mein Blick gleitet über die aufgehängten Siebe, Löffel, über die griffbereiten Stielpfannen und Suppenschöpfer. Wenn man einen großen Suppenschöpfer wie einen Golfschläger schwingt … Wenn man eine der massiven Edelstahlsauteusen nimmt und ausholt …

Der Beamte steht inzwischen neben mir und beobachtet mich. »Eine Menge potenzieller Mordwaffen«, sagt er.

»Eigentlich müsste ich alles einpacken und zur Spurensicherung bringen.«

»Alles ist an seinem Platz«, sage ich schnell. »Außerdem: Wenn es der Täter so eilig hat, dass er sogar das Messer verliert, warum hat er dann Zeit gehabt, in Ruhe seine Waffe zu säubern und sie zurückzulegen?«

Der Beamte sieht etwas spöttisch drein, Schlussfolgerungen von Außenstehenden werden eben so abgetan. In Profiküchen mag man auch keine Amateure, die einem erzählen, wie man kocht. Jedenfalls unternimmt er nichts weiter, und die Arbeitsgeräte bleiben uns erhalten. Er starrt auf meinen verbundenen Daumen. »Was haben Sie da gemacht?«

Beinahe hätte ich hysterisch aufgelacht und gemeint, ich gestehe, ich bin die, die mit dem Messer herumrennt und Leute ersticht, da bin ich eben einmal abgeglitten. »Die Schneidemaschine wird bei uns sorgfältig gereinigt, wenn Sie trotzdem irgendwelche mikroskopisch kleinen Blutspuren finden, dann könnten sie von mir sein«, sage ich schließlich trocken.

Ich muss zu Onkel Franz. Aber ich bin keine Angehörige.

Vesna kommt mit dem Auto ihres Lebensgefährten. Ich habe wieder einmal etwas zu erzählen und frage sie, so schnell es geht, nach einer Idee, wie man zu Onkel Franz vordringen könnte. »Wenn er irgendwie kann, dann will er sicher reden«, füge ich als Entschuldigung hinzu.

Vesna nickt. »Alter Putzfrauentrick. Ich bin Putzfrau, spiele eine aus dem Krankenhaus. Nehme irgendwo Besen und so etwas und gehe hinein.«

»Sinnlos. Auf der Intensivstation läuft das nicht. Außerdem mag dich Onkel Franz nicht besonders.«

Vesna denkt nach. »Welches Krankenhaus?«

»Unfallklinik zur Dreifaltigkeit.«

»Da kann man Glück haben.« Ohne weitere Erklärung

greift sie nach ihrem Mobiltelefon, sucht eine Nummer, führt ein Gespräch in Serbokroatisch und sieht danach sehr zufrieden aus.

»Leiter vom Krankenhaus wird prüfen, ob du zu ihm darfst für ein paar Minuten.«

»Du hast mit ihm telefoniert?«

»Nein, mit seiner Frau.«

»Eine Verwandte?«

»Du glaubst nicht, dass ich so vornehme Verwandte habe? Ist gut, sie ist keine Verwandte. Aber war Kollegin am Anfang, als wir wegen dem Krieg gekommen sind. Eine Hochschulprofessorin, hat auch geputzt wie ich. Aber nicht lange, zum Glück. Jetzt ist sie die Frau vom Krankenhauschef und außerdem an der Universität. Wir sind in Kontakt. Auch bei der Hochzeit war ich.«

Wenig später hat Vesna tatsächlich den Chef der Unfallklinik am Telefon und gibt mir das Gespräch weiter.

»Ich habe mit dem behandelnden Arzt gesprochen. Er muss dabei sein, wenn Sie mit Herrn Haberzettl reden. Wenige Minuten, mehr geht nicht. Aber der Arzt sagt, der Patient hat bereits versucht, alles Mögliche zu erzählen. Mag sein, dass er ruhiger wird, wenn es ihm gelungen ist.«

»Und die Polizei?«

»Hat heute noch keine Chance, das ist bei uns so. Ausnahmen gibt es nur im Fall akuter Bedrohung für Dritte. Die ist ja hoffentlich nicht gegeben. Ich hoffe, Sie lassen mich aus dem Spiel, ich mache es wegen Vesna. Meine Frau hat ihr viel zu verdanken.«

Zuerst will Billy mich begleiten, dann aber denkt sie an die Abendgäste. Kurz nimmt sie mich in die Arme und murmelt: »Danke übrigens für heute Mittag. Ich hab das Wirtshaus komplett vergessen.«

– 158 –

Ich drücke sie, lasse sie wieder los. »Ich komm so schnell wie möglich wieder.«

Wie schon bei früheren Besuchen habe ich das Gefühl, im Krankenhaus nicht genug Luft zu bekommen. Die Atmosphäre von Schicksal, Hoffnung, Leid und angeblichen Göttern in Weiß drückt mich nieder. Oder hat es etwas mit dem offenbar unvermeidlichen Geruch nach Desinfektionsmitteln, Angstschweiß und schlechtem Essen zu tun?

Die Schwester, die am Eingang zur Intensivstation sitzt, weiß von nichts. Es dauert eine halbe Stunde, bis geklärt ist, dass ich tatsächlich für einige Minuten zu Franz Haberzettl darf. Noch immer sieht sie mich allerdings an, als wäre ich es gewesen, die ihn fast totgeschlagen hat.

Ich warte noch einmal eine Viertelstunde, bis mich der Dienst habende Arzt begleiten kann. Er ist überraschend freundlich und hat überhaupt nichts von dem geheimnisvollen Getue, das mir bei Ärzten so auf die Nerven geht.

Man habe schon die ersten Befunde, erzählt er. »Ihr Opa ist ziemlich zäh. Keinerlei innere Verletzungen. Aber eine schwere Gehirnerschütterung ist in seinem Alter ein gravierendes Problem.«

»Ist er ansprechbar?«

»Er hat nach einem weißen Gespritzten verlangt, wenn Ihnen das weiterhilft. Aber er dämmert immer wieder weg. Wenn sich keine Komplikationen ergeben, können wir ihn morgen auf eine normale Station verlegen. Sofern man irgendwas normal nennen kann, was es bei uns im Spital gibt.« Er lächelt. »Sie mögen Krankenhäuser nicht, oder?«

»Sieht man mir das an?«

»Deutlich. Hier hinein.«

In dem Raum stehen vier Betten, jedes einzelne ist von ei-

– 159 –

ner Vielzahl futuristisch anmutender Apparaturen und Bildschirme umgeben. Das Licht ist matt mit ungesunden gelbgrünlichen Anteilen. Erst ganz zuletzt fällt auf, dass in jedem der Betten auch ein Mensch liegt.

Der Arzt führt mich zu Onkel Franz. Unbeweglich, mit Kopfverband und eingefallenem Gesicht wirkt er wie eine halb fertig gestellte Mumie.

»Herr Haberzettl«, flüstert der Arzt.

»Onkel Franz«, flüstere ich.

Onkel Franz macht die Augen auf. Das geht so langsam, als sei es Schwerstarbeit. Er versucht zu zwinkern, dann sagt er mit erstaunlich klarer Stimme: »Mira. Wo ist die Chefin? Alles in Ordnung mit ihr?«

»Alles okay, sie kümmert sich um das Abendgeschäft.«

»Das gibt es nicht, dass es schon Abend ist. Ich muss …«

Er versucht tatsächlich, sich aufzusetzen, wird aber von diversen Schläuchen daran gehindert.

»Sie sollen das Zeug wegnehmen, ich habe es schon der Schwester gesagt. Mir geht es gut.«

»Bald, Onkel Franz«, versuche ich ihn zu beruhigen.

»Gleich«, beharrt er, »ich hab schon Schlimmeres überlebt als einen Schlag auf den Schädel. Die Chefin braucht mich.«

»Die Chefin will, dass Sie wieder ganz gesund werden. Eben weil sie Sie braucht.«

»Ich bin gesund. Glauben Sie etwa, im Weltkrieg hätte uns jemand geschont, nur wegen einer Beule am Kopf? Damals …«

Ich habe im Augenblick keine Lust, Einzelheiten aus dem Weltkrieg zu hören, und versuche, Onkel Franz zum eigentlichen Thema zu bringen. »Haben Sie erkennen können, wer Sie niedergeschlagen hat?«

Die Pulsfrequenz steigt, zeigt der Bildschirm an. Der Arzt deutet warnend auf die Uhr.

»Nein, und das ärgert mich ja so. Ich werde wirklich schon langsam alt und bin zu nichts mehr zu gebrauchen.«

»Er hat Sie von hinten niedergeschlagen.«

»Früher hätte ich schneller reagiert, gekämpft, dann wüssten wir jetzt …«

»Woran erinnern Sie sich?«

»Wir müssen langsam Schluss machen«, flüstert der Arzt.

»Taub bin ich noch nicht, ich will jetzt erzählen!«

Der Arzt lächelt. »Ihr Puls …«

»Mein Puls ist mir egal, wenn ich nicht erzählen kann, dann platze ich.«

»Also?«, frage ich beschwichtigend.

»Ich hatte ein ungutes Gefühl.« Kunstpause. Oder schläft er wieder ein? »Daher bin ich schon um sieben hinüber ins Wirtshaus gegangen und habe einen Rundgang gemacht. Alles war ruhig. Dann habe ich mich ins Hinterzimmer zurückgezogen.«

Offenbar, um doch noch ein Nickerchen zu machen. Natürlich sage ich das nicht.

»Plötzlich höre ich, dass jemand in der Küche ist. Ich schau auf die Uhr, es ist kurz nach acht. Ich wundere mich und stehe auf, gehe zum Fenster, um zu sehen, ob das Auto der Chefin schon da ist. Dann bekomme ich diesen Schlag auf den Kopf. Das war es, leider. Mehr weiß ich nicht.«

Onkel Franz schließt die Augen.

»Haben Sie noch irgendetwas Ungewöhnliches gesehen? Oder gehört? Irgendein Detail?«, bettle ich.

»Was Ungewöhnliches? Nein, ich glaube nicht«, murmelt der alte Kellner undeutlich.

»Nichts Unübliches, nein, aber irgendetwas Bekanntes …«

Der Arzt steht auf und drängt mich, dasselbe zu tun. Dabei hat sich der Puls wieder auf einem niedrigeren Niveau stabilisiert, das kann ich vom Monitor ablesen.

– 161 –

»Was Bekanntes?«, frage ich nach.

»Der Wagner … Es ist mir vorgekommen, als wenn es der Wagner …«

»Wer?«

»Na unser Wagner.«

Onkel Franz ist nun endgültig eingeschlafen. Ich streiche ihm über die schmale Hand mit den erschreckend hervorstehenden violetten Adern und verabschiede mich.

»Der Wagner?«, fragt Billy zurück. »Wenn er gesagt hat ›unser Wagner‹, dann kann er wohl nur den Wagner aus dem Ort gemeint haben, du kennst ihn, er ist einer von denen, die am Wochenende kommen und am Stehtisch ihr Bier trinken. Nur, dass er manchmal kaum noch stehen kann.«

»Warum sollte der Wagner …?«

»Er hat sich geirrt. Er ist alt. Er hat einen schlimmen Schlag auf den Kopf bekommen.«

»Wo wohnt dieser Wagner?«

»Ich habe ihn immer wieder die Hauptstraße hinaufgehen sehen. Ich glaube, er wohnt in einem der oberen Häuser.«

Morgen wird auch Zuckerbrot mit Onkel Franz reden. Ob er ihm vom Wagner erzählen wird?

Ich suche nach dem Telefonbuch, finde eines aus dem Jahr 1992 und tröste mich damit, dass der Wagner wahrscheinlich schon seit Jahrzehnten im selben Haus wohnt. Mir ist wieder klar, wer er ist. Um die sechzig, mit ehemals blonden, jetzt farblosen Haaren, mittelgroß, etwas übergewichtig. Wässrige Augen. Trinkt gerne einen über den Durst.

Da. Hauptstraße 11.

Das Abendgeschäft lässt sich flau an, ich mache mich sofort auf den Weg. Eine Frau in Kaufhausjeans und einer geblümten Bluse öffnet und sieht mich neugierig an.

»Frau Wagner?«, frage ich.

Sie nickt.

»Es könnte sein, dass Ihr Mann bei uns im Apfelbaum etwas vergessen hat …«

Sie seufzt. »Das sieht ihm ähnlich. Was ist es denn?«

»War er heute früh im Wirtshaus?«

Ihr Blick wird verschlossener. »Ich weiß, dass mein Mann gerne einen über den Durst trinkt, vor allem seit er pensioniert worden ist. Nicht alle gehen gern in Frühpension. Aber tagsüber …«

»In der Früh.«

»Nein, das weiß ich sogar genau, dass er da nicht im Wirtshaus war. In der Früh war er mit mir im Weingarten. Wenn Sie wirklich in der Früh meinen. Ab sechs bis zirka halb zehn.«

»Die ganze Zeit über?«

»Warum fragen Sie? Ja, die ganze Zeit über. Onkel Franz ist heute mit der Rettung weggeführt worden, habe ich gehört. Was war los?«

»Es geht ihm schon besser, zum Glück. Er ist auf den Kopf gefallen.« Könnte Onkel Franz das hören, er würde mich mit dem größten Serviertablett erschlagen. »Dann war das wohl eine falsche Vermutung mit der Jacke.«

»Wie sieht sie denn aus?«

»Eine braune Lederjacke mit Flicken an den Ellbogen und einem Fleck an der linken Vorderseite.«

»So eine hat er nicht. Und schon gar keine mit einem Fleck.«

Das habe ich mir gedacht, als ich Frau Wagner gesehen habe. Ich entschuldige mich für die Störung und gehe.

»Und dass Sie Onkel Franz gute Besserung ausrichten! Er ist nämlich tatsächlich ein Onkel von mir … Zumindest einer zweiten Grades!«

Manchmal scheint es mir, als sei der ganze Ort miteinander verwandt. Wie ist Onkel Franz auf den Wagner gekommen?

Gegen Mitternacht taucht überraschend Daniel Capriati auf. Er reagiert entsetzt auf die Nachricht vom Überfall und macht Billy Vorhaltungen, ihn nicht sofort angerufen zu haben.

»Du hast doch selbst Schwierigkeiten genug, hättest du dich etwa gemeldet, wenn …«

»Nicht nur gemeldet. Ich bin da. Es ist zwar nichts ganz so Schlimmes geschehen, aber allemal etwas – Ekelhaftes.«

Bilde ich es mir ein, oder sehe ich tatsächlich für einige Momente Enttäuschung auf Billys Gesicht darüber, dass der junge Starkoch nicht einfach so, vielleicht sogar ihretwegen gekommen ist, sondern wegen eines neuen Problems? Jedenfalls fragt sie schließlich besorgt, was denn los sei.

»Ich bin ins Kühlhaus gegangen und wollte die Rehpastete holen. Die Form war mit Scheiße gefüllt, Hundescheiße, glaube ich. Auch die Formen für das Schokomousse.«

Wir verziehen beide angewidert das Gesicht.

Daniel nickt. »Genau so werden meine Gäste auch dreinschauen.«

»Sie haben ja nichts davon mitgekriegt«, tröstet ihn Billy.

Daniel schüttelt traurig den Kopf. Seine dunklen Augen scheinen noch dunkler zu werden. Man möchte ihn in die Arme nehmen und trösten. Entwickle ich etwa gar mütterliche Gefühle? So etwas war mir bisher völlig fremd. Dann werden es wohl doch andere Gefühle sein. Vielleicht schlägt die Midlifecrisis zu. Bisher haben mich jüngere Männer nie interessiert.

»Die Gäste wissen es schon.« Er zieht die Abendausgabe des »Blatts« heraus, blättert. In den vermischten lokalen

Meldungen steht unter dem Titel »Hundekot statt Schoko-mousse«:

»Daniel Capriati, Jungstarkoch im Zweisternelokal Offen, hat schon wieder mit einer Kalamität zu kämpfen. Waren es vor kurzem Salmonellenhühner und ein Brand in der Küche, so geht es nun mindestens so ungustiös weiter: An Stelle von Schokomousse stand Hundekot in seiner Kühlkammer. Offenbar ist der Aufsteiger des Jahres nicht bei jedermann beliebt. Dieses Statement zu seiner Küche jedenfalls lässt an Eindeutigkeit nichts zu wünschen übrig.«

Kurz und vernichtend.

»Wie ist das zum ›Blatt‹ gekommen?«, will ich wissen.

»Ich weiß es nicht. Der Redakteur hat mich zu Mittag angerufen, ich habe alles geleugnet, das war vielleicht ein Fehler, aber was hätte ich denn tun sollen?«

»Deine Kaltmamsell?«

»Habe ich zuerst auch gedacht, was weiß man? Aber dass sie gezielt einen Redakteur anruft, das kann ich mir nicht vorstellen. Sie tratscht gerne, das ist alles.«

»Wer sonst?«

Daniel sieht uns gequält an. »Wenn ich das wüsste …«

»Ich werde herausfinden, wer das geschrieben hat«, verspreche ich. Ob ich allerdings auch klären kann, woher die Information gekommen ist, erscheint mir zweifelhaft. Nicht, dass sich das »Blatt« an die üblichen Kriterien eines halbwegs anständigen Journalismus hielte, aber mit dem Informantenschutz nimmt man es dort sehr genau. Woher bekäme man sonst auch all die schönen Skandälchen, Denunziationen und Verleumdungen?

»Wie konnte ein Außenstehender in den Kühlraum?«, wundert sich Billy.

»Du musst endlich einmal essen kommen – wenn du Lust hast … Dann zeige ich dir alles. Der Gang, in dem sich der

Kühlraum befindet, ist zwischen Küche und Hinterausgang. Wenn wir in der Küche konzentriert arbeiten, kann leicht wer in den Kühlraum, ohne dass wir ihn bemerken. Vorausgesetzt, er ist einigermaßen flink. Außerdem: Würden wir jemanden ertappen, könnte er sich noch immer als Lieferant ausgeben. Da hätte er zwar im Kühlraum nichts verloren, aber wenigstens bis vor kurzem hätte ich ihm geglaubt, dass er das Gelieferte gleich kühl stellen wollte.«

»Ein Lieferant … Das wäre eine Möglichkeit. Gab es heute Lieferungen?«

»Ja, genug. Der Bauer Michl hat Gemüse gebracht, die Lammfleischlieferung vom Bio-Verband ist gekommen, der Typ mit den Pilzen war da …«

»Der Pilzlieferant!«

»Aber was hätte er für ein Motiv?«, fragt Billy.

Das können wir ihr nicht beantworten.

»Ich muss den ganzen Kühlraum neu ausmalen und desinfizieren lassen.«

»Muss das sein?«, frage ich.

Daniel schüttelt den Kopf. »Soviel ich weiß, sind dem Lebensmittelinspektorat für einen solchen Fall zwar keine Verhaltensvorschriften eingefallen, aber möchtest du Lebensmittel essen, die in einem Kühlschrank neben einem offenen Gefäß mit Scheiße gestanden sind? Wir haben schon alles ausgeräumt.«

»Man sollte herausfinden, ob andere aus unserer Branche in letzter Zeit ähnliche Probleme gehabt haben«, meint Billy.

Vesna ist aus der Küche gekommen, hat den letzten Satz gehört und erwidert trocken: »Bachmayer. Sein Problem ist, er ist tot.«

»Ich weiß nicht, ob da ein Zusammenhang …«, setze ich an. Was, wenn der mysteriöse Mister X heute Früh auf Billy gewartet hat? Üblicherweise ist es Billy, die als Erste kommt.

Er wartet hinter dem Gebüsch beim Weg, der am Hintereingang vorbeiführt. Sie kommt, sperrt auf, er geht ihr nach, nimmt ein Messer, wartet einen günstigen Zeitpunkt ab, sticht zu.

»Warum sagst du nichts mehr?«, fragt Billy.

»Ich weiß nicht, ob da wirklich ein Zusammenhang besteht.«

Billy seufzt. »In einer Woche haben wir unser großes Kulinarium mit den Spitzenwinzern der Region. Ein siebengängiges Menü, alles seit langem vorbereitet. Nicht einmal die Hälfte der Plätze ist reserviert. Wenn Manninger etwas in der Art gemacht hat, hat man Wochen zuvor schon keinen Tisch mehr bekommen.«

»Manninger hatte nicht deine Probleme«, versucht Daniel zu trösten und legt kurz seine Hand auf ihre.

Beinahe wundert mich, dass sie um einiges größer ist als die von Billy. Ich rufe mir ins Gedächtnis, dass er zwar jünger ist als sie, aber kein halb erwachsenes Kind, sondern ein Mann.

»Hat Manninger sich immer noch nicht gemeldet?«, fragt er sie.

Billy sieht Daniel an und schüttelt den Kopf.

»Seltsam. Was ist, wenn er aus irgendeinem Grund gar nicht in New York, sondern hier ist und …«

Noch heftigeres, beinahe wildes Kopfschütteln bei Billy. »Warum sollte er?«

»Eine alte Rechnung …«

»Gibt es keine zwischen uns. Wie ist das bei dir?«

Daniel geht in die Defensive. »War nur so eine Idee. Wir kannten uns kaum. Bei einer Fernsehdiskussion habe ich einmal etwas Abfälliges über die Gastronomie in Luxushotels gesagt, aber deswegen … Nicht einmal Bachmayer hat sich getraut, Böses über ihn zu schreiben.«

»Das ist nicht ganz wahr«, meint Billy nachdenklich, »in der letzten Ausgabe des ›Fine-Food‹-Führers hat er ziemlich gönnerhaft gemeint, Manninger werde seine ländliche Phase schon wieder überwinden. Außerdem hat der Apfelbaum nur einen Stern bekommen, nicht mehr. Im Chez Trois hatte Manninger vier.«

»Ist einfach«, beschließt Vesna unsere Überlegungen. »Man muss herausfinden, wo er ist. Dann weiß man, ob es einen Verdacht geben kann. Und jetzt ist Zeit zu schlafen. Du führst mich, Mira Valensky?«

Ich sehe von Billy zu Daniel, zu Vesna. Die beiden Ersteren wirken nicht so, als ob sie schon müde wären. Allerdings könnte es sein, dass sie sich auch ohne mich gut unterhalten. Spüre ich etwa Eifersucht? Bevor ich mich lächerlich machen kann, stehe ich auf und verabschiede mich.

9.

Eigentlich sollte ich mir Gedanken über die nächste Reportage machen. Bis heute Abend muss sie fertig sein. Ohne griffige Neuigkeiten bekomme ich bloß eine halbe Seite für die Fortsetzungsstory über den Fall Bachmayer. Meine Kollegen tippen einheitlich auf einen Mord im Schwulenmilieu. Warum kompliziert, wenn es einfach auch geht? Aber ich kann nicht so recht daran glauben.

Ein kurzes Gespräch mit Bachmayers letztem Lover hat mich darin bestärkt. Klar hatte der »Fine-Food«-Herausgeber Feinde, aber die seien in der Gastronomieszene zu finden, nicht bei den Schwulen, hat er mir in einem Kaffeehaus erzählt. Noch dazu, wo Bachmayer sorgsam darauf bedacht gewesen sei, ja nicht zu viel Kontakt mit der schwulen Community zu haben. Vielleicht lässt sich gerade daraus etwas ableiten? Etwa angestauter Ärger, dass er seine Mitbrüder verleugnet hat? Bachmayers letzter Lover hat nur gelächelt und gemeint, das wäre in etwa so, als wenn der Familienverband jeden ermorden würde, der hetero ist, eine Familie hat und trotzdem mit diesem Verein nichts zu tun haben möchte. Natürlich gäbe es dort, wo Beziehungen sind, auch Konflikte. Es käme nicht von ungefähr, dass der überwiegende Teil der Gewaltverbrechen von nahen Angehörigen verübt werde, das sei bei den Schwulen nicht anders als bei den Heteros. Klar könne ich das schreiben. Aber sensationell ist das nicht gerade.

– 169 –

Ein kurzer Besuch in der Bar Rosa Flieder hat ergeben, dass es immer wieder zu spaßigen bis bösartigen Streichen in Restaurantküchen kommt. Einer der Köche konnte berichten, dass ein neuer Chefkoch an seinem Lieblingsmesser kleben geblieben ist. Aber wir haben schon in der Schule unseren Klassenvorstand mit Superkleber am Sessel befestigt. Ein anderer erzählte davon, dass man dem ewig hungrigen Kellner einen alten Putzlappen paniert und vorgesetzt hat. Frau Flieder wusste, dass ein Chef zwei durstigen Köchen Pisse in die Bierflaschen gefüllt hat. Daraus lässt sich eine kleine Extrastory in einem Kasten basteln. »Die bösen Streiche der Starköche« oder so.

Doch nichts davon scheint mit den Dingen in Zusammenhang zu stehen, die sich im Apfelbaum oder auch im Offen ereignet haben. Wobei: Nach wie vor erscheint es mir möglich, dass es sich bei den Vorgängen in Daniel Capriatis Lokal tatsächlich bloß um böse Streiche gehandelt hat. Bei Billy hingegen …

Dass Onkel Franz niedergeschlagen worden ist, haben meine Kollegen von den Medien zwar mit einem Tag Verspätung, dann aber doch mitbekommen. Ich habe noch nie erlebt, dass der Polizeiapparat dichthält. Zu sehr scheint man zu glauben, auf gegenseitige Freundschafts- und Informationsdienste angewiesen zu sein. Gut, ich habe als Einzige ein Interview mit Onkel Franz. Aber aus dem Blickwinkel einer Leserin betrachtet, ist es nicht besonders aufregend. Vielleicht bekomme ich deswegen an Stelle der halben eine ganze Seite Platz. Mehr nicht.

Billy habe ich klar zu machen versucht, dass sie nur mehr in Begleitung unterwegs sein soll. Sie darf nicht als Erste in der Früh kommen, sie darf nicht als Letzte allein gehen. Zum Glück ist ihr Sohn Hannes für zwei Wochen in ein Ferienlager gefahren.

Das kommende Kulinarium spukt mir zumindest ebenso im Kopf herum wie die Reportage. Warum arbeite ich in der Zeitungsbranche, wenn ich es nicht einmal schaffe, genug Werbung zu machen, damit das Lokal voll ist?

Was wir brauchen, ist keine sensationsgierige Meute, sondern siebzig Leute, die gerne gut essen. Die müssen aufzutreiben sein. Erst gestern allerdings hat wieder jemand eine Reservierung für sechs Personen storniert. Das kommt vor, ich weiß das, aber es ist in letzter Zeit zu häufig passiert, um ein Zufall zu sein. Vielleicht würden genug Gäste kommen, wenn man ihnen einen Liveanschlag verspräche? Nein, danke.

Auf Mitleid zu setzen oder auf Solidarität scheint mir ebenso falsch. Die Gäste sollen nicht kommen, weil man Billy übel mitspielt, sondern wegen der Küche, wegen des Lokals.

Aber es bleiben nur mehr drei Tage Zeit.

Ich hocke vor dem Computer und male Strichmännchen auf meine Schreibunterlage. Auch wenn sie mir nicht besonders sympathisch ist: Ich werde zu unserer Gastronomiekritikerin gehen und fragen, ob sie nicht eine Kleinigkeit über den Apfelbaum schreiben kann. Ich bin gerne bereit, die Meldung zu texten.

Ich nehme den Lift und begebe mich in unserem Glaspalast zwei Stockwerke weiter nach oben. Wie unsere Gastronomin dieses Büro mit einer eindeutig besseren Aussicht, als sie uns Normalsterblichen gegönnt wird, ergattert hat, ist klar: Verwandtschaft. Vetternwirtschaft gibt es eben nicht nur in der Politik, sondern auch in der so genannten Privatwirtschaft.

Ich klopfe an ihr Einzelaquarium, sie sieht mich durch die Glastüre an, als würde sie gar nicht wissen wollen, welcher Fisch da zu ihr hereinschwimmen will. Ich warte nicht und trete ein.

Ich hole etwas aus und erzähle ihr, dass ich im Zuge meiner

Recherchen über den Mord an Bachmayer natürlich auch mit dem Apfelbaum zu tun gehabt hätte und ganz hingerissen sei von der Qualität der Küche. Zumindest Letzteres ist ja wirklich wahr. Nach wie vor. Billy Winter und ihr Team hätten es sich verdient, als Restaurant wahrgenommen zu werden und nicht bloß als Randerscheinung eines Mordes.

Meine Kollegin reibt sich mit ihrem spitzen Finger die spitze Nase und hört unbewegt zu. Sie ist viel zu schlank, um gerne zu essen.

»Ich bin gerne bereit, eine kurze Glosse zu machen, von mir aus auch ohne Bezahlung. Es wäre eine gute Gelegenheit, am Donnerstag gibt es ein Kulinarium mit den Spitzenwinzern des Weinviertels …«

»Und Sie glauben wirklich, ich veröffentliche eine Restaurantkritik, ohne selbst dort gewesen zu sein?«

Ich weiß, dass sie sich immer wieder Kritiken zuliefern lässt. Aber ich will ja etwas von ihr und halte daher den Mund. Wichtigtuerin.

Sie legt ihre Hände auf die Tischfläche. Der Nagellack ist kirschrot und makellos.

»Halten Sie mich für dumm?«

Ich mache ein indifferentes Gesicht, obwohl ich schon beinahe am Platzen bin. Verwandtschaft kann man sich bekanntlich nicht aussuchen, aber warum muss man sie in die Redaktion setzen?

»Sie sind mit Billy Winter vom Apfelbaum befreundet und seit geraumer Zeit dort beschäftigt. Wahrscheinlich wäre es ohnehin an der Zeit, darüber mit dem Chefredakteur zu reden, gut möglich, dass es sich um eine vertraglich verbotene Zusatztätigkeit handelt. Jedenfalls mache ich keine Gefälligkeitsberichterstattung. Das bin ich meinem guten Namen schuldig.«

Ich stehe auf und gehe zur Tür.

Ihrem »guten Namen«, dass ich nicht lache. Von den Insidern wird sie nicht ernst genommen, im Rosa Flieder war das deutlich zu spüren. Ihre Kritiken plappern meistens ohnehin nur das nach, was gerade die gängige Meinung ist.

In der Tür drehe ich mich noch einmal um und sage mit einem Lächeln: »Schade, ich wollte Ihnen nur weiterhelfen. Der Apfelbaum soll im nächsten ›Fine-Food‹-Führer zwei Sterne bekommen, habe ich gehört. Und im ›Essen‹ soll es auch zwei Bestecke für Frau Winter geben.«

Sie sieht mir mit offenem Mund nach. Wenigstens für den Augenblick habe ich sie verunsichert. Hoffentlich behält Billy wenigstens den einen Stern.

Ich gehe zurück an meinen Schreibtisch, tippe ein kurzes Interview mit Onkel Franz in den Computer und überlege dann weiter, was ich für das Kulinarium tun könnte.

Wenn wenigstens Oskar da wäre. Er hätte ein paar Geschäftsfreunde einladen können. Nein. Nur keine Mitleidsaktionen.

Billy hat erzählt, dass Christian Guttner über den Wechsel Manninger/Winter berichtet hat. Ich kenne ihn kaum, aber anlässlich eines eher eigenartigen Geschäftsessens haben wir uns vor geraumer Zeit ganz gut unterhalten. Er steht auf bäuerliche Küche aus aller Welt und arbeitet an einem Buch darüber. Außerdem lese ich seine Kolumnen gerne. Als Einziger der Gastronomiejournalisten hat er es geschafft, in einer Tageszeitung, sogar in der wahrscheinlich besten des Landes, Fuß zu fassen. Seine Berichte sind spannend, er sucht nach Neuem, er spart sich den weihevollen Zugang einiger seiner Kollegen und Kolleginnen, er ist immer wieder auch witzig und respektlos. Guttner kann es sich leisten, er ist wirklich ein Fachmann und tut nicht bloß so.

Ich rufe bei ihm an, werde verbunden, beginne ihm zu erklären, wer ich bin und …

»Natürlich kenne ich Sie noch, ganz abgesehen davon, dass ich Ihren Bericht über den Mord an Bachmayer gelesen habe.«

Ich atme auf und erzähle – zur Abwechslung einfach einmal die Wahrheit. Warum nicht?

Er überlegt eine Zeit lang, meint dann, er müsse sich das Lokal natürlich erst selbst anschauen, aber grundsätzlich … Er schätze Billy Winter und außerdem sei es eine gute Idee: Er werde auf die Vorfälle hinweisen und dann über das schreiben, was er für wirklich interessant hält – nämlich darüber, wie die Qualität des Restaurants sei. Quasi den Blickwinkel zurechtrücken. An sich kündige er seine Besuche nicht an. »Aber egal, was Sie mir versprechen, ich weiß, Sie werden es nicht fertig bringen, Billy Winter nicht zu erzählen, dass ich komme. Also mache ich es gleich quasi offiziell: Ich bestelle für heute Abend einen Tisch, eine Person, sagen wir, zwanzig Uhr.«

Mist. Warum bin ich nicht früher auf die Idee gekommen, ihn anzurufen? »Wir haben Ruhetag. Heute und morgen.«

»Dann wird sich, fürchte ich, nichts mehr machen lassen.«

»Tut mir Leid, dass ich mich nicht früher gemeldet habe. Es geht alles drunter und drüber.«

»Haben Sie Mittwochmittag offen?«

»Ja, haben wir. Kann allerdings sein, dass wir nicht sehr viele Gäste haben. Mittwochmittag ist das eher normal.«

»In Ordnung, ich komme am Mittwoch um dreizehn Uhr. Bitten Sie Frau Winter, die Speisekarten der letzten Wochen herauszusuchen. Es wäre gut, wenn ich sie durchsehen dürfte. Wenn mir gefällt, was ich schmecke und sehe, schreibe ich für Donnerstag eine Kolumne, wenn nicht, dann schweigen wir einfach darüber.«

»Danke.«

»Nichts zu danken, das ist mein Job. Ich hätte selbst darauf kommen können. Eine interessante Angelegenheit. Alle anderen nehmen den Apfelbaum nur mehr als Szenerie von Verbrechen und anderen Kleinigkeiten wahr, ich schreibe über die Küche.«

»Verbrechen und andere Kleinigkeiten«, so hat einer der besten Woody-Allen-Filme geheißen. »Sie mögen Woody Allen?«, frage ich.

»Ich finde ihn – großartig.«

Beflügelt vom Erfolg, schreibe ich die restlichen Teile meiner Story zusammen, zu Mittag steht fest, dass ich dafür tatsächlich immerhin eine Seite zur Verfügung habe. Kurz nach drei bin ich mit allem fertig. Billy hat versprochen, daheim zu bleiben, bis ich oder Vesna kommen können. Höchste Zeit, sie auszulösen und ihr von Guttners Absichten zu erzählen.

Aber weil es ja nicht sein darf, dass einmal alles wie geschmiert läuft, erwischt mich die Ressortleiterin, gerade als ich gehen will.

»›Die besten Events der Woche‹ sind zu korrigieren. Unsere Praktikantin hat heute frei, ich muss auch ganz dringend weg. ›United Connection‹ sagt ihre Freiluftgala mit Feuerwerk ab. Sie wissen ja, die Direktoren des Stammhauses in den USA sind gestern verhaftet worden. Wieder ein Fall mehr von Bilanzbetrügereien im großen Stil. Man spricht sogar von Konkurs, jedenfalls wird es heuer für die Anleger weltweit keine Rendite geben. Da wollte man mit einem aufwändigen Fest nicht für zusätzlichen Unmut sorgen.«

Keine Ahnung. Ich kann mich nicht um alles kümmern. Meine direkte Vorgesetzte rauscht ab. Okay, also ein anderer Event. Ich gehe zur Mappe mit den Einladungen und blättere sie missmutig durch. Wer soll die Ehre haben, in unser Ranking aufgenommen zu werden?

Dann rase ich zurück zum Computer. Klar, wenn das nicht

ein Wink des Himmels oder einer sonstigen höheren Macht ist! Billys Kulinarium! Die Gastro-Tante wird schauen.

Ich zögere kurz. Wenn sie mit dem Chefredakteur redet … Was soll's. Ich habe schon brenzligere Situationen durchgestanden. Los. Ich hacke die Fakten für das Kulinarium des Sternerestaurants Apfelbaum samt der Verkostung der Spitzenweine aus der Region in den Eventkalender. Noch ein besonderer Hinweis darauf, dass es einen Gastgarten gibt und dass die Vorhersage für Donnerstag anhaltendes Hochdruckwetter verspricht. Dem Ganzen gebe ich den Titel »Kulinarische Landpartie«. »Vor den Toren Wiens und doch einen Urlaub weit entfernt, mitten in der idyllischen Weinviertler Landschaft …«, beginne ich. An mir ist eine Dichterin verloren gegangen.

Onkel Franz muss noch eine Woche zur Beobachtung im Spital bleiben. Er macht den Ärzten das Leben schwer und versucht, mit den Krankenschwestern zu flirten. Billy und ich besuchen ihn abwechselnd. Er ist wütend, dass man ihn für das Kulinarium nicht vorzeitig entlässt. Was er nie erfahren darf: Wir haben dafür gesorgt, dass er bis zum Wochenende im Krankenhaus betreut wird. Denn natürlich muss er sich schonen, und wenn er zu Hause ist, dann gelingt es niemandem von uns, ihn vom Apfelbaum fern zu halten.

Billy hat nun den Termin für die nächste Sorgerechtsverhandlung. Sie könnte die Entscheidung bringen, bei wem Hannes in Zukunft leben soll.

Ich versuche über Droch herauszubekommen, ob Zuckerbrots Ermittlungen Fortschritte machen. Sie hätten beim Mittagessen über ganz andere Themen geredet, winkt Droch wie meistens ab. Da er mir nicht einmal einen kleinen Hinweis gibt, vermute ich, dass die Mordkommission nicht viel mehr weiß als wir. Nur eines bestätigt er: Die Suche nach dem Koch hat nichts Neues ergeben, auch die tschechischen Kollegen haben Peppi nicht gefunden.

Ich nehme mir Mittwoch und Donnerstag ganz offiziell frei, da kann ich keine Ablenkung durch das »Magazin« brauchen. Billy erzähle ich, dass ich nichts zu tun habe, als an der Wirtshausgeschichte dranzubleiben. Wann ich die fürs nächste Heft fällige Modereportage unserer freien Mitarbeiterin überarbeite, weiß ich nicht. Ich kenne unsere Moderedakteurin aber gut genug, um sicher zu sein, dass ich einiges zu tun haben werde. Sie hat zwar blaues Blut, aber keineswegs Tinte in ihren Adern, sie schreibt gleichermaßen gestelzt wie trocken. Aber sie hat Zugang zu den exklusivsten Veranstaltungen. In der Firma »Blaublut International« hält man eben zusammen.

Billy will es nicht zugeben, aber Guttners angekündigter Besuch macht sie nervös. Mich auch, ich gebe es auch nicht zu. Genauer noch als sonst kontrolliert sie die Gasträume.

»Die Speisekarte ist wie immer. Nichts Besonderes. Das, was ich sonst diese Woche auch gemacht hätte. Er soll nicht glauben, dass wir anders kochen, nur weil er da ist.«

»Hast du auch gar nicht notwendig.«

»Schaust du noch einmal nach, ob sich auch sicher kein Rechtschreibfehler auf der Speisekarte eingeschlichen hat?«

Ich finde keinen.

Früher als sonst räumen wir das Gemüse heraus, sehen alles durch. Was üblicherweise als noch ausreichend frisch durchgeht, kommt heute in den großen Topf mit Hühnerbrühe. Ich schwitze schon kurz nach zehn, mache mir Sorgen, ob es ausreicht, mehr oder weniger alles neu herzurichten.

»Mise en place, man muss auf alles optimal vorbereitet sein«, doziert Billy.

– 177 –

Wenn's ihr hilft, leider kenne ich Situationen, auf die wir in letzter Zeit nicht vorbereitet waren, auf die wir wohl auch nicht vorbereitet sein konnten.

An meinem Backteig mäkelt sie herum, bisher war er ihr immer gut genug. Den Lehrling faucht sie an, weil er die Kartoffelscheiben nicht präzise einen Zentimeter dick geschnitten hat. Das war an anderen Tagen kein Problem. Sie jammert über die schlechte Qualität der Steinpilze und findet, dass der Rindslungenbraten nicht abgelegen genug ist. Wenn ich könnte, ich würde mich verrollen. Ich bin doch selbst aufgeregt genug.

Zum Glück sind außer dem von Guttner nur zwei Tische, einer für drei, einer für vier Personen, reserviert.

Billy schaut mich entgeistert an: »Ein Glück nennst du das? Wir müssen ihm doch zeigen, dass bei uns der Laden läuft, dass wir rundum zufriedene Gäste haben, viele Gäste.«

»Wer fährt schon Mittwochmittag zum Essen?«

»Die ganze Stadt ist voll mit Businessleuten, die andere zum Mittagessen ausführen.«

»Aber denen sind die zwanzig Kilometer zu uns zu viel.«

»Wären wir gut genug …«

»Du bist gut genug. Und die Mittwochmittage sind nie anders gelaufen.«

»Woher willst du das wissen?«

»Ich weiß es. So viel kann sogar ich herausfinden, glaube mir.«

»Weil du ja immer alles besser weißt.«

Jetzt nur keinen Streit mit Billy, das würde heute gerade noch fehlen. Ich bin an sich keine, die ihre Wut hinunterschluckt, aber es gelingt mir. Vielleicht macht mich dieses Wirtshaus noch zu einem neuen Menschen. Aber vielleicht kriege ich davon auch nur Magengeschwüre.

Beide anderen Tische haben ihre Vorspeisen schon bekommen, als Guttner pünktlich um dreizehn Uhr eintrifft.

»Soll ich ihn begrüßen?«, fragt mich Billy mit großen Augen und gar nicht mehr streitlustig.

»Natürlich. Du hast doch auch die anderen Gäste begrüßt. Du wolltest ihn nicht anders als alle anderen behandeln.«

Sie nickt, als ginge sie direkt zur Schlachtbank.

Ich kümmere mich weiter um die Hauptspeisen für die anderen beiden Tische. Natürlich muss heute alles, was rausgeht, besonders gut sein und hübsch aussehen, denn Guttner wird genau schauen, was rundum gegessen wird, hat mir Billy eingeschärft. Als ob ich das nicht selber wüsste. Außerdem: Auch ohne prominenten Gastrokritiker achtet Billy darauf, dass alles in Ordnung ist. Mahmet ist offensichtlich von der nervösen Stimmung angesteckt und lässt die Schüssel mit der Sesammarinade fallen. Da zu Mittag so wenig los ist, kommt unsere Abwäscherin erst am Abend. Ich weiß, dass es Mahmet als unter seiner Würde empfindet, den Boden aufzuwischen, aber ich kann und will ihm nicht helfen. Er murmelt etwas, das ich nicht verstehe. Wahrscheinlich besser so. Dann gibt er dem Lehrling den Befehl, den Boden sauber zu machen. Er hat ihm keinerlei Befehle zu erteilen, er ist selbst bloß eine Hilfskraft. Gewisse Hierarchien müssen eben doch sein. Aber soll ich ausgerechnet heute einen Konflikt heraufbeschwören? Ich tue so, als ob ich nichts bemerkt hätte, paniere das Huhn und die Wildschweinmedaillons selber und hole mir den Lehrling, so rasch es geht, wieder zurück.

Billy stürmt in die Küche, gibt das Menü für Tisch 21 durch und sagt dazu: »Wie immer! Wir machen alles wie immer!« Dann klagt sie darüber, dass er nur zwei Gänge bestellt hat.

Ausgerechnet heute haben wir einen Tisch mit schwierigen Gästen. Hans-Peter bringt die Lammrose zurück, nur einige

Bissen fehlen. »Die Frau will keine Bohnen, ihr sollt ihr etwas anderes drauftun, sie hat mir den Teller mitgegeben, damit der Rest nicht kalt wird.

Billy beißt die Zähne zusammen und schiebt den Teller in den Hold-o-Mat.

»Das Lamm steht mit Bohnen auf der Speisekarte«, lamentiere ich.

»Sie hat trotzdem gesagt …«

»Keine Diskussionen«, herrscht Billy uns an. »Sie kriegt etwas anderes. Tomatengröstl und gegrillte Zucchini, das geht schnell und passt. Los!«

Ich versuche, so flink wie möglich zu sein. Wir richten das Lamm auf einem neuen Teller an, fünf Minuten später ist es wieder draußen. Hans-Peter kommt wieder. Diesmal hat er die Hälfte von einem Bauernschmaus mit.

»Der Gast hat gesagt, da sind ihm zu viele Würstel drauf.«

Es sind speziell für uns erzeugte winzig kleine Wurstspezialitäten von einem Hof mit Freilandschweinen.

»Will er etwas anderes?«, fragt Billy.

»Hat er nicht gesagt. Er hat sich die Dessertkarte bringen lassen.«

»Und warum hast du dann seinen Teller als einzigen abserviert?«

»Er hat ihn mir in die Hand gedrückt.«

»Ausgerechnet heute«, jammert Billy.

Die Kaninchenterrine mit Basilikumsauce sieht aus wie ein Gedicht, und ich weiß, sie schmeckt auch so. Guttner muss einfach begeistert sein.

Dann noch ein kleiner Eklat mit dem Dreiertisch. Der Mann weigert sich, seinen Bauernschmaus zu bezahlen. Er habe ihn ja auch nicht gegessen. Ein Witz, die Hälfte hat gefehlt, ich habe es selbst gesehen. Hans-Peter weiß nicht, was er tun soll, und will, dass Billy an den Tisch kommt. Billy

– 180 –

weigert sich, vor Guttner mit dem Gast zu streiten. »Vergessen wir den Bauernschmaus. Aber merke dir, wie sie aussehen. Nur für den Fall, dass sie noch einmal kommen, um uns zu ärgern.«

Eine halbe Stunde später bittet uns Guttner zu sich. Billy schärft mir noch einmal ein, ja nicht zu sagen, dass ich quasi ihre zweite Köchin sei, ich helfe in der Küche, mehr nicht. Immerhin sei das ein Profibetrieb. Ich weiß nicht, ob ich beleidigt sein oder lachen soll. Ich mache ohnehin nichts anderes, als ihre Befehle auszuführen, und wenn sie einmal nicht da ist, versuche ich das, was sie macht, bestmöglich zu imitieren.

Guttner hat sich in seinem Sessel zurückgelehnt. Er sieht zufrieden aus. Der hohe Kastanienbaum spendet Schatten, ein mildes Lüftchen weht. Mir klopft das Herz bis zum Hals. Vollkommen idiotisch, sich von solchen Typen so abhängig zu fühlen. Aber Billy scheint es nicht viel anders zu gehen.

»Entschuldigung, dass ich Sie störe, ich wollte mich nur bedanken«, sagt Guttner, als er uns näher kommen sieht.

Billy murmelt: »Wie Sie sehen, ist ohnehin kaum etwas los, wir haben Zeit.«

»Mittwochmittag ist es in den meisten Lokalen ähnlich«, tröstet sie Guttner, »leider.«

»Jedenfalls hat es mir sehr gut geschmeckt. Bei Manninger war es auch nicht besser. Die Weinkarte hat sogar noch gewonnen.«

»Ja?« Billy strahlt, als hätte sie gerade einen römischen Einser bekommen. Aber so etwas Ähnliches ist dieses Kompliment ja auch.

»Eine Anregung, wenn Sie mir gestatten …«

Wir stehen, er sitzt. Eine seltsame Situation. »Trinken Sie ein Glas Riesling mit uns?«, frage ich.

– 181 –

Er nickt. »Gern!« Billy weist Hans-Peter an, das Gewünschte zu bringen, wir setzen uns.

»Eine Anregung …«, erinnert ihn Billy.

Jetzt kommt die Kritik.

»Sie sollten die Speisekarte verkleinern. Sie bieten einfach zu viel auf einmal an. Sie machen ohnehin jede Woche eine neue Karte, lassen Sie Ihren Gästen und sich selbst Zeit, ein Gericht nach dem anderen kennen zu lernen. Denken Sie an die nächsten Jahre.«

Ich grinse zufrieden in mich hinein. Das habe ich Billy schon öfter gesagt, sie hat es mit der Bemerkung abgetan, dass sie viel mehr Erfahrung habe und wisse, was die Leute wollen.

Billy nickt. »Ich habe nur immer Angst, dass jemand nichts finden könnte. Wir haben ein derart gemischtes Publikum … Ob ich das noch viele Jahre durchhalte …«

»Das werden Sie. Es ist nur eine Anregung. Jedenfalls, die Qualität ist da. Sicher nicht bloß heute.« Er nippt am Riesling und lächelt: »Ich hab es leider schon ziemlich eilig, immerhin soll die Kolumne morgen erscheinen. Samt einem Hinweis auf das Kulinarium. Ewig schade, dass ich morgen eingeladen bin. Sonst wäre ich ganz privat mit meiner Frau gekommen.«

Wir sind noch immer bester Laune, als wir wieder einmal Suppen, Saucen und Gemüse im Kühlhaus verstauen.

»Ich hab dir immer gesagt, dass du gut bist!«, baue ich Billy auf.

»Warte einmal ab, was er schreibt.«

»Er ist kein falscher Typ, du wirst sehen, es wird eine Hymne.«

»Sachliches Lob wäre mir lieber.«

»Dann wird es das!«

Das Telefon läutet.

Mit fröhlicher Stimme sage ich: »Gasthaus Apfelbaum, einen schönen guten Tag.«

Es ist Onkel Franz. »Mein Zimmerkollege hat mir sein Handy geborgt. Ich habe mir gedacht, Sie wollen das sicher wissen: Die Polizei glaubt, dass ich mit einem Fleischklopfer niedergeschlagen worden bin. Dass so etwas ausreicht, um mich …«

»Mit unserem Fleischklopfer?«

»Keine Ahnung, da sieht für mich einer wie der andere aus. Sie haben gestern schon den blauen Fleck am Hinterkopf genau vermessen, und heute sind sie mit drei Fleischklopfern wiedergekommen und haben quasi ausprobiert, ob die passen. Der eine davon passt.«

»Unser Fleischklopfer ist in der Küche, das weiß ich genau. Ich hab erst vor einer Stunde damit Kalbsschnitzel geklopft. Wie geht es Ihnen sonst?«

»Prächtig, falls mich nicht dieses Krankenhaus umbringt. Dauernd wollen sie etwas von einem. Aber seit heute darf ich wenigstens aufstehen. Ich war in der Cafeteria und habe mir einen Gespritzten geholt.«

»Dürfen Sie das? Sie kriegen doch sicher Medikamente.«

»Natürlich darf ich das. Holen Sie mich hier raus.«

»Am Wochenende.«

»Heute.«

»Sie haben niemanden, der daheim auf sie Acht geben könnte.«

»Habe ich die letzten zwanzig Jahre auch nicht gehabt, ich kann schon selbst auf mich aufpassen.«

»Die Ärzte lassen es nicht zu. Haben Sie die von der Mordkommission sonst noch etwas Interessantes gefragt?«

»Nein, ich habe ja schon vorgestern erzählt, was ich weiß.«

»Wie sind Sie eigentlich darauf gekommen, dass Wagner mit der Sache zu tun haben könnte?«

»Wagner?« Ehrliches Erstaunen bei Onkel Franz.

»Als ich bei Ihnen auf der Intensivstation war, haben Sie gesagt, irgendwie hätten Sie den Eindruck, dass Wagner damit zu tun hat. Hat Sie der Täter an Wagner erinnert?«

»Unsinn. Ich habe den Täter gar nicht gesehen. Und von Wagner habe ich sicher nichts gesagt, da haben Sie mich falsch verstanden.«

»Er hat ohnehin ein Alibi.«

»Sicher, was sollte auch der Wagner …? Hören Sie, ich muss aufhören, ich hab mir das Handy ja nur geborgt. Holen Sie mich hier raus.«

»Sobald die Ärzte uns lassen. Einen schönen Tag noch, Onkel Franz, erholen Sie sich gut.«

»Liebe Grüße an die Chefin. Richten Sie ihr aus, dass ich mich im Wirtshaus am schnellsten erhole.«

Ich gehe zurück in die Küche, nehme den Fleischklopfer und erzähle Billy die Neuigkeit. Wir sehen das Gerät an, als könnte es reden. Einige Fleischfasern kleben an seiner rauen Seite. Aber es ist nicht Menschen-, sondern Kalbfleisch. Wir haben den Klopfer seit dem Überfall zigmal verwendet, Spuren sind darauf sicher nicht mehr zu finden.

Wenig später tauchen tatsächlich zwei Beamte von Zuckerbrot auf und wollen unseren Fleischklopfer sehen. Ich frage mich wieder einmal, warum sie immer zumindest zu zweit kommen, und händige ihnen das Werkzeug aus. Sie vermessen es, vergleichen es mit Fotos.

»Sieht so aus, als wäre das die Tatwaffe«, meint der eine, »wir müssen ihn mitnehmen.«

»Das ist nicht gerade ein Einzelstück, es ist eine der gängigsten Marken, zumindest in der Gastronomie«, erwidert Billy.

»Es wäre doch nahe liegend, oder?«

»Wir brauchen den Fleischklopfer, und Spuren gibt es darauf sicher keine mehr.«

»Haben Sie eine Ahnung, wie fein unsere Methoden sind. Da hilft Abwaschen nicht viel.«

Billy seufzt. »Schon mal etwas von Hygienevorschriften gehört? Bei uns wird etwas genauer gearbeitet als in einem Privathaushalt. Aber nehmen Sie ihn mit. Ich besorge uns einen neuen.«

»Gibt es sonst Fortschritte?«, frage ich, ohne eine Antwort zu erwarten. Ausnahmsweise habe ich falsch getippt.

»Es ist ohnehin schon eine Presseaussendung draußen, deswegen kann ich es Ihnen sagen. Der Freund von Bachmayer ist verhaftet worden. Die Befragung der Nachbarn hat ergeben, dass er in der fraglichen Nacht im Innenhof gesehen worden ist. Außerdem sollen die beiden in der Zeit vor dem Mord einen fürchterlichen Streit gehabt haben. Es kommt aber noch besser: Auf dem Messer sind Reste von Fingerabdrücken des Lovers gefunden worden.«

Ich bin irritiert. Auf mich hat der junge Mann vollkommen harmlos, mehr noch, sympathisch und intelligent gewirkt. Vielleicht ist er so intelligent, dass er mich ausgetrickst hat?

»Aber warum sollte er mit einem Messer von Frau Winter zustechen?«

»Ablenkungsmanöver. Immerhin hat Bachmayer das Wirtshaus ziemlich kritisiert.« Der Beamte lacht schadenfroh.

»Wie passt das zu den anderen Vorfällen im Apfelbaum?«

»Gar nicht«, mischt sich der andere Beamte ein, »Bachmayers Lover hat einfach die Gelegenheit genützt. Aber das haben wir ja von Anfang an vermutet. Das sind zwei verschiedene Sachen.«

»Am Anfang wurde Billy verdächtigt«, erinnere ich die Polizisten.

»Nicht wirklich«, versichert mir der eine und verstaut den Fleischklopfer in einem Plastiksack, den Plastiksack in seiner Umhängetasche.

Sollen wir uns jetzt freuen? Ich hätte ausführlicher mit Bachmayers Freund reden sollen. Jetzt ist es zu spät. Eine Besuchserlaubnis für das Untersuchungsgefängnis bekomme ich auf keinen Fall.

Offene Fragen gibt es jedenfalls genug. Warum legt jemand in aller Ruhe den Fleischklopfer zurück und verliert dann das Messer? Während Billy versucht, in der nächsten Stadt einen halbwegs brauchbaren Fleischklopfer aufzutreiben, rekonstruiere ich noch einmal, was mir Onkel Franz gesagt hat. Der Täter kommt, Billys Auto ist noch nicht da, er probiert, ob die Hintertüre offen ist, geht dann in die Küche. Dort nimmt er das Messer. Er hört, dass im Hinterzimmer jemand ist, sieht sich um, entdeckt den Fleischklopfer. Er schleicht zum Zimmer, öffnet die Türe und schlägt Onkel Franz, der gerade am Fenster steht, von hinten auf den Kopf. Onkel Franz geht bewusstlos zu Boden. Der Täter eilt zurück in die Küche, wäscht den Klopfer ab, legt ihn wieder an seinen Platz. Er beschließt, dass er für heute genug angerichtet hat, und verlässt das Haus durch den Hinterausgang. Irgendwo am Wegrand hat er sein Auto geparkt, er nimmt nicht die Hauptstraße, sondern die schmalen Wege durch den Wald und ist auf und davon. Warum hat er das Messer verloren? Alles andere hat er systematisch, offenbar ohne Panik, erledigt. Ist er noch einmal gestört worden? Ist ihm auf dem Weg hinter dem Haus jemand begegnet? Ich kann mir nicht vorstellen, dass dieser Jemand darüber schweigt. Die Polizei hat alle Bewohner rundum befragt. Niemand war um diese Zeit auf dem Feldweg unterwegs. Eine andere Möglichkeit: Vielleicht gibt es wirklich zwei Täter, und Täter Nummer zwei, der für die unangenehmen Streiche zuständig ist, hat Täter Nummer eins, den wirklich bösen, überrascht. Beide fliehen, vielleicht kennen sie einander gar, Täter eins verliert dabei das Messer. Das wären dann allerdings schon drei Täter insgesamt – zumindest wenn man davon ausgeht, dass die Polizei mit ihrer Verhaftung Recht hatte.

Freie Tage hin oder her, eigentlich sollte ich mir umgehend die Presseaussendung besorgen und nachfragen, ob eine mündliche Erklärung von Zuckerbrot folgen wird. Stattdessen setze ich mich in den Gastgarten, halte mein Gesicht in die Sonne und nicke ein.

Es ist Felix vom »Magazin«, der mich eine halbe Stunde später weckt, um mir zu erzählen, was ich ohnehin schon weiß. Zum Dank für seine Loyalität informiere ich ihn über die Sache mit dem Fleischklopfer.

Wir arbeiten im Apfelbaum bis drei in der Früh durch, das Prinzip Hoffnung hält uns aufrecht. Vielleicht gelingt es dank der Mithilfe von Guttner im letzten Moment, ein paar weitere Anmeldungen fürs Kulinarium zu bekommen. Daniel ist schon am frühen Abend aufgetaucht, um uns zu unterstützen. Heute hat das Offen Ruhetag. Zuerst will Billy ihn nicht in die Küche lassen, aber er setzt sich durch. Sieh mal an, das schafft bei der sturen Billy so schnell keiner. Überhaupt hat sich etwas an ihrem Umgang miteinander verändert. Vordergründig scheinen sie sich nicht anders als sonst zu benehmen, aber da ist eine neue Vertrautheit, eine neue Direktheit. Mira, der Typ wäre für dich ohnehin zu jung gewesen. Er ist auch vier Jahre jünger als Billy. Aber das fällt wohl unter die Toleranzgrenze.

Jedenfalls erlebe ich, wie es ist, wenn zwei Profis zusammenarbeiten, und möchte mich am liebsten verstecken. Am meisten beneide ich die beiden um ihre sparsamen, harmonischen Bewegungen, es ist eine Art Küchenballett, Minimal Art vom Feinsten. Während des Abendgeschäfts gibt Billy den Ton an, natürlich, es ist ihr Lokal, ihre Speisekarte. Daniel arbeitet ihr zu.

Später dann, als es um die Vorbereitungen für das Kulinarium geht, lässt sich Billy von ihm sogar Tipps geben. Er bringt seine Ideen aber auch ganz vorsichtig ein, so als würde er bloß laut denken.

Wenn die beiden gemeinsam ein Restaurant aufmachen, spielen sie alle an die Wand. So weit ist es aber noch nicht. Jetzt geht es erst einmal um das Menü für morgen. Oder besser, für heute. Es ist bereits lange nach Mitternacht. Wer Journalismus für eine kurzlebige Sache hält, hat schon Recht. Aber das ist nichts gegen die Gastronomie. Ist ein Gericht draußen beim Gast, geht es in der Küche längst um das nächste. Momenterfolge, noch viel mehr Möglichkeiten, jeden Augenblick zu versagen.

Hätte ich rechtzeitig bedacht, wie lange die Vorbereitungen dauern, ich hätte im Hinterzimmer übernachtet, Totschläger hin oder her. So komme ich erst um vier ins Bett und muss spätestens um acht wieder aufstehen.

10.

Ich fahre bei der nächsten Trafik vorbei, kaufe ein »Magazin« und Guttners Zeitung. Am liebsten hätte ich sofort gelesen, was er geschrieben hat, aber ich bin ohnehin schon extrem spät dran und beherrsche mich.

Als ich etwas nach neun zum Apfelbaum einbiege, ist die Eingangstüre schon offen. Ich nehme die beiden Zeitungen und suche nach Billy. In der Küche finde ich sie nicht. Ist wieder etwas passiert? Billy steht neben dem Kaffeeautomaten.

»Mir bitte auch einen«, sage ich.

Sie sieht bleich und übernächtig aus, aber irgendwie fröhlich, wer weiß, vielleicht hat sie noch weniger Schlaf bekommen als ich. Es gibt Formen fröhlicher Schlaflosigkeit, mit denen ich gut leben könnte. Plötzlich wird mir klar, wie sehr mir Oskar fehlt.

»Hast du die Zeitungen gelesen?«, frage ich sie.

»Ich hab mich noch nicht getraut.«

Meinen Text fürs »Magazin« habe ich Billy natürlich schon am Bildschirm gezeigt, aber ihn im Heft zu sehen, ist eine andere Sache.

Dann suchen wir Guttners Kolumne. Sie ist nicht besonders lang. Dafür ist eine sehr nette Außenansicht vom Apfelbaum dabei.

»Kriminell gut!«, lautet der Titel.

»Mir wäre lieber, er würde nicht darauf anspielen«, jammert Billy. Wir lesen weiter:

– 189 –

»In den letzten Wochen ist der ›Apfelbaum‹ vor allem im Zusammenhang mit einigen bösen Streichen erwähnt worden. Ich habe nachgesehen, wie es um die kulinarische Seite des Lokals steht. Bekanntlich hat es Manninger vor rund zwei Jahren von seiner Tante namens Apfelbaum geerbt. Innerhalb kürzester Zeit gelang es ihm, aus einem biederen Landwirtshaus ein Restaurant der besonderen Art zu machen. Bodenständiges verband er mit der ihm eigenen Kreativität, Gerichte der Bauernküche mit seiner internationalen Erfahrung. Aber dann rief ihn New York. Und er rief Billy Winter, Souschefin im ›Royal Grand‹, gerade auf dem Sprung, dort Küchenchefin zu werden. Sie entschied sich für die größere Herausforderung und übernahm – ich habe darüber berichtet – vor einem Vierteljahr sein Restaurant und sein Konzept. Wenn Skeptiker gemeint haben, selbst die talentierte Billy Winter würde wohl kaum mit Manninger mithalten können, so muss ich sie enttäuschen: Die Küche ist – man verzeihe mir die Anspielung auf Vorfälle der letzten Zeit – kriminell gut. Billy Winter kocht mit leichter Hand und mit viel Fantasie. Wenn in Wien zur Zeit die Fusionküche aus dem asiatischen und dem französischen Raum boomt, dann lässt uns die Chefin des Hauses hier, vor den Toren Wiens, eine neue und spannende Form der Fusion erleben: Traditionelle Gerichte werden verbunden mit allem, was weltweit als Genuss gilt. Über die Weinkarte lässt sich bloß sagen, dass ich noch nie eine derart große Auswahl an regionalen Weinen gesehen habe. Wer sich nicht durchkosten will, ist gut beraten, einen der ›Weine der Woche‹ zu versuchen. Mag sein, dass es sinnvoll wäre, das Angebot im Sinne der ›Apfelbaum‹-Fusion durch den einen oder anderen Tropfen aus anderen Ländern und Erdteilen zu ergänzen, aber kein Lokal, kein Gast sollte ein größeres Problem haben, als dass nicht alle internationalen Spitzenkreszenzen vorrätig sind.

Wer sich selbst ein Bild von Billy Winters Haus machen möchte, hat übrigens schon heute die Gelegenheit dazu: Um 20 Uhr findet im ›Apfelbaum‹ ein Kulinarium mit Weinverkostung statt. Ein siebengängiges Menü und einige der besten Winzer der Region warten auf Sie. Die wenigen Restplätze können Sie telefonisch buchen!«

Wir tanzen durch den Schankraum, ich bin auf einmal gar nicht mehr müde. Erst als uns zwei junge Frauen entgeistert anstarren, finden wir zurück in die Realität.

Billy hat Aushilfskräfte für den Service besorgt, sie kennen den Apfelbaum, an starken Tagen hätten sie immer wieder hier gearbeitet, erklärt sie mir. In letzter Zeit hat es leider keine solchen starken Tage gegeben. Sie weist die beiden ein, auch Hans-Peter und die Praktikantin müssen jeden Moment kommen.

Ich kippe einen extragroßen, extrastarken Kaffee hinunter. Billy sieht mich besorgt an: »Du musst am Nachmittag eine Pause machen und dich hinlegen.«

Man wird sehen.

In der nächsten Stunde bleibt das Telefon gespenstisch still. Gibt es niemanden, der spontan Lust hat, zu uns essen zu kommen? Nach dieser Kritik? Und immerhin: Die Eventseite des »Magazins« wird auch von ein paar hunderttausend Menschen gelesen.

Egal, weitermachen. Ich gehe mit dem von Billy handgeschriebenen Zettel zum PC und entwerfe eine Menükarte, am Computer bin ich ihr eindeutig überlegen. Wenigstens da.

Mousse von der Rehleber mit Brombeerchili

*

Trüffel-Grieß-Knöderl in klarer Steinpilzsuppe

*

Blutwurstsoufflé

*

Krebse in eigener Sauce, mit Weinviertler »Cognac« verfeinert

*

Paradeisterrine

*

Pillichsdorfer Wachteln neben Rollotto (Rollgerstlrisotto)

*

Frau Apfelbaums klassisches Topfenwandl

*

Käse aus der Gegend und aus Frankreich

Mir rinnt das Wasser im Mund zusammen. Neben die jeweiligen Gänge schreibe ich die Weine. Dann zähle ich durch. Das sind nicht sieben, sondern acht Gänge. Billy schüttelt den Kopf, zählt selbst. Als ob sie mir nicht zutrauen würde, bis acht zu zählen. Dass sie sich bei nichts auf jemand anderen verlassen kann. Aber auch bei ihr bleiben es acht.

»Besser ein Gang mehr als einer weniger«, sagt sie. »Ich weiß nicht, was ich weglassen sollte.«

Da kann ich ihr auch nicht helfen. Die Rehlebermousse ist schon vorbereitet, sie soll ohnehin einen Tag durchziehen. Die Paradeisterrine ist fertig, nur die jungen Gemüse zur Garnitur müssen wir frisch herrichten. Die Wachteln sind ausgelöst, ein schreckliches Geduldspiel. Das Topfenwandl steht im Kühlschrank.

Ich verpflastere gerade meinen Daumen neu, als endlich das Telefon läutet.

»Ja, gerne«, höre ich Billy sagen, »das lässt sich noch machen.« Sie singt es beinahe.

»Ein Tisch mit sechs Personen!«, brüllt sie herein.

Es ist, als wäre der Damm gebrochen. Alle paar Minuten rufen neugierige Feinschmecker an, schon vor Mittag sind wir bis auf den letzten Platz ausgebucht. Die anderen Gäste müssen wir auf die nächsten Tage vertrösten, fast alle reservieren trotzdem.

Das Problem bei diesem Segen in letzter Minute: Billy hängt die meiste Zeit am Telefon, die Küchenarbeit bleibt Mahmet, dem Lehrling und mir.

Zu Mittag weisen uns schon die ersten Gäste auf die Kolumne hin. Hätten sie gewusst, dass es am Abend ein Kulinarium gibt ... Neben den vier reservierten Tischen kommen noch zwölf weitere Gäste überraschend. Nur ein Mann fragt nach dem zusammengeschlagenen Kellner und dem verschwundenen Koch.

Wir schwitzen, versuchen mindestens so gut zu sein, wie Guttner behauptet, und ich weiß schon jetzt, dass es für mich keine Nachmittagspause geben wird. Eigentlich hatten wir geplant, die Vorbereitungen für den Abend während des normalerweise eher flauen Mittagsgeschäfts fortzusetzen. Nicht Schlimmeres soll uns passieren als überraschend viele Gäste schon zu Mittag.

Fünfundachtzig Gedecke brauchen wir für den Abend, mehr Sessel gibt es nicht. Wir zählen die Teller durch, mit so einem Ansturm hat niemand gerechnet. Ich telefoniere mit Vesna, vielleicht kann sie früher kommen als vereinbart. Sie verspricht, sich sofort auf ihre illegale Mischmaschine zu setzen und herzusausen.

»Das ist Notfall«, erklärt sie mit Freude in der Stimme.

Ich versuche zu protestieren und sie zu überreden, die Schnellbahn zu nehmen. Sinnlos. Außerdem: Wir brauchen sie tatsächlich so schnell wie möglich.

Billy erklärt mir und dem Rest des Teams noch einmal den Ablauf. Lokaler Muskateller-Frizzante als Aperitif, dazu gibt es dreierlei spezielles Brot, das sie mit dem Bäcker aus dem

Nachbarort entwickelt hat. Es wird so spät wie möglich in Würfel geschnitten, die an Konfekt erinnern sollen.

Die eine Seite der Küchenarbeitsfläche wird gleich nach dem Ende der Vorbereitungen komplett abgeräumt, die andere Seite, soweit es möglich ist. Wir versuchen, alles, was wir an Zutaten brauchen, in den gekühlten Laden unterzubringen. Das macht insgesamt zehn bis zwölf Meter Anrichtefläche. Der Rest der Teller wird gestapelt und dann aufgelegt, wenn der erste Schub draußen ist.

Der Wärmeschrank für die Teller wird heißer als üblich eingestellt. Noch einmal schärft Billy uns ein, vorne, dort wo die Kellner die ersten Teller wegnehmen können, mit dem Anrichten zu beginnen und uns dann nach hinten weiterzuarbeiten. Selbst Mahmet scheint von der Spannung angesteckt zu sein und verliert seinen stoischen Gesichtsausdruck.

Kein Gericht bestehe aus mehr als drei Komponenten, erklärt Billy, das mache nicht nur die Vorbereitung, sondern auch das Anrichten und Servieren einfacher. Allerdings heißt das auch: Jedes Detail muss perfekt sein, und jeder Teller muss exakt gleich angerichtet werden.

Die beiden Winzer, die die Weine präsentieren sollen, kommen und wollen alles Mögliche wissen. Außerdem brauchen sie im Kühlraum viel mehr Platz, als wir berechnet haben. Wie soll das alles bloß gehen? Die Zeit rast dahin.

Das Brot lässt sich schwerer schneiden als vermutet, ich rutsche ab, stoße ausgerechnet mit meinem verletzten Daumen mit voller Wucht auf die Kante des Schneidbretts, sehe für einen Moment viele Sternchen, die Melanzanewürfelchen, die lauwarm zur Paradeisterrine kommen sollen, lösen sich währenddessen im Wasser in nichts auf, ich schneide schneller als je zuvor noch einmal drei Melanzane in einen halben Zentimeter große Würfel, blanchiere sie nur mehr für einige Augenblicke. Jetzt passt es, etwas frisch gepressten Zitronensaft, etwas Olivenöl darüber.

Das ganze Haus summt vor Gästen, es ist nicht laut, aber voll, endlich wieder lebendig. Auch Einheimische sind gekommen, unter ihnen der Gemeindearzt. Man spricht über die Weine und das Essen. Melonen, die durch Fenster fliegen, entwendete Mordwerkzeuge und durchgeschnittene Kühlleitungen sind heute kein Thema, oder jedenfalls nicht das zentrale.

Ich verbrenne mir an der Form für das Blutwurstsoufflé das rechte Handgelenk, keine Zeit zu jammern, weitertun.

Erst als das Dessert serviert ist, wird mir klar, dass ich seit mehr als vierzehn Stunden nicht gesessen bin, nichts gegessen, in den letzten Stunden auch nichts getrunken habe. Ich sehe, wie Billy plötzlich weiß im Gesicht wird und sich rasch an die Arbeitsfläche lehnt.

»Geht's dir gut?«

»War nur ein Moment. Ab und zu kann auch mir schwindlig werden.«

»Glaube ich nicht«, spöttle ich. Das ist der richtige Ton. Die Spannung lässt nach, aber noch heißt es, eine Stunde durchhalten.

Billy grinst. Ich hole uns große Gläser mit Sodawasser. Die kalte, prickelnde Flüssigkeit tut gut.

Käseteller auflegen. Die Servicetruppe anweisen nachzusehen, ob genug Brot in den Körben ist. Billy richtet einen Schauteller an, dann geht sie, um ihre erste Runde durchs Lokal zu drehen. Ich helfe Mahmet mit dem Käse, versuche den Lehrling zu motivieren, der kaum mehr einen Fuß vor den anderen setzen kann.

Nebenbei räumen wir weg, was von der Schlacht übrig geblieben ist. Geputzt wird heute ausnahmsweise nur das Nötigste, der Rest kann bis morgen Vormittag warten.

Als auch der Käse serviert ist, gehe ich zu Vesna hinter die Theke.

»Großer Abend«, strahlt sie, »so macht auch mir Arbeit in Gastronomie Spaß.«

Ich schenke mir ein Glas Winzersekt ein. Vielleicht nicht ganz das Richtige auf leeren Magen, aber ich habe Lust darauf.

Gegen Mitternacht haben die meisten Gäste das Lokal verlassen, nur einige der Winzer sitzen mit Freunden am Stammtisch. Der Abend war auch für sie ein Erfolg. Viele Gäste haben Wein bestellt, andere die Prospekte mitgenommen. Unser Stapel mit Visitenkarten ist dahingeschmolzen. Billy schickt Mahmet, den Lehrling und einen Teil der Servicetruppe heim, Vesna und Hans-Peter polieren Besteck. Ich hole den Rest von der Rehlebermousse aus dem Kühlschrank, suche übrig gebliebenes Brot zusammen, nehme zwei Messer mit und bringe Billy dazu, sich zu mir zu setzen. Wir fallen wenig vornehm und ohne jede gourmetartige Hochachtung über die Mousse her, schmieren sie auf die Brote, genießen sie trotzdem mehr, als sie jeder andere genießen könnte, trinken eine Flasche Winzersekt leer.

»Ab jetzt geht es wieder bergauf!«, sage ich zu Billy.

Daniel kommt um halb eins, Billy fällt ihm um den Hals und küsst ihn in aller Öffentlichkeit. Er drückt sie an sich, streichelt ihre Wange. Sie ist einen Kopf kleiner als er.

»Ich brauche wohl nicht zu fragen, wie es war«, sagt er.

Billy löst sich von ihm, schüttelt den Kopf und strahlt ihn an.

Bin ich jetzt das dritte Rad am Wagen? Aber Euphorie und Winzersekt lassen derartige Empfindlichkeiten schnell verschwinden. Daniel isst mit, er kostet auch noch die Paradeisterrine. Die letzten Winzer verabschieden sich. Hans-Peter geht, Vesna setzt sich zu uns.

Wir teilen den Inhalt zweier übrig gebliebener halb voller Rotweinflaschen, reden über die Zukunft, darüber, was anders, was besser gemacht werden könnte. Es ist, als gäbe es keine böse Vergangenheit.

Schließlich schwingt sich Vesna auf ihre Maschine.

Eigentlich habe ich vorgehabt, dieses Wochenende zu Oskar nach Frankfurt zu fliegen. Aber nun sind fast alle Tische im Apfelbaum reserviert. Billy rechnet mit mir. Wenn ich ehrlich bin, bleibe ich ohnehin lieber hier. Es wäre schade, gerade dann nicht mit dabei zu sein, wenn endlich etwas los ist. Auch wenn ich mich heute kaum mehr bewegen kann. Vielleicht schafft es ja Oskar, zu kommen. Immerhin bin nicht ich weg von ihm gezogen, sondern er weg von mir. Allerdings wollte er mich mitnehmen.

Ich gehe in die Küche, werfe noch einmal einen Blick auf alles, drehe das Licht ab. Die Edelstahlflächen glänzen matt im Schein der Straßenlaterne, die Kühlmotoren summen leise. Auf dem Platz von Mahmet steht neben Schneide- und Faschiermaschine in einem Kübel der große Stabmixer. Er könnte umfallen, also gehe ich hin, hebe ihn mitsamt dem Kübel herunter, hänge ihn in das Gestell, parke den Kübel in der Spüle.

Mir scheint, als hätte Mahmet auch vergessen, die Faschiermaschine zu putzen. Wenn wir heute nicht so gründlich wie sonst zusammengeräumt haben, dann heißt das nicht, dass an der Faschiermaschine noch Reste kleben dürfen. Wenn Billy das sieht, bekommt sie einen Wutanfall. Ich will ihr einen glücklichen Abend gönnen, schalte das Licht wieder ein und sehe nach. Tatsächlich. In der Tasse neben der Maschine liegt faschiertes Fleisch. Ich will es schon entsorgen, als ich noch

– 197 –

einen Blick in den Einfüllstutzen werfe. Unglaublich, auch da ist noch Fleisch drinnen. Ich greife hinein und halte etwas fest, das sich gleichzeitig sehr vertraut und sehr deplatziert anfühlt. Ich öffne meine Hand und sehe auf zwei noch miteinander verbundene Finger. Es sind die Finger eines Mannes, die Nägel sind sorgfältig manikürt, sauber. Die Haut ist gelblich-weiß, sie greift sich trocken und kühl an. Ich nehme das alles wahr, mir scheint, ohne irgendeine Gefühlsregung.

Als ich wieder zu mir komme, sitze ich auf dem Küchenboden und sehe, dass Mahmet auch hier vergessen hat, sauber zu machen. Aber darum geht es jetzt nicht. Billy hockt neben mir und drückt mir ein feuchtes Tuch gegen die Stirn. Mein Kopf pocht, und leider habe ich nicht vergessen, was ich gesehen habe. Ich würge, deute nach oben zur Faschiermaschine, bemerke erst dann, dass ich die beiden toten Finger noch immer in meiner Hand halte. Billy krallt sich an mich, schreit auf. Ich habe noch nie einen Schrei wie diesen gehört, laut und schrill und wie unter Folter, es ist gleichzeitig mein Schrei.

Daniel, der Verbandszeug holen wollte, rast her. Blut rinnt über meine Stirn. Ich zeige ihm die Finger, er schlägt sie mir in einer Reflexbewegung voll Ekel aus der Hand, sie landen auf dem Boden, nur wenige Zentimeter neben dem Wärmeschrank. Schmieriges Blut in meiner Hand. Menschenblut.

»Ein Teil ist faschiert«, sage ich und wundere mich über meine Stimme. Sie ist heiser, so, als hätte tatsächlich ich geschrien. Stundenlang. Das Kulinarium hat den Albtraum nur unterbrochen. Mir kommt die Lebermousse hoch, ich kotze mitten auf den Küchenboden. Billy rappelt sich auf, nimmt die Tasse mit dem Faschierten, stellt sie wieder hin. Ich nehme das feuchte Tuch von meinem Kopf, wische mir den Mund ab, beginne am Küchenboden herumzuwischen. Irgendetwas tun, ohne zu wissen, was. Ich stehe auf, fülle ei-

– 198 –

nen Eimer mit Wasser, beseitige mein Erbrochenes. Daniel und Billy halten einander umschlungen, als wäre es ihr letzter Augenblick. Die Titanic. Ein schrecklich kitschiger Film war das, aber genau wie das Liebespaar sehen die beiden jetzt aus. Endzeit. Gleich ist alles vorbei. Nur, dass es eben in der Realität doch weitergeht. Kein scharfer Schnitt, kein Schriftzug mit »Ende«, kein Nachspann, keine Filmmusik. Und schon gar nicht kann man danach heimgehen, zurück ins normale Leben.

Es ist erst einige Wochen her, dass ich mich über Routine, Alltag und Langeweile beklagt habe.

Irgendwann raffe ich mich auf, suche nach der Nummer von Zuckerbrot und rufe an. Er meldet sich nicht. Ich spreche auf seine Mailbox, es klingt ruhig, beinahe schon trocken, was ich ihm zu sagen habe.

»Mira Valensky. Aus dem Apfelbaum. Es ist jetzt ein Uhr fünfzehn. Wir haben vor einer Viertelstunde in der Faschiermaschine zwei Finger einer menschlichen Hand gefunden. Der Rest der Hand dürfte faschiert worden sein. Wir bleiben hier und warten. Ich rufe außerdem den Journaldienst an.«

Das tue ich danach auch. Ich brauche lange, um dem Beamten in der Sicherheitszentrale klar zu machen, worum es geht. Zuerst hält er alles für den schlechten Scherz von ein paar Betrunkenen. Mag sein, dass ich heute Abend schon ein paar Gläser geleert habe, aber jetzt fühle ich mich nüchtern wie noch selten zuvor. Der Beamte fragt, ob denn der »Rest des Körpers, der zu der Hand gehört«, auch irgendwo herumliege. Wir haben danach nicht einmal gesucht. Er verspricht, einen Streifenwagen vorbeizuschicken.

Meine Telefonate haben Billy und Daniel aus ihrer Trance gerissen, gemeinsam gehen wir Raum für Raum ab. In den Gastzimmern hängt noch der Geruch von gutem Essen und vielen Menschen. Die Leiche bleibt verschwunden.

Ein Polizeiwagen kommt mit Sirene und Blaulicht die Hauptstraße herunter. Als ob es hier noch etwas zu retten gäbe. Im Ort weiß man jetzt jedenfalls, dass im Wirtshaus schon wieder etwas passiert ist.

Billy nimmt ein Küchentuch und legt die abgetrennten Finger neben die Tasse mit dem Faschierten. »Manninger hat so ähnliche Hände gehabt«, sagt sie langsam.

Kann man jemanden an Zeige- und Mittelfinger erkennen?

Sie geht und sperrt die Vordertüre auf. Die Beamten sind jung, die Pistole klopft ihnen bei jedem Schritt an den Oberschenkel.

»Nehmen Sie die Hand fest«, will ich schon sagen, ich bin wirklich total drüber und kichere hysterisch in mich hinein.

Dann werden auch die beiden bleich, sie starren entsetzt auf die Finger und das Faschierte.

»Wir sind nur vom Wachzimmer«, klären sie uns auf. »Die in der Zentrale haben gemeint, das ist eh nur falscher Alarm, vielleicht irgendjemand, der sonst weiße Mäuse sieht.«

Nein, nur fliegende Melonen.

»Keine Ahnung, was wir damit tun sollen«, meint der Größere der beiden.

Billy wird wieder professionell: »Jedenfalls muss man sie kühl stellen, wenn keine Bakterien dazukommen sollen. Aber ich weiß nicht, ob die Gerichtsmedizin das will.«

»Ich habe die Telefonnummern von Zuckerbrot, dem Chef der Mordkommission 1. Er ist für einen Mordfall zuständig, der auch mit der Gastronomie zu tun hat. Und er hat hier schon ermittelt. Aber er hat sich nicht gemeldet. Vielleicht haben Sie eine andere Möglichkeit, ihn zu erreichen?«

Die beiden atmen erleichtert auf. »Ja, das könnten wir vielleicht.« Dann sehen sie mir genauer ins Gesicht. »Sie sind verletzt. Hat es einen Kampf gegeben?«

Ja, zwischen einer toten Hand und mir. Ich schüttle den Kopf. »Ich bin bloß gestürzt.«

Der eine will wissen: »Ist hier schon einmal – etwas vorgefallen?«

Dafür, dass er aus dem nächsten Wachzimmer ist, ist er erstaunlich uninformiert. Aber es gibt wohl keine dienstliche Verpflichtung, Zeitungen zu lesen, und üblicherweise ist er wohl eher für Geschwindigkeitsübertretungen oder Nachbarschaftsstreitigkeiten zuständig. Die Nachbarschaft … Wahrscheinlich sollte man im Umkreis des Wirtshauses nach einer Leiche suchen.

Die Streifenpolizisten verziehen sich zum Telefonieren geheimnistuerisch nach draußen.

Wir lehnen an der Arbeitsfläche und sagen kein Wort. Daniel hält Billys Hand. Die beiden Kochstars, jeder von ihnen zäh genug, um einen ganzen Tag auf den Beinen zu sein, schwere Töpfe zu heben, Stress auszuhalten und dabei Köstlichkeiten zu zaubern, wirken wie zwei verirrte Kinder.

Die Beamten kommen zurück und sind bemüht, an den Fingern vorbeizusehen. »Zuckerbrot kommt. Wir warten auf ihn. Es kommt auch jemand von der Spurensicherung mit. Die – Hand sollen wir liegen lassen, wo sie ist.«

Ich biete den beiden Beamten einen Kaffee an, sie nicken dankbar. Ich lasse mir auch einen herunter und trinke ihn so heiß, dass ich mir die Speiseröhre verbrenne. Egal, ob es der schwarze, starke Kaffee ist oder der Schmerz, langsam beginne ich wieder normal zu denken. Wo ist die zur Hand passende Leiche? Oder hat man jemandem bei lebendigem Leib die Hand abgehackt und sie zu uns gebracht?

Bei gewissen Fundamentalisten ist das eine gängige Strafe. Ich werde selbst beinahe religiös und schicke ein Stoßgebet zum Himmel, dass wir es nicht auch noch mit islamischen

Fundis zu tun haben. Mahmet. Er ist Mohammedaner, er trinkt keinen Tropfen Alkohol. Die Faschiermaschine steht an seinem Arbeitsplatz.

Jedenfalls hat jemand die Hand zu uns gebracht, hat sich, was nach halb zwölf nicht weiter schwierig war, in die Küche geschlichen, hat die Faschiermaschine gesehen, wollte die Sache noch grausiger inszenieren und hat einen Teil der Hand durchgedrückt. Sehr viel Lärm macht die Maschine nicht, wir waren im Schankraum, haben laut und glücklich gelacht.

Zuckerbrot schüttelt nur den Kopf, als er sieht, was wir ihm heute zu bieten haben. Er fragt nach unseren Alibis. Ich habe das Gefühl, als sei er gar nie weg gewesen, als zwinge mich jemand, immer wieder dieselbe Situation zu durchleben. Beamte von der Spurensuche, die am Boden herumkriechen, und Zuckerbrot, der erst einmal so tut, als wären wir die Übeltäter.

Aber diesmal scheint er uns zu glauben. Er sieht mich sogar mitleidig an und meint, die Wunde auf meiner Stirn gehörte eigentlich genäht. Ich habe die Wunde schon ganz vergessen.

Die Spurensucher schwärmen gemeinsam mit Zuckerbrot aus, um nach der Leiche zu suchen. Zuerst im Haus, dann draußen. Ich gehe mit und werfe ein, dass es sich beim Abhacken einer Hand auch um eine rituelle Bestrafung eines noch Lebenden handeln könnte.

»Islamische Fundamentalisten. Das wollen wir nicht hoffen«, sagt Zuckerbrot und leuchtet mit der Taschenlampe hinter das Gebüsch am Wegrand.

Ich frage ihn nicht, warum ihm eine Leiche lieber wäre als ein Lebender ohne rechte Hand. Ich verstehe ihn. Zusätzliche Verwicklungen und noch mehr Hysterie in den Medien können wir nicht brauchen. Weder er noch ich, noch Billy und ihr Apfelbaum.

Die Männer der Kriminalpolizei versuchen nicht allzu viel Aufsehen zu erregen. Aber zuerst ein Streifenwagen mit Blaulicht und dann Leute in Zivil, die mit starken Taschenlampen das Umfeld vom Apfelbaum absuchen, das bleibt den Dorfbewohnern nicht verborgen. Zuerst wird es in den Fenstern einiger Häuser hell, dann kommen da und dort Menschen heraus, verschlafen, fragen, was los ist. Ob man schon wieder jemanden niedergeschlagen …

Zuckerbrot redet sich auf das »Amtsgeheimnis« aus, fragt aber gleich, ob jemand gegen Mitternacht eine unbekannte Person durch den Hintereingang ins Lokal habe schleichen sehen.

Warum eine »unbekannte« Person, überlege ich, vielleicht war die Person vielen bekannt?

Niemand hat etwas bemerkt, aufgeregt wird gefragt, ob man jetzt nach dieser Person suche und ob sie gefährlich sei.

»Nein«, beschwichtigt Zuckerbrot. »Wir suchen etwas anderes.«

Er hat es nicht ausgesprochen, aber der hagere Weinbauer, der ab und zu ins Wirtshaus auf ein Bier kommt, sagt es: »Eine Leiche.«

Der Feuerwehrkommandant bietet an, bei der Suche zu helfen.

Zuckerbrot reagiert genervt. »Nein, herzlichen Dank, gehen Sie nach Hause. Wenn zu viele unterwegs sind, könnten Spuren verwischt werden.«

Die Nachbarin, die ich mit Onkel Franz gemeinsam besucht habe und die damals nicht viel für den Apfelbaum und seine neue Besitzerin übrig gehabt hat, fragt mich besorgt, ob mit Frau Winter alles in Ordnung sei. Ich kann mir die Bemerkung nicht verkneifen, dass vielleicht schon bald wieder Ruhe im Dorf sein werde, denn wenn das so weitergehe, werde ihr Wunsch wohl erfüllt und der Apfelbaum müsse zusperren.

Sie schüttelt den Kopf: »So habe ich das nicht gemeint. Wenn was passiert, dann muss man zusammenhalten im Dorf. Das war schon immer so.«

Ich versuche ein Lächeln. »Danke.« Sind wir schon so am Sand, dass uns selbst die ärgsten Schreckschrauben bedauern?

Gerade als Zuckerbrot die Suche als ergebnislos abbrechen will, läutet sein Mobiltelefon.

Er hört lange zu, dann erst sagt er: »Also können wir aufhören. Okay, ich mache hier fertig und komm zu euch. Du weißt ja, was du zu tun hast.«

Er sieht mich an. »Wir haben die Leiche ohne rechte Hand gefunden.«

»Weiß man, um wen es sich handelt?«

»Ja, in diesem Fall war die Identifikation nicht schwierig. Alle haben ihn gekannt. Vom Fernsehen. Es ist dieser Fernsehkoch. Udo Baumann.«

Mir muss der Mund offen geblieben sein. Wieder einmal setzt mein Hirn aus. Ich bin für Aufregungen wie diese einfach nicht gebaut.

Zuckerbrot ruft seine Männer zusammen, klärt sie kurz auf. Wir gehen zurück zum Apfelbaum. Zum Feuerwehrkommandanten, der immer noch vor seinem Haus steht, sagt Zuckerbrot: »Wir haben die Leiche gefunden. In Wien. Bitte sagen Sie allen, dass kein Grund zur Besorgnis mehr besteht. Aber: Wenn jemandem etwas Besonderes aufgefallen ist, dann soll er sich melden. Alles kann wichtig sein.«

Der Feuerwehrmann nickt und steht stramm. Das sieht in Jeans und T-Shirt besonders seltsam aus.

»Haben Sie ihn gekannt?«, fragt mich der Chef der Mord-

kommission. Unter den Augen hat er tiefe, graue Ringe.
Auch er ist müde.

»Flüchtig. Ich habe ihn vor einiger Zeit im Rosa Flieder gesehen.«

»Nach dem Mord an Bachmayer?«

»Ja.«

»Hat er irgendeine Verbindung zu Frau Winter?«

»Nicht, dass ich wüsste. Sie haben einander sicher gekannt, wie man sich in der Kochszene eben kennt. So groß ist sie nicht in Wien.«

»Damit haben wir nun endgültig alle Medien am Hals.«

»Ja.«

»Tut mir Leid, Sie sind ja auch vom Fach. Haben Sie übrigens Fotos von den Fingern gemacht?«

Ich sehe ihn so empört an, dass er sich entschuldigt. In diesem Fall habe ich nicht einmal überlegen müssen, ob so etwas ethisch vertretbar wäre. Ich habe einfach nicht daran gedacht. Vielleicht bin ich eben doch ungeeignet als Kriminalberichterstatterin. Ich wette, das »Magazin« hätte die Fotos gedruckt und auch noch irgendeine weitschweifige Erklärung gefunden, warum das so sein müsse.

Jedenfalls habe ich jetzt nicht nur die öde Modereportage zu überarbeiten, sondern auch eine große Story über den Tod Baumanns zu schreiben.

Billy schüttelt nur stumm den Kopf, als sie erfährt, wem die Hand gehört hat. Zuckerbrot fragt sie und Daniel Capriati nach Verbindungen aus.

Billy hat ihn, wie ich vermutet habe, oberflächlich gekannt. Daniel ist ihm häufiger begegnet, aber intensiv sei der Kontakt nie gewesen.

»Ich weiß nicht, ob er viele Freunde gehabt hat«, füge ich langsam hinzu. »Er war nett, aber beinahe schon zu nett. So auf eine seltsam unpersönliche Art. Es war, als hätte er den Lieblingsschwiegersohn auch abseits der Fernsehkameras gespielt.«

»War er schwul?«, will Zuckerbrot wissen.

Ich zucke mit den Schultern. So gut kannte ich ihn nun wirklich nicht.

»Er war verheiratet und hatte zwei Kinder«, antwortet Daniel.

»Das soll vorkommen.«

Daniel schüttelt den Kopf. »Ich kann es mir nicht vorstellen, in dieser Branche reisen Gerüchte besonders schnell, aber darüber ist nie geredet worden.«

»Und in dieser Branche wird alles, was mit Sex zu tun hat, mit besonderer Freude durchgehechelt«, ergänzt Billy.

Bachmayer. Baumann. Daniel Capriati. Billy Winter. Der verschwundene Koch Peppi. In meinem Kopf beginnt es zu dröhnen. Was haben sie alle gemeinsam? Was verbindet sie? Sie sind – oder waren – erfolgreich. Bis auf Peppi-Josef Dvorak, der war nur ein unbekannter Koch. Bachmayer hat Kritiken geschrieben. Allerdings über Daniel eine gute und über Billy eine schlechte. Hat er auch etwas über Baumann geschrieben? Ich werde es morgen, das heißt heute, herausfinden. Wieder keine Zeit, mich auszuschlafen.

Bachmayer und Baumann sind tot. Bei Peppi weiß man nichts Genaues. Billy und Daniel leben. Noch. Vielleicht ermordet da jemand nach Alphabet Typen aus der Kochbranche. Bachmayer, Baumann. Der Nächste könnte Capriati sein.

Daniel erzählt unterdessen, dass er sich vor zwei Jahren breitschlagen hat lassen, zum Casting für die Kochsendung anzutreten.

»Damals war das Offen ganz neu, und ich habe Angst gehabt, ich könnte nicht genug Gäste bekommen. Mit der Hilfe des Fernsehens geht vieles leichter. Baumann war damals gerade aus Deutschland zurückgekommen. Er hatte bei einem der großen Privatsender seit Jahren eine Kochshow gehabt. Und er hat angegeben, hauptsächlich im Academia gekocht zu haben, einem der Toplokale in Hamburg. Allerdings kenne ich den Küchenchef dort, Baumann war bloß eine Art Aushängeschild, man hatte ihn dafür bezahlt, dass in Fernsehzeitschriften gestanden ist, er koche im Academia. Es war, glaube ich, schon von vornherein klar, wer dieses Casting gewinnen würde. Der Hauptsponsor hatte sich längst für Baumann und sein Saubermannimage entschieden. Passt eben gut zu Milchprodukten. Ich war eher froh darüber, aber einige andere haben sich entsetzlich aufgeregt. Es hatten sich viele aus der Branche beworben.«

Er sieht Billy an und grinst etwas schief. Hinreißend. Auch wenn er Billys Mann ist, auch wenn ich todmüde und am Boden bin, das stelle ich allemal noch fest.

»Selbst dein ehemaliger Chef war unter den Bewerbern. Als ob man nicht gewusst hätte, was Demetz für Probleme hat.«

Zuckerbrot will mit seinen Leuten abfahren.

»Werden Sie die Sache mit der Hand an die Medien geben?«, frage ich.

»Das lässt sich nicht vermeiden. Ich werde nicht sagen, wo die Hand aufgetaucht ist, aber ob das hält ... Außerdem wird es wohl spätestens nächsten Mittwoch im ›Magazin‹ zu lesen sein ...«

An diesen Interessenkonflikt habe ich noch gar nicht gedacht. Ich will nicht, dass Billy noch mehr Schwierigkeiten bekommt. Ich muss als Profi schreiben, was ich weiß. Noch dazu, wo es andere auch herausfinden könnten. Wie soll ich mich verhalten? Ich werde nach einigen Stunden Schlaf entscheiden.

»Ich möchte die Lösung, keine weiteren grausigen Rätsel«,

sage ich zu Zuckerbrot, »vielleicht sind wir bis Mittwoch so weit, dass uns dieses Detail gar nicht mehr besonders interessiert. Wenn's geht, lassen Sie bitte den Apfelbaum aus Ihren Presseerklärungen draußen.«

»Kann ich in diesem Fall machen. Aber ich glaube nicht, dass es viel nützen wird.«

Billy sieht mich misstrauisch an. »Wirst du darüber schreiben?«

Ich schüttle den Kopf, antworte aber: »Ich weiß es nicht.«

11.

Baumanns Tod ist das Thema des Tages, die Radionachrichten wiederholen es stündlich als Topmeldung, auch ausländische Fernsehsender bringen sein Bild und einen Nachruf. Baumanns Arbeitgeber zelebriert seinen Tod besonders.

Zuckerbrot hat in der offiziellen Presseerklärung kein Wort über die abgetrennte Hand verloren. Wenigstens ein Zeitgewinn für uns. Die Chance, wieder Tritt zu fassen. An den Schlafmangel habe ich mich beinahe schon gewöhnt. Ich besänftige meine vernachlässigte Katze mit fünf Oliven und einer extragroßen Portion Hühnerknochen, die ich aus dem Apfelbaum mitgebracht habe. Schon auf dem Weg zum Auto telefoniere ich mit Oskar. Die Sache mit der Hand lasse ich weg. Nicht, dass er etwas weitererzählen würde, aber ich will ihn nicht zusätzlich beunruhigen. Wenn er später davon erfährt, kann ich mich immer noch darauf ausreden, dass ich Mobiltelefone für zu wenig abhörsicher halte, um Derartiges zu besprechen. Oskar ist auch so beunruhigt genug, er will nach Wien kommen, fürchtet aber, dass er es nicht schafft. Seine Auftraggeber haben für heute Abend eine Klausur angesetzt, kann gut sein, dass sie morgen Vormittag fortgesetzt wird. Ich komme mir mies vor, als ich aufatme. Natürlich will ich Oskar sehen, und nicht nur sehen. Aber andererseits weiß ich nicht, wie ich meine Reportage, die Arbeit im Wirtshaus, die Nachforschungen und Oskar unter einen Hut bringen sollte.

In der Redaktion lasse ich nur durchblicken, dass ich interessante Neuigkeiten habe. Ich hoffe, bis zum Montag ergibt sich mehr als eine Geschichte über eine halb faschierte Hand. Zum Glück nimmt mir die Ressortleiterin die Überarbeitung der Modereportage ab. Bevor ich mich zum Apfelbaum aufmache, fahre ich noch auf einen Sprung ins Rosa Flieder. Wieder ist die Eingangstür offen, wieder strömt mir abgestandener Rauch entgegen. Kann auch nicht gut für die Geschmacksnerven der Kochgrößen sein.

Frau Flieder trägt heute einen hellblauen Jogginganzug, er glänzt wie ihr lilafarbener. »Ganz schlimm ist das«, klagt sie. »Wen werden sie als Nächstes umbringen? Da hat es jemand auf die ganze Branche abgesehen. Das sagen meine Stammgäste auch. Um drei in der Früh ist es in den Nachrichten gekommen, ich habe es beim Gläserspülen zufällig gehört. Da waren noch ein paar von den Standhaften da. Sie können sich vorstellen, was dann los war.«

»Hatte Baumann Feinde?«

»Der war so nett, dass er deswegen auch schon wieder Feinde gehabt hat.«

»Zu Recht?«

Sie schüttelt den Kopf. »Nein. Ich kannte ihn zwar nicht besonders gut, er kam nur hin und wieder her, und wenn, dann ist er nicht lange geblieben. Aber ich glaube, er war genau so, wie er sich gab, wirklich nett.«

»Aber langweilig.«

Sie kichert etwas. »Ja, das vielleicht schon. Und irgendwie, glaube ich, total fantasielos. Wenn jemand einen Witz gemacht hat, hat er ihn meistens nicht verstanden. Er nahm alles ernst, was man ihm sagte. Das war natürlich für ein paar von meinen Hallodris ein gefundenes Fressen.«

»Aber eitel war er schon.«

»Nein, überhaupt nicht. Und bescheiden, er wollte sich

nie als Star sehen. ›Ich bin einfach ein Koch, der Glück gehabt hat.‹ Das hat er immer wieder gesagt, wenn ihn die anderen aufgezogen haben. Dann haben sie oft gefragt: ›Warum ein Koch?‹ Aber das hat er schon wieder nicht verstanden.«

»Hatten Bachmayer und Baumann miteinander zu tun, hatten sie etwas gemeinsam?«

»Außer dem ›B‹ nichts. Natürlich haben sie sich gekannt, oberflächlich. Aber sie waren sehr verschieden, man könnte sogar sagen, gegensätzlichere Typen gibt es kaum.«

»Beide waren erfolgreich.«

»Ja, das stimmt.«

»Wissen Sie, ob Bachmayer etwas über Baumann geschrieben hat?«

»Ja, hat er. Darüber ist bei uns einiges geredet worden. Eigentlich ist es gelaufen, wie es immer bei Bachmayer gelaufen ist. Er hat die Milch-AG, den Hauptsponsor der Kochsendung, zu Inseraten überredet. Dafür hat er dann Baumann, seine Sendung und seine heiße Liebe zu heimischen Milchprodukten abgefeiert.«

Auch kein Grund, die beiden zu ermorden.

Ich gebe Rosa Flieder meine Karte und bitte sie, mich anzurufen, wenn sie interessante Neuigkeiten haben sollte. Sie verspricht es. »Man muss die Sache aufklären. So schnell wie möglich. Ich weiß nicht, wo die Polizei und Ihre Kollegen bleiben.«

Was meine Kollegen angeht, so weiß ich eine halbe Stunde später mehr über ihren Verbleib. Sie haben sich rund um den Apfelbaum postiert. Jemand von der Kriminalpolizei oder der Gerichtsmedizin hat wohl doch geplaudert. So muss ich wenigstens nicht mehr entscheiden, ob ich über die Hand schreiben soll oder nicht. Bis zum nächsten Mittwoch ist dieses Detail längst Zeitungsgeschichte, Schnee von vorgestern.

Ich dränge mich durch, reagiere weder auf Fragen noch auf dumme Bemerkungen. Aber ich höre sie.

»Steht heute auch Menschenfleisch auf der Speisekarte?«

»Kannst du bestätigen, dass beim gestrigen Kulinarium gebackene Hand serviert worden ist?«

»Amateure bringen in der Küche Unglück, hat mir ein prominenter Koch gesagt. Ihr Statement dazu?«

»Ist es wahr, dass man den verschwundenen Koch nicht wieder finden kann, weil er in der Suppe gelandet ist?«

»Welche Feinde hat Frau Winter?«

Ein Kamerateam filmt, wie ich an der Hintertür rüttle.

»Wenn du hineindarfst, dann will ich auch hinein!«, ruft ein Kollege.

»Ich bin's, Mira!«, schreie ich und versuche, die Meute zu übertönen.

Ich höre nicht, wie der Schlüssel im Schloss gedreht wird, aber die Klinke geht nach unten und die Tür öffnet sich einen Spalt weit. Vesna. Sie zieht mich hinein und knallt die Tür so schnell zu, dass der Kameramann aufjault. Sei ihm vergönnt.

»Habe Nachrichten gehört und Steuerberater abgesagt, Billy hat mich mitgenommen. Jetzt sitzt sie im Schankraum und schaut nur geradeaus.«

Ich gehe zu Billy, es ist, wie Vesna gesagt hat. Sie scheint mich kaum wahrzunehmen, kurz dreht sich ihr Kopf in meine Richtung, dann starrt sie wieder auf einen imaginären Punkt an der Wand.

Das Telefon läutet. Ich gehe hin.

Vesna legt mir die Hand auf den Arm. »Lass es lieber, Mira Valensky. Sind nur Reporter. Oder Spinner, die Menschenfleisch kosten wollen. Oder was vom Weltuntergang sagen.«

»Woher wissen sie …?«

»Nachrichten auf dem Privatsender haben es gebracht.«

Ich hebe trotzdem ab und sage wütend: »Lassen Sie uns in Ruh!« Irgendwie muss ich mich abreagieren.

»Entschuldigen Sie …«, höre ich eine irritierte Männerstimme am anderen Ende der Leitung, »wer ist da?«

»Gasthaus Apfelbaum. Mira Valensky.«

Du liebe Güte, womöglich ein Gast, der noch von nichts weiß.

»Ist Frau Winter da? Manninger, Günter Manninger hier.«

Ich schlucke, sehe dann zu Billy hinüber. Sie ist nicht in der Lage, zu telefonieren.

»Ich bin eine Freundin und versuche ihr zu helfen. Wir versuchen seit zehn Tagen, Sie zu erreichen.«

»Ich weiß, tut mir Leid, ich war mit meiner Frau in ziemlich einsamen Gegenden unterwegs.«

»Haben Sie schon gehört, was passiert ist?« Das würde mir einiges ersparen.

»Nein. Was ist geschehen? Sie klingen aufgeregt.«

Ich atme tief durch und mache es auf die schonungslose Tour. Wozu herumreden? »Das ist kein Wunder. Ein Trupp Journalisten belagert uns. Gestern Nacht nach einem großen Kulinarium, es war übrigens ein Riesenerfolg und komplett ausgebucht, haben wir eine menschliche Hand in der Faschiermaschine gefunden. Ein Teil davon war schon Hackfleisch. Die Hand hat zu Udo Baumann, dem Fernsehkoch, gehört. Seine Leiche wurde in Wien gefunden.«

Stille in der Leitung. Ich glaube schon, die Verbindung sei abgerissen, als Manninger sagt: »Geben Sie mir bitte Frau Winter.«

Er hält mich offenbar für durchgeknallt. Ich kann es ihm

nicht einmal verdenken. »Ich glaube nicht, dass sie momentan in der Lage ist …«

»Ist ihr auch etwas passiert?« Das klingt so, als würde Manninger sie sehr mögen.

»Man versucht seit Wochen, sie fertig zu machen. Der Koch ist verschwunden, die Kühlleitungen waren durchgeschnitten, Salz und Zucker vermischt …« – wie harmlos das wirkt im Verhältnis zu dem, was gestern geschehen ist – »… in der fertigen Pilzcreme waren Fliegenpilze, durch das geschlossene Küchenfenster wurde eine Melone geschleudert. Außerdem hat jemand Bachmayer erstochen und dazu Billys Messer benutzt. Und Onkel Franz wurde niedergeschlagen.« Wenn, dann gleich die ganze Ladung. So etwas könnte sich auch keine total Verrückte ausdenken.

»Um Gottes willen, wie geht es Onkel Franz?«

»Er kommt am Wochenende aus dem Krankenhaus, er hatte ein schweres Schädel-Hirn-Trauma, aber letztlich war sein Kopf härter.«

»Wo ist Frau Winter?«

»Sie sitzt im Schankraum und starrt vor sich hin.«

»Hat man einen Verdacht?«

»Nein. Bachmayers letzter Lover ist verhaftet worden, aber wenn man nicht davon ausgeht, dass gleichzeitig ein paar Leute bemüht sind, die Kochszene auszurotten, dann ist er wohl unschuldig. Das glaube ich persönlich ohnehin.«

»Könnte – das Ganze etwas mit mir zu tun haben? Ich meine, mit dem Apfelbaum, und Billy bekommt nur stellvertretend alles zu spüren?«

Auf die Idee sind wir noch gar nicht gekommen. Man muss das einmal durchdenken.

»Es gibt noch einen, dem einige Male übel mitgespielt worden ist. Daniel Capriati. Ihm haben sie Salmonellenhühner in

– 214 –

den Müll gelegt und die Schokomousseformen mit Hundescheiße gefüllt.«

»Daniel Capriati? Vielleicht hat er wirklich Salmonellenhühner gehabt, das geht schnell, wenn man nicht ausreichend
Bescheid weiß. Wer könnte gegen den etwas haben?«

»Er ist sehr erfolgreich. Das scheint übrigens das Einzige
zu sein, was die Opfer miteinander verbindet. Einmal abgesehen davon, dass sie alle zur Kochszene gehören. Bachmayer,
Baumann, Capriati, Winter.«

»Wenn ich könnte, würde ich kommen.«

»Ich glaube nicht, dass das viel ändern würde. Außer Sie
haben eine konkrete Idee. Hat es auch schon zu Ihrer Zeit Sa-
botageakte gegeben?«

»Nein. Wenn etwas passiert ist, dann waren wir selbst daran schuld. Irgendetwas passiert in Küchen immer.«

»Aber Melonen fliegen nichts durchs Fenster, weil jemand
ungeschickt …«

»Das wollte ich damit nicht sagen, hier will jemand Billy
schaden.«

»Das ist die Untertreibung des Tages.«

»Ist sie – in Gefahr?«

Ich stocke. »Ja, ich denke schon.«

»Hat sie Polizeischutz?«

»Nein, zeitweise ist sie sogar selbst unter Verdacht gestanden. Immerhin war es ihr Messer, mit dem Bachmayer erstochen wurde. Jetzt ist aber wohl allen klar, dass sie Opfer und
nicht Täterin ist. Hoffe ich.«

»Was wird unternommen?«

Ich seufze. »Bis jetzt haben wir durchgehalten. Guttner
hat eine großartige Kritik über den Apfelbaum geschrieben,
beinahe hat es so ausgesehen, als ob wir wieder Aufwind hätten. Und dann die Sache mit der Hand.«

»Sperren Sie zu, bis alles geklärt ist.«

»Wäre das nicht fast ein Schuldeingeständnis? Zumindest aber hätte der gewonnen, der hinter der ganzen Sache steckt.«

»Besser, als dass noch jemand zu Schaden kommt.«

»Wenn aber der Täter nie gefasst wird?«

Stille am anderen Ende der Leitung.

Ich habe gar nicht bemerkt, dass Billy aufgestanden ist und langsam, wie in Trance, zu mir kommt. Sie nimmt mir einfach den Hörer aus der Hand.

»Günter?«, fragt sie.

Dann ist sie lange still und hört zu.

»Nein, wir werden nicht zusperren«, sagt sie plötzlich mit fester Stimme. »Und wenn es mich umbringt, ich gebe nicht nach. Das schafft er nicht.«

Wieder ist Manninger am Wort.

Billy wird lauter, ihre Augen sprühen Funken. »Du hast mir nichts zu befehlen, gar nichts. Lies den Vertrag genau durch. Ich habe den Apfelbaum gepachtet und besitze das alleinige Verfügungsrecht darüber. Klar kannst du kommen, jede Hilfe ist mir willkommen – vorausgesetzt, du willst helfen.«

Ihr Gesichtsausdruck wird langsam wieder weicher, einmal lächelt sie fast.

»Wenn du mich ohnehin kennst … Nein, ich werde auf mich aufpassen. Bisher hab ich ja auch überlebt. Ja, das ist fein.«

Sie verabschieden sich.

Billy sieht mich mit klarem Blick an. »Okay, genug gejammert. Wir sperren auf.«

Ich renne hinter ihr her. »Die Journalisten«, warne ich sie. Aber sie ist schneller und hat den Schlüssel zum Gästeeingang schon umgedreht. Fast wird sie überrannt, aber sie bleibt in der Türe stehen, stemmt die Arme in die Seiten und sagt: »Alle, die hier essen oder trinken wollen, sind mir herzlich willkommen. Den Rest bitte ich heimzugehen.«

»Wir tun so, als handle es sich bei den Journalisten um ganz normale Gäste«, weist sie Hans-Peter an. Die Praktikantin will sie nach Hause schicken. Das Mädchen weigert sich. »Sie haben mir immer gesagt, dass Gasthausarbeit Teamarbeit ist. Ich bleib da. Was der Hans-Peter kann, kann ich auch.« Energisch schiebt sie ihr Kinn vor. Billy kommen beinahe die Tränen vor Rührung.

Vesna steht hinter der Theke, ich bitte sie, immer in Billys Nähe zu bleiben. Sie sieht mich empört an. »Was glaubst du sonst, Mira Valensky?«

Mahmet, der Lehrling und ich bereiten wie jeden Tag alles für die Mittagsgäste vor. Tatsächlich haben sich einige der Journalisten entschlossen, bei uns zu essen. Wenn man schon in einem Sternelokal ermittelt, warum nicht die gute Gelegenheit nützen? Witze über faschierte Hände und Menschenfleisch prallen an Billy und ihrem Team ab. Alle Fragen im Zusammenhang mit dem Mord an Baumann beantwortet sie mit einem lächelnden »Ich weiß es wirklich nicht«. Wir spielen *business as usual*. Bloß die Faschiermaschine fehlt, die ist von der Spurensicherung abtransportiert worden.

Einige Gäste, die, ohne von etwas zu wissen, gekommen sind, werden von Billy leise und in trockenem Tonfall informiert. Die Hälfte geht, die Hälfte bleibt. Wir haben zweiunddreißig Essen, das ist sogar etwas mehr, als an einem Freitagmittag üblich ist.

Zuckerbrot kommt mit zwei Männern und einer Frau.

»Sie sind beschäftigt …«, sagt er erstaunt zu mir.

Ich schwenke gerade eine Pfanne mit Steinpilzen. »Das ist ein Wirtshaus und kein Leichenschauhaus.« Billy hat mich angesteckt. Woher sie ihre Kraft nimmt?

Er stellt mir die Frau vor, sie ist neu in seinem Team und

– 217 –

sei »psychologisch geschult, ich dachte mir, das ist in dieser – schwierigen Situation gut, außerdem ist sie eine Frau …«.

Ich grinse Zuckerbrot an, werfe eine Palatschinke, um sie in der Luft zu wenden, und sage: »… und von Frau zu Frau redet es sich besser …«

Er reagiert etwas beleidigt. »Ich wollte helfen, aber Sie sind ja offenbar hart im Nehmen.«

Ich denke daran, wie Billy dagesessen ist. »Frau Winter ist gut im Überleben. Und sie will ihn nicht gewinnen lassen.«

»Wen? Ihn? Es könnte auch eine Frau sein …«

»Wenn wir bloß eine Ahnung hätten!«

Ich gebe ihm die Nummer von Manninger, gemeinsam mit seinen Mitarbeitern befragt er der Reihe nach alle aus unserer Crew. Nichts Neues.

Ich versuche aus Zuckerbrot herauszubekommen, ob Baumanns Frau einen Verdacht hat. Er sieht mich spöttisch an: »Sie haben doch genug Exklusivmaterial.«

Dann muss ich eben selbst versuchen, an sie heranzukommen.

Zuckerbrot scheint meine Gedanken gelesen zu haben. »Frau Baumann steht unter Schock. Sie ist, auch zum Schutz vor solchen wie Ihnen, in ein Sanatorium gebracht worden.«

Ich knalle eine Pfanne auf die Abstellfläche und fauche: »Ich hab nie jemandem aufgelauert. So was überlasse ich diesem Gesindel da draußen!«

»Na ja, hinter irgendwelchen Promis werden Sie schon her gewesen sein.«

»Glauben Sie wirklich, dass ich so heiß auf Sensationsstorys bin?«

Er sieht mich an. »Ich weiß nicht«, sagt er dann langsam, »ausdauernd sind Sie jedenfalls. Und neugierig.«

Wenn er wüsste, wie müde ich bin. Aber ich nicke und lächle. »Das bin ich. Darauf können Sie wetten.«

Ich überlasse es dem Rest der Küchenmannschaft, zusammenzuräumen, und verziehe mich hinter das Haus, um in Ruhe nachdenken zu können. Wenn ich nicht mit Frau Baumann reden kann – wer sonst könnte mir mehr über den Fernsehkoch erzählen?

Rosa Flieder hat gesagt, was sie weiß. Falls ich durchhalte, werde ich heute Abend in ihre Bar gehen. Ich will wissen, was diskutiert, beredet und herumgetratscht wird.

Jemand vom Fernsehteam. Ich kenne niemand, der bei der Kochsendung arbeitet. Das heißt … Eine Kollegin von mir, sie ist für Gesellschaftsberichterstattung im Fernsehen zuständig und leidet darunter, dass sich immer bloß dieselben Köpfe ins Bild drängen, sie hat ihr zweites Standbein in der Kochsendung. Habe ich zumindest gehört.

Hoffentlich habe ich Angelikas Nummer eingespeichert. Ausnahmsweise habe ich Glück. Mag sein, dass es Leute gibt, die das Mobiltelefon als einen Fluch betrachten. Ich halte es – zumindest meistens – für eine großartige Erfindung. Angelika meldet sich.

»Bei uns ist die Hölle los«, sagt sie, als ich ihr grob mein Anliegen schildere. Als ob es bei uns nicht noch viel ärger wäre. Aber was ist die Steigerung von Hölle? Vielleicht ein Haufen Journalisten, der in einem Sternerestaurant sitzt und einer faschierten Hand hinterherspürt.

Angelika lacht, als ich ihr das sage. Klar habe sie Baumann gut gekannt.

Wir treffen uns in einem Café auf halber Strecke zwischen Wirtshaus und TV-Zentrum.

»Diese Frau Flieder hat ihn gut beschrieben«, bestätigt mir

Angelika. »Er war tatsächlich unglaublich nett. Aber langweilig. Und ohne jeden Sinn für Humor. Sozusagen ehrlich, nicht, weil er eine andere Wahl hätte, sondern weil ihm gar nicht einfällt, wie er lügen und betrügen könnte. So eine Art Heiliger, der sich nicht anstrengen muss beim Heiligsein. Nicht dumm, das sicher nicht, aber … Eben sehr geeignet für das Fernsehen. Er führt gewissenhaft aus, was man ihm sagt.«

»Möchtest du mit so jemandem leben?«

Angelika schüttelt lebhaft den Kopf, die blonden, sorgsam frisierten Haare fliegen nur so.

»Seine Frau hat einen Zusammenbruch gehabt, sie haben sie in ein Sanatorium gebracht.«

Angelika zögert. »Ich weiß nicht – ob sie wirklich einen Zusammenbruch …«

»Du kennst sie?«

Sie schweigt eine Zeit lang, dann sagt sie: »Wir kennen uns schon lange. Ich will dich nicht anschwindeln. Noch dazu, wo man deiner Freundin wirklich schlimm mitzuspielen scheint. Außerdem bin ich dir noch was schuldig, du weißt, wegen der Sache mit der verschwundenen Modekollektion. Du hast mir damals gesteckt, dass das nur ein Mediengag war. Ich wäre drauf reingefallen.«

»Also?«

»Ich bin über Baumanns Frau in seine Redaktion gekommen. Ich habe mit ihr gemeinsam studiert. Wir sind seither gute Freundinnen.«

»Sie hatte keinen Zusammenbruch?«

»Natürlich ist sie getroffen und entsetzt, wer wäre das nicht, nur … Man hat sie fortgebracht, um sie von den Journalisten abzuschirmen.«

»Hat sie sich mit ihrem Mann gut verstanden?«

»Gut verstanden schon, aber … Das ist es ja, sie hat seit mehr als einem Jahr einen Lover, einen ziemlich bekannten

Schauspieler, und jetzt hat sie die Panik, dass das im Zug der Nachforschungen öffentlich wird.«

»Darüber würde ich kein Wort verlieren. Ich will mit ihr reden, um herauszufinden, welche Verbindungen es zwischen ihrem Mann und Bachmayer und Billy Winter und Capriati gibt.«

Angelika fährt sich durch ihre blonde Mähne. »Die Sache war etwas kompliziert oder auch doch wieder nicht. Baumann hatte nichts gegen das Verhältnis seiner Frau, die beiden hatten sich auseinander gelebt. Aber eine Scheidung wäre nicht gut für sein Image gewesen. Die Frau des Schauspielers hat das alles erst vor einigen Tagen erfahren und läuft seither Amok. Aus irgendeinem Grund hat sie Baumanns Haltung besonders wütend gemacht. So, als hätte er die beiden miteinander verkuppelt. Sie ist – offenbar psychisch etwas labil und sucht bei dem die Schuld, den sie als TV-Star kennt. Meine Freundin meint, sie könnte es gewesen sein, sie könnte ihn umgebracht haben.«

»Hat sie das der Polizei gesagt?«

»Nein, sie möchte ihren Lover schützen. Sie hat Angst, dass er sie verlässt, wenn sie von ihrem Verdacht erzählt.«

Gut möglich. Eine Komplikation mehr also. Aber: »Warum sollte sie die Hand zu uns ins Wirtshaus bringen?«

»Das weiß ich auch nicht. Vielleicht wollte sie ablenken … Aber das ist zu weit hergeholt. Vielleicht hat jemand anderer die Leiche gefunden, die Chance erkannt, deiner Freundin wieder eins auszuwischen, die Hand abgetrennt, sie mitgenommen …«

»Sehr viel Zufall, oder? Warum sollte gerade so jemand die Leiche finden?« Ich stutze. Ich weiß gar nicht, wo die Leiche gefunden worden ist. »In Wien« ist eine ziemlich unpräzise Angabe.

Angelika kann mir auch da weiterhelfen.

»Man hat ihn nach dem Joggen umgebracht. Er ist – er war Frühaufsteher und joggte jeden Tag eine Stunde beim Entlastungsgerinne der Donau. Um halb sieben war er wie immer bei seinem Wagen, er hat etwas abseits geparkt, er wollte seine Ruhe haben und nicht schon in der Früh um Autogramme oder Kochrezepte gebeten werden. Der Mörder muss dort auf ihn gewartet haben.«

Zuckerbrot gibt morgen eine Pressekonferenz, da würde ich die Details ohnehin erfahren, aber ich bin ungeduldig. »Die Mordwaffe?«

»Ein Küchenmesser. Mitten ins Herz.«

Diesmal offenbar keines von Billys Messern, sonst hätten wir es schon erfahren.

»Wäre eine Frau dazu im Stande? Baumann war gesund, ein Sportler, Mitte vierzig.«

»Ich denke, schon. Seine Frau sagt, er hat sich mit dem Laufen in letzter Zeit etwas übernommen. Und wenn die Täterin das Überraschungsmoment nützt …«

Geschickt geplant jedenfalls.

»Wer ist der Schauspieler?«

»Das kann ich dir nicht sagen.«

»Irgendwann stößt die Mordkommission ohnehin auf ihren Liebhaber. So schlecht sind die Typen nicht. Es wäre so wichtig, zu wissen, ob Baumann und Bachmayer vom selben Täter ermordet worden sind.«

Angelika bleibt hart. Sie will mir auch nicht sagen, wo Baumanns Frau untergebracht wurde.

»Und wenn ich sie finde?«

»Dann bist du gut.«

»Hör mal, es geht mir nicht nur um die Story. Lange steht Billy Winter das nicht mehr durch.«

»Trotzdem. Ich hab schon mehr gesagt, als ich irgendjemandem sonst gesagt hätte.«

»Triffst du sie?«

»Spioniere mir ja nicht hinterher.«

»Nein, das meine ich nicht. Wenn du sie triffst, bitte frage sie, ob es irgendwelche Verbindungen zu den anderen Opfern geben könnte.«

»Mach ich. Ich sehe sie noch heute und gebe dir dann Bescheid.«

Als ich ins Wirtshaus zurückkomme, sehe ich zu meiner großen Überraschung Droch im Schankraum sitzen. Er hat einen Teller mit gegrilltem Reh auf Rehragout vor sich, und es scheint ihm ausgezeichnet zu schmecken. Der Großteil der Kriminalberichterstatter ist zum Glück wieder abgezogen.

Droch grinst mich an, als er meinen erstaunten Blick sieht. »Ich habe dich gesucht, aber du warst unterwegs. Also habe ich beschlossen, mich selbst in die Höhle der Löwin zu begeben.«

»Um zu essen?«

»Natürlich, was soll man hier auch sonst tun?«

Jetzt bitte keine blöden Scherze über Menschenfleisch und eiskalte Händchen. Davon habe ich heute schon einen zu viel gehört.

Aber Droch sagt bloß: »Das Lokal bleibt tatsächlich offen?«

»Billy Winter will es so.«

Er zischt anerkennend durch die Zähne. »Mut hat die Kleine.«

Billy hasst es, »die Kleine« genannt zu werden. Ich kann es ihr nicht verdenken.

»Weißt du etwas, was ich noch nicht weiß?«, frage ich.

Droch lächelt. »Was ist das? Ein Gesellschaftsspiel, das ich nicht kenne?«

»Warum bist du gekommen?«

»Ich habe dich in letzter Zeit kaum gesehen, also komme ich dorthin, wo ich dich sicher finde.«

»Du weißt etwas, aber du willst es dir aus der Nase ziehen lassen.«

»Also gut, setz dich zu mir.«

Ich platze fast, weiß aber, dass ich mich beherrschen muss. Viel zu oft muss ich mich in letzter Zeit beherrschen. Irgendwann einmal werde ich so richtig Dampf ablassen, aber wann? Aber wie? Ich setze mich.

»Es könnte sein, dass ich weiß, wo der verschwundene Koch ist. Josef Dvorak heißt er, ist das richtig?«

Jetzt hat er meine volle Aufmerksamkeit. »Ja, richtig. Hat Zuckerbrot ihn …?«

»Das würde er mir nicht sagen, und ich würde es dir nicht sagen. Es war mehr oder weniger ein Zufall und: Vorsicht, ganz sicher können wir uns noch nicht sein.«

»Erzähl!«

»Ich war in Prag bei diesem EU-Gipfeltreffen. Wir haben im Zelta Praha gewohnt, einem großen und recht bequemen Luxuskasten. Das Essen war – na ja, mittelprächtig. Weder so noch so ein Grund, um hinter dem Koch her zu sein. Ich gehe auf mein Zimmer und lese per Zufall in der hoteleigenen Zeitschrift, dass es im Gourmetrestaurant einen neuen Chefkoch gibt: Josef …«

»… Dvorak!«, füge ich aufgeregt hinzu. »Aber es hat doch ein Amtshilfeersuchen gegeben …«

»Nicht Dvorak, sondern Wondra. Dass sich die tschechische Kriminalpolizei sehr anstrengt, um einen abgängigen Koch zu finden, wage ich zu bezweifeln. Sie haben wahrscheinlich die Melderegister durchgesehen, in Krankenhäusern und bei der Sozialversicherung nachgefragt, und das war es dann.«

– 224 –

Meine Hoffnung sinkt. »Warum kommst du von Wondra auf Dvorak?«

»Er hat bei Manninger gekocht. So steht es zumindest in der Hotelzeitung.«

»Hast du ein Bild von ihm gesehen?«

Droch kramt in seiner Jackentasche. Er legt mir den Artikel der Hotelzeitung vor, neben dem Text ist das Foto eines schmalen männlichen Wesens mit Kochmütze. Es ist verschwommen, und der Druck ist so schlecht, dass man darauf kaum mehr als die Umrisse ausnehmen kann. Es könnte Peppi sein. Es könnte aber auch irgendein anderer sein.

Ich hole Billy, sie sieht das genau wie ich. Wir geben das Foto rundum, Mahmet meint, dass es sicher Peppi sei, kann aber auch nicht sagen, woran er das erkennt. Die anderen zweifeln wie wir. Droch bestellt den großen gemischten Nachspeisenteller.

Ich sehe auf die Uhr. Es ist halb fünf am Nachmittag. Bis Prag braucht man drei, vier Stunden. Es gibt einen einzigen Weg, um herauszufinden, ob Josef Wondra tatsächlich Peppi Dvorak ist.

Vesna will mich begleiten. »Serbokroatisch und Tschechisch sind verwandte Sprachen«, erklärt sie. »Außerdem ist es besser, wenn Peppi jemand fragt, den er nicht kennt. Nicht, dass er glaubt, man möchte ihn zurückholen.«

Billy gibt uns ein Foto mit, auf dem sie und Peppi zu sehen sind.

– 225 –

12.

Wir fahren Richtung Norden, Staatsgrenze, Brunn, Autobahn Richtung Prag. Es ist noch immer heiß, die tschechische Landschaft wirkt wie ausgebleicht.

Das Zelta Praha liegt in der Stadtmitte, wir kommen nur langsam voran, verirren uns zweimal, dann sehen wir das imposante Hotel vor uns. Ein Gründerzeitbau, wuchtig und auf Wirkung bedacht. Es kann noch nicht lange her sein, dass die Fassade renoviert worden ist. Sie strahlt in hellem Gelb. Vor dem Portal wehen die Fahnen der größeren europäischen Länder, der USA und Japans. Die von Österreich ist nicht darunter. Ich bin keine extreme Patriotin, also macht es mir nichts aus, es amüsiert mich eher, und ich stelle mir vor, wie ein paar aufgeplusterte Politiker daraus eine Hof- und Staatsaffäre machen. Von wegen gute Nachbarschaft und so weiter.

Es ist Zeit fürs Abendessen. Hoffentlich sind im so genannten Gourmetrestaurant noch Plätze frei. Vesna und ich werden getrennt essen.

Der Portier nickt, als ich ihn auf Englisch frage, wo man hier parken könne. Er winkt einem Pagen und deutet uns auszusteigen. Der Page werde sich um unseren Wagen kümmern. Manchmal hätte ich gerne ein Auto, das mehr hermacht als ein kleiner Fiat. Aber für den Alltagsgebrauch reicht er mir, er ist spritzig, braucht nicht viel Platz und kostet wenig.

Alltag. Ob es so etwas für mich wieder geben wird? Vielleicht sogar Alltag mit Oskar? Ich stelle mir vor, wie wir einander ruhig und satt und stumm gegenübersitzen. In zehn Jahren, in zwanzig Jahren. Unsinn. Wir haben einander etwas zu sagen. Zumindest bis jetzt. Und so phlegmatisch ist Oskar gar nicht.

»Ich sollte mir elegante Bluse kaufen«, meint Vesna, als wir bei der Hotelboutique vorbeigehen.

»Dein schwarzes T-Shirt ist in Ordnung. Understatement, Frau Fürstin.«

Sie kichert. »Kann ich mir sowieso nicht leisten, Klamotten aus teurer Hotelboutique.«

Besonders festlich bin ich auch nicht gekleidet, aber wenigstens habe ich auf dem Rücksitz meine alte Lederjacke gefunden, die zur Not als ausgeflippt-schick durchgehen kann.

Im Waschraum beim Hotelfoyer versuchen wir unseren Gesichtern ein wenig mondänen Glanz zu verleihen. Bei mir scheint es nicht viel zu helfen, aber Vesna sieht mit Lidschatten und Lippenstift nicht nur ungewohnt, sondern auch sehr apart aus.

»Ich bin slowenische Geschäftsfrau«, sagt sie, »bosnisch ist nicht gut, da denken Leute immer nur an Krieg und Flüchtlinge. Ich esse und lobe alles sehr und bitte, dass der Chefkoch, den ich in der Zeitung gesehen habe, kommt.«

Ich nicke. Hoffentlich finde ich einen Tisch, an dem mich Peppi nicht sofort entdeckt.

Das Lokal ist klein, das Licht schummrig. Ich zähle ungefähr sechzig Plätze. Weniger als im Apfelbaum. Am Rand des Speisesaales befinden sich Nischen, die noch dazu durch große, etwas verstaubte Palmen geschützt werden. Ich sehe mich suchend um, ein Ober kommt auf mich zu.

»Leider habe ich nicht reservieren können …«, sage ich auf Englisch.

Er macht eine kleine Verbeugung und meint, das sei heute ausnahmsweise kein Problem. Dasselbe, was Billy immer sagt, wenn wir kaum Reservierungen haben.

Ich steuere eine Nische an, er versucht mich an einem Zweiertisch in der Lokalmitte unterzubringen. Ich sehe ihn so traurig wie möglich an. »Ich möchte abseits sein. Bitte.«

Er nickt diskret, als hätte ich ihm eben meine ganze schreckliche Lebensgeschichte erzählt, und weist mir nun einen Nischenplatz zu. Auf seinem Hemd ist ein bräunlicher Fleck. Aber die Manieren: großartig.

Ich blättere in der Speisekarte. Freiwillig würde ich hier nicht essen. Internationaler Einheitsfraß der gehobenen Kategorie. Wenn ich schon Garnelen im Reisring sehe, kommt mir das Gähnen. Die Warterei und das gedämpfte Licht tragen das ihre dazu bei, dass mir meine Müdigkeit bewusst wird. Wie viele Stunden habe ich in den letzten zwei Tagen geschlafen? Besser, erst gar nicht nachzurechnen.

Vesna kommt. Sie trägt kleine Perlenohrringe und sieht in ihrem einfachen schwarzen T-Shirt schick aus. Wie elegant sie gehen kann, wenn sie will. Normalerweise bewegt sie sich elastisch und schnell, jetzt tut sie, als würde sie mit jedem Schritt ihren eigenen Körper genießen. Guter Auftritt. Sie sieht sich vorsichtig um, ich gebe ihr mit der Hand ein Zeichen. Sie nickt beinahe unmerklich und lässt sich einen Tisch in der Mitte des Raumes zuweisen.

Ich höre, wie sie dem Ober etwas auf Serbokroatisch zuflötet. Die Speisekarte legt sie gleich wieder weg. Ich sollte diese verdammte Sprache lernen, es macht mich krank, wenn ich nicht verstehe, was Vesna sagt.

Wir bekommen unser Essen beinahe gleichzeitig. Wir haben vereinbart, nur eine Hauptspeise zu wählen, damit es nicht zu spät wird und weil wir den Chefkoch sonst womöglich verpassen. Peppi hat nie besonders gerne zusammengeräumt. Wenn er jetzt jemanden hat, der diese Arbeit für ihn erledigt, dann ist er sicher bald dahin. Das ist zwar laut Billy schlecht, weil die Qualität leidet, aber Peppi nähme das wohl in Kauf. Wie hat er es geschafft, hier Chefkoch zu werden?

Gut, viel ist nicht los hier, schon möglich, dass das Lokal keinen besonderen Ruf hat. Natürlich hat er bei Manninger und bei Billy einiges gelernt. Aber dass das ausreicht …

Wider Erwarten ist die Seezunge perfekt gebraten. Nur auf der Hautseite, wie es sich gehört. Billy hat uns darauf gedrillt. Vielleicht ist das der erste Hinweis darauf, dass hier tatsächlich Josef Dvorak kocht. Die Sauce allerdings scheint fertig aus dem Tetra Pak zu kommen. Viel zu mehlig, der Wein ist schlecht eingebunden, das kann das Obers auch nicht kaschieren. Die Nudeln sind in der Konsistenz richtig, nur das Rohprodukt scheint noch eher aus realsozialistischer Zeit zu stammen.

Vesna isst lieber Fleisch als Fisch. Sie hat sich offenbar Kalbstournedos bestellt. Jedenfalls scheint mir das aus der Entfernung so. Hohe Fleischstücke, eine riesige Portion, die Nudeln dürften die gleichen sein wie meine. Eines ist klar: Das Lokal ist überteuert. Aber das kommt nicht nur in Prag vor.

Den wenigen anderen Gästen scheint es zu schmecken. Ich höre Russisch und Deutsch. Die sechs Männer am Nebentisch sind wohl zu einem der typischen Geschäftsessen zusammengekommen. Sie sehen aus, als gehörte Kauen zu ihrer Managementausbildung.

Vesna lässt sich Wein nachschenken. Zwei Mal erklärt sie dem Ober offenkundig, wie großartig es schmecke. Er schaut glücklich, wenn auch etwas ungläubig drein. Übertreibe es nicht, Vesna.

Es wird abserviert. Ich lasse mir die Dessertkarte bringen, gebe aber vor, noch etwas Zeit zu brauchen, bevor ich mich entscheide. Dabei habe ich noch einen mörderischen Hunger, anders als die Fleischportion war die Fischportion eher zierlich.

Vesna schmökert genießerisch in ihrer Karte, fragt den Ober dies und das, sieht ihm dann voll ins Gesicht. Jetzt bittet sie ihn, den Chefkoch zu holen. An ihr ist eine Stummfilmschauspielerin verloren gegangen. Der Ober verbeugt sich vor ihr eindeutig tiefer als vor mir und geht ab.

Nächstes Bild im selben Film: Der Chefkoch kommt. Zuerst kann ich ihn wegen des Grünzeugs zwischen mir und dem Rest des Lokals nicht deutlich sehen, als er aber an Vesnas Tisch tritt, ist klar: Hier steht der verschollene Peppi Dvorak. Mühsam halte ich mich zurück und renne nicht hin, um ihn zu fragen, was das alles soll.

Vesna deutet auf den Platz neben sich, der Koch setzt sich. Mit seiner sauberen weißen Uniform und der hohen Mütze sieht er weit eindrucksvoller aus als in Billys Küche. Hier kommandiert ihn niemand, hier ist er der Chef.

Ich nicke wild, Vesna nickt kurz und knapp zurück. Sie stellt ihm lächelnd eine Frage, er will aufspringen. Sie hält ihn mit einer Hand am Unterarm fest. Ich weiß, wie viel Kraft Vesna hat. Sie zischt ihm etwas zu. Er sieht sich gehetzt um und versucht dann souverän dreinzuschauen. Lange gelingt es ihm nicht. Er schüttelt den Kopf, leugnet. Höchste Zeit, dass er auch mich sieht. Aber Vesna hat mir noch kein Zeichen gegeben.

Ich sitze am äußersten Rand der rot gepolsterten Bank. Der Ober beobachtet die beiden mit sorgenvollem Gesicht. Offenbar weiß er nicht, ob er einschreiten soll. Ich winke ihm, will ihn ablenken. Er kommt, und mir fällt nichts Besseres ein, als Schokoladepalatschinken zu bestellen.

Vesna hält Peppi weiter gefangen. Zum Glück scheinen alle anderen im Saal zu sehr mit sich selbst oder ihrem Gegenüber beschäftigt zu sein, um etwas zu bemerken. Es sieht schon eigenartig aus: Eine einfach gekleidete, aber durchaus elegante Frau Anfang vierzig, die einen aufgeregten jungen Koch in voller Montur festhält. Jetzt endlich nickt sie mir zu. Ich gehe durch den Raum, Peppi bleibt der Mund offen, als er mich kommen sieht. Ich nicke schadenfroh und setze mich.

»Was hast du dir dabei gedacht, einfach abzuhauen und hier unter falschem Namen als Chefkoch aufzutreten?«

»Ich bin hier Chefkoch, ich trete nicht auf.«

»Ich kann mir nicht vorstellen, dass die Chefs des Hauses wissen, dass du eigentlich anders heißt.«

»Es ist ein Chef. Privatbesitz. Und der weiß.«

»Warum bist du über Nacht weg? Warum hast du dich nicht gemeldet? Nicht bei deiner Mutter, nicht bei deiner Freundin? Warum der falsche Name?«

Peppis Gesicht wird verschlossen. »Geht dich nichts an.«

»Zuerst hat er gesagt, er ist gar nicht der Peppi vom Apfelbaum«, erklärt Vesna.

»Na gut, das jedenfalls kannst du nicht abstreiten.«

»Ich muss gehen. Ich habe in der Küche …«

»Du hast gar nichts. Wenn du nicht möchtest, dass wir ein riesiges Aufsehen machen, dann beantwortest du jetzt lieber unsere Fragen. Es hat zwei Mordfälle gegeben. Du giltst als verdächtig.«

Er sieht mich an, versucht, schlau dreinzuschauen. »Habe ich gehört. Ich bin nicht verdächtig. Aber Billy ist es.«

»Du hast mit deiner Freundin Kontakt.«

»Kann dir egal sein.«

»Sie hat mich belogen.«

»Und?«

Ich möchte ihn schütteln. Stattdessen versuche ich es auf die weiche Tour. »Peppi, man hat zwei Menschen umgebracht und Billy eine Menge böser Streiche gespielt. Wir waren besorgt, haben Angst gehabt, du könntest auch nicht mehr leben. Wir sagen niemandem, dass du über Nacht verschwunden bist – wenn du mit uns zusammenarbeitest. Bitte. Warum bist du weggegangen?«

Er schüttelt wild den Kopf, und für Augenblicke frage ich mich, wie er seine Kochmütze befestigt hat. Sie schwankt etwas, sitzt aber wie angenagelt.

»Ich weiß, dass du mich zurückholen sollst, weil ich österreichische Gesetze verletzt habe. Verjährt erst in einem halben Jahr, ich hätte wegen Aufenthalts- und Arbeitserlaubnis bleiben müssen.«

Ich bin keine Expertin im Ausländerbeschäftigungsrecht, aber das erscheint mir unsinnig. Unsere Behörden sind bemüht, Ausländer schnell loszuwerden. Dass es für Ausländer eine Verpflichtung gibt, so lange im Land zu bleiben, wie ihre Arbeitsbewilligung gilt, kann ich mir nicht vorstellen.

»Ist eine neue Bestimmung, ich wollte keine Probleme, aber da war das gute Angebot. Also bin ich heimlich gegangen.«

»Und hast Billy im Stich gelassen«, fahre ich auf.

»Sie hat gehabt meine Arbeit, der war ich nichts schuldig, hat mich sehr hart arbeiten lassen, um wenig Geld.«

»Zeig mir einen Gastronomiebetrieb, der gut zahlt.«

»Der hier.«

»Chefköche werden überall besser bezahlt. Wie bist du zu diesem Job gekommen?«

»Über Freund.«

»Und wie heißt der?«

»Soll ich nicht sagen, er will nicht, dass Billy auf ihn sauer ist. Weil man weiß, wie schwer man Köche findet.«

»Wer war es?«

Er schüttelt den Kopf.

Vesna sieht ihn spöttisch an. »Da hast du eine Menge Blödsinn geglaubt. Dir kann man alles einreden, wenn du Vorteil witterst. Ist es so? Hast keine Ahnung, dass dich der Freund in große Schwierigkeiten gebracht hat.«

»Mir geht es gut hier.« Jetzt kommen ihm beinahe die Tränen.

Vesna legt nach: »Österreich und Tschechien arbeiten bei Gericht und Polizei zusammen. Glaubst du, Polizei erzählt deiner Freundin wirklich, wen sie verdächtig finden? Du bist ihre heißeste Spur. Und ich sage auch, warum.«

Er starrt sie an. Ich starre sie auch an. Wenn ihr jetzt nichts Gutes einfällt …

»Zweiter Mord an Baumann, der Fernsehkoch war. Tatwaffe war wie beim ersten Mal ein Messer. Beim ersten Mal waren keine Fingerabdrücke. Beim zweiten Mal – deine.«

Er sieht ungläubig drein. »Woher sie haben Fingerabdrücke von mir?«

Vesna lacht spöttisch. Sie ist wirklich die geborene Lügnerin.

»Da gibt es eine Menge Gegenstände, die nur du berührt hast. Fingerabdrücke haben sie gleich ganz am Anfang genommen. Im Zimmer, in dem du geschlafen hast. Außerdem auch im Apfelbaum, zum Beispiel von den ›Playboy‹-Heften, die du im Hinterzimmer hinter Kochbüchern versteckt hast.«

»Die waren schon von Koch vorher. Wie sollen am Messer meine Fingerabdrücke sein? War ich schon lange weg. Habe ich Alibi.«

Ich schüttle den Kopf. »Er ist ganz zeitig in der Früh erstochen worden. Du hättest in der Nacht über die Grenze fahren können und wärst spätestens um zehn wieder in der Küche gewesen.«

Ich sehe, wie er nachrechnet. Gut so.

Jetzt steht eindeutig Angst in seinen Augen. »Warum hätte ich das machen sollen?«

– 233 –

»Warum hättest du fliehen und einen falschen Namen annehmen sollen? Sag uns den Grund, sag uns, wer dir diese Stelle vermittelt hat, dann lassen wir dich in Ruhe.«

»Sonst«, fügt Vesna hinzu, »müssen wir sofort Polizei informieren.«

»Er hat mir nur helfen wollen, weil ich guter Koch bin. Aber wollte keinen Ärger mit Billy. Sie kann Ärger machen, das weiß ich.«

»Du hast viel bei ihr gelernt – oder doch nicht so viel, wenn ich an das heutige Essen denke. Aber das ist nicht ihre Schuld.«

»Was war mit dem Essen?«, braust er auf.

Vesna sieht mich wütend an und verdreht die Augen.

»Vergiss es. Wie bist du zu dem Job gekommen? Letzte Möglichkeit, sonst gehen wir und verständigen die Kriminalpolizei.«

»Ich habe ihn zufällig getroffen in Lokal.«

»Bei uns?«

»Nein, nach Arbeit.«

»Im Rosa Flieder?«

»In was? Kenne ich nicht. Nein, an Tankstelle bei der Hauptstraße. Die hat die Nacht lang offen, man bekommt Wein und Bier. Da war ich ab und zu nach Arbeit. Er war sehr freundlich, hat gesagt, er weiß, wie schwer es ist, mit Billy arbeiten. Sie kann ja nett sein, aber streng und undankbar. Ich verdiene mehr. Was Besseres.«

»Wer ist ›er‹?«

»Hat vorher Lokal geleitet. Kennt sie gut.«

Manninger. Warum? Vesna ist ebenso überrascht wie ich. Wer weiß, was vorgefallen ist, als sich Manninger und Billy getrennt haben. Billy hat das Ganze als dumme Liebelei zwischen Kollegen abgetan, aber die Sache scheint sie doch getroffen zu haben. Wie war das bei Manninger?

»Warum hat er dann Billy das Lokal gegeben?«, fragt mich Vesna.

»Hat er nicht freiwillig, sie hat sich vorgedrängt, hat ihn schlecht gemacht«, antwortet Peppi.

So ein Unsinn. Aber wer weiß, ob Manninger zur Mordzeit tatsächlich in den USA war? Höchste Zeit, Aug in Aug mit ihm zu reden. Vielleicht ist es auch besser, gleich Zuckerbrot zu verständigen. Billy hat versprochen, sich immer in der Nähe von Hans-Peter, Mahmet oder später am Abend bei Daniel aufzuhalten. Trotzdem mache ich mir Sorgen. Die Anschläge waren alle gut geplant. Mise en place auf einer anderen Ebene, perfekte Vorbereitung erleichtert die Arbeit. Ich lache böse auf.

Oder hat er nichts anderes getan, als Peppi diesen Job verschafft? Jemandem den Koch abspenstig zu machen ist in Zeiten wie diesen schlimm genug.

»Wie hat sie ihn schlecht gemacht?«

»Hat von Trunksucht erzählt. Dabei trinkt er nur hin und wieder, hat er gesagt. Und er hat Billy alles gelernt, was sie kann.«

Na, da hat er wohl etwas übertrieben. Außerdem: Alkoholprobleme und Manninger! Da passt schon wieder etwas nicht. Ich sehe Peppi wütend an: »Du lügst! Manninger trinkt keinen Tropfen Alkohol. Immer nur gespritzten Apfelsaft. Seine Kollegen haben ihn deswegen ausgelacht.«

Peppi ist irritiert. »Wieso Manninger? Heißt nicht so, heißt Demetz.«

Vesna und mir bleibt der Mund offen. »Demetz? Der ehemalige Chefkoch vom Royal Grand?«

»Er hat mir erzählt, wie sie ihm Probleme gebracht hat. Er hat gesagt, mir soll das nicht passieren, ich bin gut, soll bessere Arbeit haben. Aber wegen Arbeitserlaubnis ist in Österreich nichts gegangen, wäre ich gerne geblieben. Demetz hat

– 235 –

Freund, das ist der Besitzer hier vom Zelta Praha. Sie haben früher gemeinsam gekocht oder so. Der hat für das Gourmetlokal einen Chefkoch gesucht. Damit ich keine Probleme bekomme, hat Demetz gesagt, soll ich ganz still gehen. Freundin hat das verstanden, sie besucht mich manchmal. Mutter ist stolz auf mich. Ich verdiene mehr als im Apfelbaum. Nicht viel mehr, aber für Tschechien ist es sehr viel.«

Wir versuchen ihn auszuhorchen, warum Demetz das getan hat und ob er für ihn auch einige der »Streiche« ausgeführt hat. Peppi bleibt dabei: Demetz hat Billy eben gut gekannt und wollte ihm helfen. Zum Schluss gibt er zu, dass er es war, der Salz und Zucker vermischt hat. Aber mit den anderen Dingen habe er nichts zu tun, nie würde er so was machen.

»Demetz hat gesagt, Billy haltet alle für dumm. Wenn man Salz und Zucker vermischt, dann glaubt sie auch, das fallt mir nicht auf. Ich soll es nur probieren, dann werde ich sehen. Sie glaubt, dass nur sie gut ist.«

»Und du hast das dann einfach getan?«

»Weil sie mich immer kommandiert hat. Weil ich sehen wollte, ob … Demetz hat gesagt, das ist wie ein Test, ob ich gehen soll.«

»Was sollte sie denn glauben? Immerhin hast du tatsächlich so getan, als würdest du nicht bemerken, dass Salz und Zucker vermischt sind. Hätte sie lieber glauben sollen, du fällst ihr absichtlich in den Rücken?«

Sein Gesicht verschließt sich wieder.

»Wenn du sonst noch etwas angestellt hast, jetzt hast du die Möglichkeit, es zu sagen«, fauche ich ihn an. »So oder so – es kommt heraus!«

»Gibt es nicht mehr zu sagen. Und was ich tue, ist in Ordnung. Wondra heißt meine Mutter, kann ich mich auch so nennen. Kann mir niemand etwas tun.«

»Wie wäre es mit zweifachem Mord? Mit schwerer Körperverletzung? Hausfriedensbruch? Sachbeschädigung? Rufschädigung?«

»Habe ich nichts zu tun damit. Bin ich Chefkoch hier.«

Jetzt sieht er richtig selbstgefällig drein. Trotzdem, aus irgendeinem Grund glaube ich dem Einfaltspinsel.

»Beim nächsten Mal machst du die Weißweinsauce gefälligst so, wie du es gelernt hast. Nicht weiße Sauce aus dem Tetra Pak, gemischt mit etwas Wein und Schlagobers. Pfui Teufel!«

»Die Sauce war ...«

»... Scheiße!« Ich stutze. »Apropos Scheiße: Was hat Demetz gegen Capriati?«

Er sieht mich mit großen Augen an, als hätte ich chinesisch mit ihm geredet.

Ich stehe auf, Vesna ebenfalls. »Ich habe Essen nicht so schlecht gefunden«, sagt sie. »Man bleibt in Kontakt.«

Josef Dvorak bleibt am Tisch stehen und sieht aus wie einer dieser scheußlichen lebensgroßen Köche aus Plastik, die man hin und wieder vor Lokalen sieht.

Wir zahlen am Ausgang. Der Ober ist zu höflich, um zu fragen, was vorgefallen ist. Aber er platzt fast vor Neugier.

»Der Dame hat Essen nicht besonders geschmeckt«, sagt Vesna und deutet auf mich.

Nichts wie weg.

Wir kurven durch Prag zurück auf die Autobahn und kündigen via Mobiltelefon an, Neuigkeiten zu haben. Genaueres will ich nicht sagen, vielleicht werde ich, was Mobiltelefone angeht, schon langsam neurotisch. Wenn alles gut geht, sind wir zwischen eins und zwei im Apfelbaum. Billy verspricht zu warten.

Wir sind viel zu aufgekratzt, um unsere Müdigkeit zu spüren. Demetz, der sich an Billy rächen will, weil sie ihn als Küchenchefin ablösen sollte. Jemandem den Koch auszuspannen ist wirklich böse. Aber sind ihm die anderen Dinge auch zuzutrauen? Er war ein guter Koch und ein hervorragender Organisator, hat Billy gesagt. Aber jetzt ist er in erster Linie alkoholkrank. Wohl kein Zustand, in dem man präzise planen kann. In welcher Beziehung stand er zu Bachmayer? In welcher zu Baumann?

Bachmayer hat das Lokal verrissen, in dem Demetz jetzt Chefkoch ist. Aber Bachmayer hat bald einmal jemanden verrissen, der keine Inserate zahlen wollte. Das wissen wir inzwischen. Ob er Baumann gekannt hat? Vielleicht haben die beiden früher einmal gemeinsam gekocht. Aber Baumann war gut zehn Jahre jünger. Demetz war ein Star, als Baumann noch ein Niemand war. Groß geworden ist er erst in den deutschen Fernsehstudios.

Daniel hat erzählt, dass sich nicht nur er, sondern auch Demetz und eine Reihe anderer als Fernsehkoch beworben haben. Aber auch das ergibt noch kein Mordmotiv. Vesna stimmt mir zu.

Ich überlege weiter. »Was ist, wenn Demetz das eine gemacht hat und Manninger das andere? Böse Streiche von Demetz und ganz Böses von Manninger? Warum ist er so plötzlich nach New York? Da erbt er den Apfelbaum, lässt das Luxusrestaurant in Wien dafür sausen, und nicht einmal zwei Jahre später verschwindet er. Klingt seltsam. Vielleicht hat Billy Manninger sehr gekränkt.«

»Und Bachmayer? Und Baumann? So sehr, dass er mordet? Ich weiß nicht.« Vesna sieht mich zweifelnd an.

»Bachmayer hat Manninger im Apfelbaum nur mehr einen Stern gegeben. Und lauwarme Kritik. Die halten Stars am wenigsten aus. Als Erstes sehen wir uns Bachmayers Kritiken durch. Billy hat alle ›Fine-Food‹-Ausgaben auf einem Stapel im Hinterzimmer. Morgen checken wir, wer sich damals alles

– 238 –

als Fernsehkoch beworben hat. Außerdem müssen wir ganz rasch mit Demetz reden.«

»Und Zuckerbrot? Du sagst ihm nichts?«

»Ich will Demetz nicht aufschrecken. Natürlich sage ich Zuckerbrot, dass wir Peppi gefunden haben. Aber erst etwas später. Pech, wenn seine Kollegen von der tschechischen Polizei schlampig arbeiten.«

»Was wirst du Demetz fragen?«

»Ich werde ihn fragen, was er von Billy Winter hält.«

13.

Billy kann weder an Demetz noch an Manninger als Täter glauben. Es ist schon einiger Aufwand nötig, ihr begreiflich zu machen, dass tatsächlich ihr früherer Chef Peppi nach Tschechien verschwinden hat lassen.

Sie schüttelt den Kopf. »Ich weiß, dass er zum Schluss nicht gut auf mich zu sprechen war, klar. Ich habe fast alle seine Dienste übernommen, wenn er wieder betrunken war. Es war ein offenes Geheimnis, dass mich der Regionalmanager als Küchenchefin haben wollte. Aber dass er so etwas tut ... Vielleicht wollte er Peppi wirklich nur helfen und hat Angst gehabt, dass ich sauer sein würde?«

Ich schüttle mitleidig den Kopf. »Ist völlig unlogisch. Warum dann die Aktion mit Salz und Zucker? Und: Glaubst du wirklich, dass er Peppi einfach so an einer Tankstelle an der Hauptstraße trifft? Was hätte er in dieser Gegend zu tun gehabt?«

»Zufall?«, fragt Billy.

Daniel hat den Arm um sie gelegt.

Wir sehen im »Fine Food« nach, was Bachmayer über Demetz geschrieben hat. Es ist verheerend, noch viel schlimmer als sein Apfelbaum-Verriss. »Deswegen bringe ich ihn trotzdem nicht um«, murmelte Billy.

Da ist schon etwas dran. Hätten alle von seiner Kritik Betroffenen so reagiert, Bachmayer wäre schon oft gestorben.

Ich muss mit Baumanns Frau reden. Vielleicht gibt es eine Verbindung, von der wir nichts wissen. Und was Daniel angeht …

»Wir haben einmal gestritten, auf offener Bühne, das war alles. Das passiert schnell einmal.«

Ich frage ihn nach seinem Kontakt mit Manninger.

»Mit dem hatte ich auch nicht viel mehr zu tun. Er wollte vor einigen Jahren, dass ich in seinem Lokal arbeite. Ein großartiges Angebot, klar, aber ich habe schon einen Job in Paris gehabt. Was er gemacht hat, habe ich bereits gekannt. Ich wollte anderswo etwas Neues kennen lernen.«

»Wie hat er reagiert?«

»Etwas gekränkt, er ist eben eitel wie die meisten von uns. Aber das war's. Ich meine … Er hat immer als etwas verrückt gegolten.«

Billy schaut ihn beinahe böse an. »Weil für viele alles verrückt ist, was anders ist. Er war eben immer – kreativ. Ein Künstler. Aber vom klassischen Handwerk versteht er auch eine Menge.«

Jedenfalls möchte ich mit ihm, sobald es geht, reden. Nicht über das Telefon, sondern persönlich. Durch die Leitung dringen keine Zwischentöne. Ich bitte Billy, ihn anzurufen und zu fragen, ob er nicht doch kommen kann. Zuerst will sie nicht, dann aber stimmt sie zu. »Schon, damit ihr seht, wie falsch ihr liegt.«

Wäre ja auch etwas, einen Verdächtigen ausschließen zu können.

Samstag. Üblicherweise ein Tag, an dem ich mich genüsslich noch einmal im Bett umdrehe. Wenn ich nicht gerade an einer Reportage arbeite. Oder wenn ich nicht dringend einen versoffenen ehemaligen Kochstar treffen muss. Ich sehe auf die Uhr, stelle fest, dass es schon zehn ist. Das heißt, ich habe immerhin sechs Stunden geschlafen. Das ist deutlich mehr als in den letzten Tagen.

Jeder in Wien kennt das Zwei Tauben. Vor Jahrzehnten war es eines der renommiertesten Lokale der Stadt. Was davon blieb, ist eine gehobene Touristenfalle. Es liegt in der Inneren Stadt, ganz zentral, gleich hinter dem Stephansdom. Die Fassade des Restaurants sieht aus, als hätte ein Architekt im Mittelalter einen Albtraum gehabt. Tatsächlich stammt sie aber wohl aus diesem Jahrhundert. Alles ist dunkel, die Fenster sind klein, viel Holz soll vortäuschen, dass wir uns irgendwo in den Alpen befinden. Das Wirtshausschild baumelt gefährlich nah über den Köpfen der Passanten, es ist aus Gusseisen und zeigt zwei Tauben, die sicher nicht fliegen können.

Ich trete ein. Der Geruch von altem Fett liegt in der Luft. Ich atme flacher.

Vier Japaner sitzen mit aufrechtem Oberkörper an einem der Tische mit steifen blauen Damasttischdecken und scheinen unsicher zu sein, ob sie hier wirklich essen möchten. Eine Kellnerin mit weißer Bluse, schwarzem Rock und einem weißen Schürzchen bringt überdimensionale Speisekarten. Rotes Leder, wahrscheinlich Kunstleder, soll vortäuschen, dass einen hier feudale Genüsse erwarten.

Ich bleibe stehen und suche Blickkontakt mit der Kellnerin. Sie weiß ihn geschickt zu vermeiden und verschwindet wieder. Ich sehe mich um, gehe in den nächsten Raum. Er ist mit zahlreichen Geweihen geschmückt. Wohl das Jagdzimmer.

»Kann ich Ihnen helfen?«

Ich drehe mich um. Die Kellnerin sieht mich misstrauisch an. Aus der Nähe wirkt sie deutlich jünger. Sie kann noch keine zwanzig sein.

»Ist Herr Demetz da?«

»Warum?«

»Ich möchte mit ihm sprechen.«

»Ich weiß nicht … Das muss ich die Chefin fragen.«

Seltsam.

Ich warte und bleibe allein unter den Geweihen. Von weitem höre ich aufgebrachte Stimmen, kann die Worte aber nicht verstehen. Im Gang höre ich, wie eine Männerstimme brüllt: »Ich denke nicht daran, nur über meine Leiche!« Nicht schon wieder eine Leiche bitte, ich schleiche mich an die Streitenden heran, komme an den Toiletten vorbei zum Wirtschaftstrakt. In einem Gang, der offenbar zur Küche führt, steht ein älterer Koch, es muss Demetz sein, und eine rund sechzigjährige, üppige Frau. Sie trägt einen jener unsäglichen klein gemusterten Zweiteiler, die nie modern gewesen sind.

Der Kopf des Koches ist hochrot. Sein Vis-a-vis, offenbar die Chefin, zischt böse zurück: »Sie haben hier nichts zu bestimmen, dass das klar ist. Sie haben zu kochen.«

»Wer bei mir isst, muss zahlen! Es kommt gar nicht infrage, dass jemand bei Demetz isst und nicht zahlt, nur damit vielleicht ein paar freundliche Zeilen abfallen! Das hab ich nie getan, das hab ich nicht nötig!«

»Die Kritiker werden nicht zahlen. Wenn Ihnen das nicht passt, dann können Sie ja gehen!«

»Das tue ich! Dann werden Sie nicht mehr so präpotent dreinschauen! Sie haben doch keine Ahnung! Ich, der große Demetz, international ausgezeichnet mit Preisen, die Sie nicht einmal kennen, werde für ein paar Provinzkritiker gratis aufkochen! Niemals!«

Die Chefin lacht böse auf. »Bin gespannt, wer einen Alkoholiker wie Sie einstellen wird.«

Demetz holt aus, als ob er die Frau schlagen wollte, sie weicht keinen Millimeter zurück. Er nimmt einen Teller von

– 243 –

einem Wandregal, knallt ihn auf den Boden. Der Teller zerspringt mit lautem Knall.

»Das wird Ihnen vom Gehalt abgezogen. Sie machen hier sauber und dann ab in die Küche.«

Demetz sieht auf die Scherben. Ist es Wut? Ist es Verzweiflung? Die Chefin dreht sich abrupt um und rauscht in meine Richtung, gerade noch kann ich in die Toilette flüchten. Sieht so aus, als ob Demetz soeben gekündigt hätte.

Ich gehe langsam Richtung Ausgang. Nun sitzen außer den Japanern noch zwei Männer im Raum. Vielleicht sind sie die Kritiker, um die es im Streit gegangen ist. Ich kenne sie jedenfalls nicht. Ehe ich mir noch ein paar Theorien zusammenreimen kann, kommt die Chefin auf mich zu.

Mit schmalen Lippen und einem noch schmaleren Lächeln fragt sie: »Warum wollen Sie mit unserem Küchenchef reden?«

»Privat.«

Das war falsch. Ihre Lippen werden zum Strich. »Dann warten Sie bitte, bis er Dienstschluss hat.«

Ich lächle sie an. »Schade, vielleicht hätte ich Ihr Restaurant doch auch erwähnt. Ich arbeite an einem Porträt über ihn. Fürs ›Magazin‹.«

Sie würde schon nicht nachfragen. Hoffentlich.

Auch sie verzieht den Mund nach oben. »Hätten Sie das doch gleich gesagt ... Natürlich werde ich ihn holen. Sollte er momentan keine Zeit haben, führe ich Sie inzwischen durch unser Lokal. Es ist von historischer Bedeutung, wie Sie sicher wissen.«

Ich stehe gut fünf Minuten herum und betrachte ein Bild, auf dem ein naturalistischer Sonnenuntergang in den Bergen zu sehen ist, glaube nicht daran, dass sie Demetz dazu bewegen kann, zu kommen.

»Sie wollten mich sprechen?«

Ich fahre herum.

Demetz trägt noch immer Pepitahosen und eine Kochbluse. Sein Gesicht wirkt, als wäre es dem heißen Fett zu nahe gekommen. Er bewegt sich langsam, so als wolle er den Kontakt mit mir noch hinauszögern, aber man merkt die Spannkraft in seinen Schritten. Er sieht mich misstrauisch an.

Ich gebe ihm die Hand und lächle.

»Sie wollen – ein Porträt über mich machen?«

»Setzen wir uns?« Ich warte nicht, sondern setze mich an den Tisch in der Ecke des Lokals, die am weitesten von allen Türen entfernt ist. Die Chefin muss nicht alles mithören. Ich bin zu müde, um allzu große Abschweifungen zu machen, also sage ich: »Ich habe über Sie schon eine Menge Material gesammelt, es gibt ja genug. Es werden auch einige andere Spitzenköche und -köchinnen in meiner Story vorkommen. Mir geht es auch um den Zusammenhalt in der Branche. Um die Frage, ob die Besten immer Einzelkämpfer sein müssen.«

Er nickt.

»Wie stehen Sie zum Beispiel zu Daniel Capriati?«

Er versucht einen spöttischen Gesichtsausdruck, doch seine grauen Augen schwimmen im Wasser. »Das ist eben einer von den Jungen. Nicht viel dahinter. Ein Blender mit einem netten Gesicht.«

»Zwei Sterne.«

»Sie glauben doch nicht im Ernst, dass die nach Leistung vergeben werden. Nein, über ihn zahlt es sich gar nicht aus zu reden.«

Das klingt nicht eben nach massivem Hass und Hundekotaktionen. Ich lege ein Schäuflein nach.

»Ich glaube – korrigieren Sie mich, wenn ich mich irre –, die Zwei Tauben haben keinen Stern bekommen.«

Er sieht mich mit zusammengekniffenen Augen an. »Weil wir keinen Wert darauf legen. Wir brauchen das nicht.«

»Das Royal Grand war immer prämiert. Liegt es vielleicht am Lokal?«

»Meine Dame, das interessiert mich nicht, wenn Sie mich nichts anderes fragen wollen, dann gehen Sie besser. Ich habe zu tun.«

Bevor er aufspringen kann, frage ich: »Was halten Sie von Billy Winter?«

»Als Köchin oder als Mörderin?«

»Sie glauben wirklich …?«

»Es passt vieles, aber das geht mich nichts an. Das ist Sache der Polizei. Nicht, dass ich noch an die Polizei glauben würde, aber … Als Köchin hat sie sich wohl selbst erledigt.«

»Sie war jahrelang Souschefin unter Ihnen. Sie muss eine Menge gelernt haben.«

»Sie hat eine Menge vergessen, auch, dass sie mir für vieles dankbar zu sein hätte. Oft genug wollte sie die Geschäftsführung hinauswerfen, ich habe mich für sie eingesetzt. Aus Mitleid. Den Manninger hat sie mit ihrer üblichen Masche herumgekriegt. Kleinmädchengetue und ein bisschen Sex. Na ja.«

Ich schlucke diese abenteuerliche Beschreibung von Billy. »Sie sollte Ihre Nachfolgerin werden.«

Er kommt näher, sein Atem riecht nach Bier und Pfefferminze. »Ist sie es geworden? Nein. Sie hat mich bei allen lächerlich gemacht, angeschwärzt, Lügen über mich erzählt. Fast hätte es geklappt, aber nur fast. Diese Form der Undankbarkeit …«

»Wahrscheinlich haben Sie deswegen ihren Koch nach Prag vermittelt.«

Er springt auf. »Wer sagt das?«

»Josef Dvorak. Oder Josef Wondra. Wie Sie lieber wollen. Er sagt, Sie wollten ihm helfen, von Billy Winter wegzukommen. Sie haben ihm geraten, lieber ganz heimlich zu verschwinden. Gut, wenn Billy Winter so ist, wie Sie sagen, dann kann ich ...«

»So ein Unsinn.« Er drückt meinen Oberarm, der Griff tut weh. »Wahr ist, dass ich ihm helfen wollte, aber man wirbt keine Köche ab. Ich weiß noch, was sich gehört. Also habe ich ihm gesagt, dass ich keinen Ärger mit Billy Winter will, womöglich würde sie es gar für einen Revancheakt halten. Ich habe ihm nicht ›geraten‹, über Nacht zu verschwinden, sondern habe ihn zu überreden versucht, trotzdem zu bleiben.«

»Warum nennt er sich Josef Wondra?«

»Woher soll ich das wissen? Hinter welcher Geschichte sind Sie übrigens her? Das sieht mir nicht nach einem Porträt über mich aus, Sie sind wohl eine dieser Sensationsjournalistinnen.«

»Sie haben ihm angeschafft, Salz und Zucker zu vermischen.«

»Sie sind ja nicht ganz richtig im Kopf.«

Ich sehe mich nach Tellern um, aber es sind keine in seiner Reichweite. »Josef Dvorak hat es mir erzählt. Vor einer Zeugin. Gestern Abend in Prag im Zelta Praha.«

»Er lügt. Warum hätte ich im Apfelbaum Salz und Zucker vermischen lassen sollen? Das ist lächerlich.«

»Ich habe nicht gesagt, dass es im Apfelbaum geschehen ist.«

Für einen Moment stutzt er. »Wir haben über Billy Winter geredet. Also wo sonst? Außerdem hab ich davon gehört. Die will bloß von ihrer Inkompetenz ablenken, glauben Sie mir. Mitleidsmasche. Damit ist sie schon öfter gut gefahren.«

»Kollegen bezeichnen sie als tüchtig.«

»Welche Kollegen? Die, mit denen sie im Bett war?«

Billy Winter als Köche fressender Vamp, fast muss ich lachen.

»Wie erklären Sie sich die Morde an Bachmayer und an Baumann?«

»Fragen Sie Billy Winter. Hat man nicht bei ihr das Messer gefunden?«

»Aber warum hätte sie …?«

»Bachmayer hat sie verrissen. Wenn Sie so gut vorbereitet sind, wie Sie tun, dann werden Sie das ja wissen. Die Frau ist krankhaft ehrgeizig. Und Baumann: Sie war neidisch auf seinen Erfolg. Wahrscheinlich wollte sie selbst Fernsehköchin werden, das würde ihr ähnlich sehen. Außerdem kann ich mir gut vorstellen, dass er sie mit seiner Falschheit gereizt hat, dieser Lieblingsschwiegersohn der Nation. Hat sich schon die Fernsehkarriere erschlichen, wer weiß, was sonst noch.«

»Falschheit?«

»Wie würden Sie das nennen, wenn jemand Gerüchte in die Welt setzt, Unwahrheiten verbreitet?«

»Über Sie?«

»Warum über mich?«

»Und meinen Sie, Billy Winter hat auch mit den Vorfällen im Offen zu tun?«

»Allein dieser blödsinnige Name sagt alles. Blanke Effekthascherei. Kein Handwerk mehr dahinter. Was weiß ich, ob sie damit zu tun hat. Ich glaube sofort, dass dieser Capriati salmonellenverseuchte Hühner hatte.«

»Die beiden scheinen sich sehr gut zu verstehen.«

»Das passt. Vor Urzeiten hat er bei mir ein Praktikum gemacht, alle sind sie durch meine Hände gegangen. Jetzt kennt er mich nicht mehr. Glaubt sogar, mich schulmeistern zu können.«

»Es hat ein Wettkochen gegeben.«

»Ein Schaukochen! Es war peinlich, wie er sich lächerlich gemacht hat. Mehr will ich dazu gar nicht sagen.«

Der Oberarm tut mir weh, Demetz hält ihn noch immer umklammert. Sein Griff ist so fest, er könnte mich mit einer Hand erwürgen.

»Gibt es eigentlich auch Kollegen, die Sie mögen?«

»Natürlich. Aber es stimmt schon, was Sie gesagt haben: Ganz oben ist man allein.«

So habe ich das zwar nicht gesagt, aber ich nicke. »Wenn Ihnen noch etwas zu Winter, Capriati oder anderen Kollegen einfällt, dann lassen Sie es mich bitte wissen.« Ich versuche aufzustehen. Er drückt mich wieder nieder.

»Hören Sie, was ich über die erzählt habe, haben Sie nicht von mir. Jedes Wort ist wahr, aber zitieren dürfen Sie mich nicht.«

»Geht in Ordnung.«

»Ich muss Ihnen noch eine Speisekarte mitgeben, wenn Sie ein Porträt machen … Brauchen Sie nicht mehr Informationen? Kochrezepte?« Jetzt bettelt er fast.

Ich sehe zu, wie er ungeduldig die Blätter einer Speisekarte aus den Klarsichthüllen zieht. Seine Bewegungen wirken fahrig.

»Fürs Erste reicht das. Ich melde mich.«

Er hat sich wieder gefangen. »Ich muss in die Küche. Unsere verdammte Küchenhilfe hat gekündigt. Die vierte in diesem Jahr. Die Jungen halten nichts mehr aus.«

Wo habe ich das schon gehört? Ach ja, im Rosa Flieder. Von einem anderen Veteranen der Kochkunst. Demetz hat also vor zu bleiben. Ob er die Scherben schon aufgekehrt hat?

Ich überlege, ob ich Frau Flieder von dem Streit und meinem anschließenden Gespräch mit Demetz erzählen soll. Ihre Einschätzung hätte mich interessiert. Aber ich kann mir nicht vorstellen, dass sie irgendjemandem gegenüber den Mund halten kann. Noch viel weniger, wenn ihr ein Stammgast gegenübersitzt. Also beschließe ich, ihr bloß ein paar gezielte Fragen zu stellen.

Diesmal ist die Tür zur Bar geschlossen, ich drücke dagegen. Sie ist auch versperrt. Pech gehabt, Mira. Offiziell ist erst ab fünf Uhr am Nachmittag geöffnet. Ich bin auf dem Weg zurück zu meinem Auto, als ich Frau Flieder die Straße heraufkommen sehe. Sie hat scharfe Augen, erkennt mich und winkt schon von weitem. Diesmal trägt sie ein hellblaues Kostüm, Pastellfarben scheint sie zu schätzen. Ihr Mund ist sorgfältig rosa geschminkt, sie wirkt dadurch etwas halbseiden, und ich beginne mich zu fragen, womit sie das Lokal und die Wohnung darüber finanziert hat.

»Ich wollte Sie besuchen«, sage ich.

»Neuigkeiten?«

»Nein. Zum Glück, muss man inzwischen schon sagen. Aber ein paar Fragen hätte ich.«

»Kommen Sie mit, ich mache uns einen türkischen Kaffee. Mögen Sie so etwas?«

Ich nicke.

Während sie auf einer Herdplatte hinter der Bar den Kaffee braut, frage ich: »Wie sind Sie eigentlich zu diesem Lokal und der Wohnung gekommen?«

»Womit ich das bezahlt habe, meinen Sie? Sind Sie gekommen, um mich das zu fragen?«

»Ist mir nur so eingefallen.«

»Ganz einfach. Ich habe nie Geld ausgegeben. Ich war Buchhalterin, dann sogar Oberbuchhalterin. Ich verstehe etwas vom Geld. Ich habe es gut angelegt, und als mein Mann gestorben ist, gut investiert. Vor rund zehn Jahren. Ich war immer schon ein Nachtmensch. Sich mit Zahlen auszukennen kann in meinem Geschäft wirklich nicht schaden.«

Ich grinse vor mich hin. Da habe ich wieder einmal jemanden ziemlich falsch eingeschätzt.

»Halten Sie Billy Winter für extrem ehrgeizig?«

»Was für eine Frage«, murmelt Frau Flieder. »Sicher ist sie ehrgeizig. Wer in der Branche nicht ehrgeizig ist, bringt es zu nichts. Wie ehrgeizig sie ist, dazu kenne ich sie zu wenig.«

»Und Daniel Capriati?«

»Der wirkt nicht so, habe ich Recht? Er ist viel zu hübsch ... Ja, das stelle ich alte Schachtel auch noch fest. Aber der ist zäher, als er aussieht. Da bin ich mir sicher. Wer es so jung schafft, ein Restaurant wie seines auf die Beine zu stellen ... Er hätte auch die Fabrik seiner Eltern übernehmen und höheres Söhnchen spielen können, das weiß ich. Er ist der einzige Erbe. Warum fragen Sie?«

»Demetz hat gemeint, Billy sei schon gefährlich ehrgeizig.«

»Sie haben mit Demetz geredet? Wie geht es ihm?«

Ich frage erst gar nicht, ob sie ihn kennt.

»Er arbeitet in den Zwei Tauben.«

»Das weiß ich, aber was macht er für einen Eindruck? War er betrunken?«

»Nein ... Das heißt – er dürfte schon etwas getrunken haben, aber nicht so viel ...«

»Ein Fortschritt, vielleicht. Eine Zeit lang war er schon am Vormittag besoffen, aber er hat eben auch seine Phasen. Ewig schade. Ein derart begabter Koch.«

»Seine Chefin scheint ihn nicht gerade mit Samthandschuhen anzufassen.«

»Das ist eine Furie. Armer Demetz, dass es mit ihm so weit gekommen ist! Aber was für Chancen hätte er sonst noch? Arbeitslos zu sein wäre für ihn wahrscheinlich das Schlimmste. Dann würde er sich wohl in ein paar Monaten zu Tode trinken. So hat er wenigstens das Gefühl, dass er noch über eine Küche befehlen kann, dass er noch etwas taugt.«

»Kommt er hin und wieder zu Ihnen?«

Frau Flieder wendet mir wieder ihre Vorderseite zu und schenkt Kaffee ein. »Jetzt schon lange nicht mehr. Er hat sich sehr zurückgezogen, seit er nicht mehr im Royal Grand ist.«

»Er wirft Billy vor, ihn vertrieben zu haben.«

»So ein Unsinn, hätte sie ihn nicht derart lange gedeckt, er wäre viel früher gekündigt worden.«

»Aber vielleicht wollte sie ihn dann doch irgendwann weghaben?«

»Ich habe geglaubt, Sie sind Freundinnen?« Die Barbesitzerin überlegt und schlürft etwas von dem siedend heißen schwarzen Gebräu. Ich will mir nicht den Gaumen verbrennen und warte lieber noch etwas. »Er ist letztlich auch nicht gekündigt worden, es war eine einvernehmliche Trennung. Herr Demetz wechsle auf eigenen Wunsch zu den Zwei Tauben, hat es geheißen. Was natürlich nicht gestimmt hat. Dorthin wechselt niemand freiwillig. Und schon gar nicht ein Koch mit seinem Ruf. Aber etwas anderes hat sich eben nicht angeboten.«

»Das Lokal ist schrecklich.«

»Die Besitzer sind schrecklicher. Er ist übrigens noch schlimmer als sie.«

Demetz tut mir mit einem Mal Leid. Auch er ist wohl ehrgeizig oder war es zumindest. Und er galt als einer der besten Köche im Land.

Schon am Nachmittag werden Demetz und seine Chefin die Gelegenheit haben, eine neue Küchenhilfe zu erproben. Sie heißt Vesna Krajner und hat zu Hause, in Bosnien, oft in Wirtshäusern ausgeholfen. Das will sie zumindest erzählen.

Billy bestätigt mir übrigens, dass sie gegen Ende ihrer Zeit im Royal Grand tatsächlich dem Regionalmanager der Hotelkette davon abgeraten hat, Demetz weiter als Küchenchef zu beschäftigen. »Er war ein extremes Sicherheitsrisiko«, erklärt sie mir, während wir gemeinsam eine Steige Steinpilze putzen. »Ich habe nicht ständig hinter ihm her sein können. Es ging einfach nicht mehr.«

»Er hält dich für undankbar.«

»Ich hab ihm vieles zu verdanken, ganz sicher. Aber ... Er war selbst schuld. Das mit der Sauferei geht einfach nicht. Wahrscheinlich habe ich ihn sogar zu lange gedeckt. Manchmal frage ich mich, ob er nicht noch die Chance gehabt hätte, aus seinem Alkoholismus herauszukommen, wenn man ihm rechtzeitig ein Ultimatum gestellt hätte.«

Wer kann so etwas wissen?

»Kannst du dir vorstellen, dass Daniel die Sache mit dem Schaukochen geschönt hat? Demetz bestätigt, dass sie sich in die Haare gekriegt haben, aber er sagt, das Ganze sei für Daniel sehr peinlich verlaufen.«

»Sicher nicht!« Sie ist empört. »Demetz war immer schon einer, der keinerlei Widerspruch duldet. Geschweige denn so etwas wie eine öffentliche Zurechtweisung. Und dann noch von einem deutlich Jüngeren. Schlimmer ist für ihn nur mehr, wenn über ihn gelacht wird. Und das dürfte laut Daniel passiert sein.«

»Er kann sich übrigens daran erinnern, dass Daniel bei ihm ein Praktikum gemacht hat.«

»Sein Gedächtnis ist also immer noch gut. Außerdem: Die Capriatis waren Stammgäste im Royal Grand. Das weiß ich inzwischen.«

»Ob er nur mit Peppis Verschwinden zu tun hat?«

Billy seufzt. »Vielleicht war selbst das tatsächlich nur ein Missverständnis.«

»Trotzdem gut, dass Vesna ihn beobachtet.«

»Finde ich auch. Arme Vesna.« Billy dreht einen Steinpilz zwischen ihren Händen, als wüsste sie plötzlich nicht mehr, was sie damit tun soll.

»Was ist?«, frage ich.

»Was wird als Nächstes passieren? Außerdem hätte die Sorgerechtsverhandlung zu keinem ungünstigeren Zeitpunkt angesetzt werden können. Der Anwalt meines Exmannes wird behaupten, dass wir Kannibalen sind.«

Ich grinse.

»Ich traue es ihm zu, ehrlich. Jedenfalls wird er äußerst blumig das Chaos und meine Verwicklung in die Mordfälle beschreiben. Kann man so jemandem wie mir ein Kind anvertrauen?«

»Könnte er nicht tatsächlich auch bei seinem Vater und der neuen Frau gut leben?«

»Gut leben schon, im Sinn von reich. Ich will nicht, dass er ein wehleidiges Söhnchen wird. Er ist gescheit und lebendig. Sie würden ihn …«

»… auf die besten Schulen schicken.«

Billy sieht mich misstrauisch an. »Hat er mit dir geredet?«

»Natürlich nicht, das hätte ich dir sofort erzählt. Ich versuche nur, die Sache aus einem anderen Blickwinkel zu sehen.«

»Du hast keine Kinder. Du kannst nicht wissen, wie das ist. Ich war mit ihm dreizehn Jahre zusammen. Ich will nicht, dass er mich bloß besuchen kommt. Er ist mein Sohn.«

Ich nicke und hoffe mit ihr, dass sich bis zur Sorgerechtsverhandlung am Dienstag noch etwas tut, das ihr hilft. Bis zu diesem Tag sollte auch meine nächste Reportage fertig sein. Ich habe den wiedergefundenen Koch. Demetz werde ich auch erwähnen. Das heißt aber, dass ich vorher noch mit Zuckerbrot reden muss.

Am Abend werden wir durch erstaunlich viele Gäste abgelenkt. Ich will gar nicht wissen, aus welchen Motiven sie gekommen sind. Ist es Guttners hymnische Kritik? Ist es Sensationsgier?

Wieder einmal stellt sich heraus, dass zwar viele von den Vorfällen wissen, aber lange nicht alle. Doch da war die Hand in der Faschiermaschine. Mich schaudert beim Gedanken daran. Ich vergesse, die Lachssuppe vom Herd zu nehmen, sie kocht sich auf eine unappetitliche braune Sauce ein. Ich schütte sie weg, stelle schnell eine neue Portion hin. Überhaupt bin ich heute unkonzentriert. Ein Fehler nach dem anderen passiert mir. Der Fisch liegt zu lange auf dem Grill, beim Lamm vergesse ich die Bohnen. Das Pflaster am Daumen geht mir andauernd ab, aber die Wunde tut immer noch weh. Nach dem dritten Versuch, es mit einem Gummischutz zu fixieren, gebe ich auf. Soll es eben wehtun, verdammt noch mal! Als die Kaninchenrücken aus der Fritteuse kommen, sehen sie aus, als ob sie die Räude hätten. Ich habe vergessen, sie zuerst in Mehl zu tauchen, damit der Backteig hält. Billy ist nervös, mäkelt auch herum, wenn es nichts auszusetzen gibt, schreit Mahmet an, als er wieder einmal die Kühlschranktür offen lässt. Mir gegenüber versucht sie, sich zurückzuhalten. Aber das ist doppelt schlimm, lieber wäre mir, sie würde offen herausbrüllen, was ihr nicht passt. So murmelt sie nur böse in sich hinein, ich fühle mich bei allem betroffen und werde immer unsicherer. Ich bin nun einmal kein Profi. Auch wenn ich gerne einer wäre. Trotzdem: Billy ist heute ungerecht und unleidlich. Vielleicht hat Demetz mit manchem Recht.

Heute bricht Billy früh auf und fährt zu Daniel. Ich verspreche abzuschließen und morgen Früh rechtzeitig wieder da zu sein. Die Abwäscherin macht die Küche fertig, ich warte auf sie. Niemand soll allein im Wirtshaus bleiben. Ich telefoniere mit Oskar, auch er ist erschöpft. Die Sitzung hat den ganzen Tag gedauert. Es gibt neue Fakten, die in den Prozess einfließen werden. Es wird immer deutlicher, dass das Kartell seinen Klienten hineingelegt hat.

Ich höre nur mit halbem Ohr hin. Oskar hat offenbar nichts von der Hand und dem ganzen Drumherum mitbekommen. Mir ist das lieber so. Irgendwann einmal werde ich ihm bei einem guten Abendessen davon erzählen. Ausgerechnet bei einem Abendessen? Jedenfalls: Wenn alles vorbei ist. Wird alles vorbei sein? Wann?

Vesna meldet sich, gerade als ich das Mobiltelefon weglegen will.

»In Zwei Tauben haltet mich nur Kriminalfall und weil man Demetz auf die Finger sehen muss. Das ist eine Katastrophe hier. Chef schafft an, Chefin schafft an, Demetz schafft an. Rest weiß nicht, was tun. Außerdem bekomme ich vier Euro die Stunde. Kannst du dir das vorstellen? Sie fragen mich auch sofort, ob ich Arbeitserlaubnis habe. Ich sage Nein, sie sagen, das macht nichts, und bieten vier Euro. Ich sage, anderswo kriege ich mehr. Sie sagen, soll ich probieren. Außerdem, wenn ich fleißig bin, soll ich Prämie bekommen. Das glaube ich aber nicht. Beim Geld sind sie sich einig.«

»Und Demetz?«

»Der schreit in der Küche herum, polnischen Hilfskoch hat er heute mit der Pfanne auf die Hand geschlagen, und dann hat er gesagt, er muss eben lernen, schnell zu sein. Kochen kann er schon, glaube ich. Aber da sagen ihm Chefin oder Chef, was sie gerne hätten. Er lasst seine Wut am Personal aus und macht dann, was sie wollen. Sagt, es ist scheißegal. Wenn sie schlechtes Essen wollen, sollen sie es kriegen.«

»War er betrunken?«

»Sicher. Aber nicht so, dass er nicht stehen und reden kann. Erst am Ende hat er in der Küche getrunken. Den Kochwein. Hat gedacht, das sieht niemand. Ich habe es gesehen.«

»Wird er morgen wieder auf den Beinen sein?«

»Polnischer Hilfskoch sagt, sicher. Er hat noch nie gefehlt. Er ist meistens betrunken, aber er ist da. Disziplin hat er.«

»Wer ist sonst noch in der Küche?«

»Eine Köchin, sie ist schon älter und hat vor allen Angst. Ist kein Wunder. Und einer aus Ungarn. Der sagt, Demetz ist nicht berechenbar. Kein Wunder bei so viel Alkohol.«

»Wie sind seine Vorbereitungen? Ist die Mise en place in Ordnung?«

»Warum fragst du? Davon redet er dauernd. Aber er hat kaum Chance, viel zu tun. Für den Einkauf sind Chefs zuständig. Er muss nehmen, was er kriegt. Wenn Fleisch nicht gut ist, ist er schuld, nicht Qualität. Gemüse und so muss er wenig vorschneiden, weil das gibt es wenig frisch. Auch das meiste andere ist fertig. Kalbsgulasch und Rindsrouladen. Dann gibt es Gänse, die alt sind und ganz lange gedämpft werden müssen. Nockerln kommen aus dem großen Sack. Das ist ganz anders als bei Billy.«

»Kannst du dir vorstellen, dass er mit den Morden zu tun hat?«

»Ich kann mir vorstellen, dass er eine Mordswut auf Billy hat, wenn er glaubt, dass er wegen ihr in Zwei Tauben gelandet ist.«

»Das ist nicht dasselbe.«

»Nein. Vielleicht kann ich morgen mehr mit ihm reden. Aber ich weiß nicht. Er redet nicht gerne. Gibt nur Befehle. Eines habe ich jedenfalls nachgedacht: Alles, was geschehen ist, ist ganz in der Früh oder in der Nacht geschehen. Es geht sich für einen Koch aus.«

Das heißt aber nicht zwangsläufig, dass es ein Koch war. Auch wenn einiges darauf hindeutet.

Ich helfe der Abwäscherin, die letzten Teller zu verstauen. Sie klagt über Rückenprobleme, sie sei eben nicht mehr die Jüngste, aber Arbeit bekomme man hier auf dem Land eben schwer.

»Was halten Sie von dem, was passiert ist?«, frage ich sie.

– 257 –

Sie sieht mich an. »Unsere Chefin wird es durchstehen. Sie sollte sich hier nach einem Haus umschauen. Ich wüsste sogar eines. Dann wird sie auch von den Leuten akzeptiert werden. So ablehnend, wie sie glaubt, sind die wenigsten. Und in letzter Zeit habe ich viele gehört, die gesagt haben, dass ihnen die Chefin Leid tut.«

Nicht unbedingt das, was Billy gerne hören würde. Ob sie Lust hat, aufs Land zu ziehen? Bei ihr kann ich mir das ganz gut vorstellen. Selbst ich könnte der Idee etwas abgewinnen, zwischen Wiesen und Weinhügeln zu leben. Ich rufe mich zur Ordnung. Die Gegend mag idyllisch wirken, die Realität ist es nicht. Was sich bei uns momentan abspielt, ist wohl genau das Gegenteil von Idylle.

»Ob tatsächlich niemand etwas gesehen hat?«, frage ich die Abwäscherin.

Sie schüttelt den Kopf. »Genau kann man das nie wissen, aber wenn jemand den Hintereingang nimmt, dann kann er direkt vom Waldweg her kommen. Da sieht ihn niemand. Wer wäre denn auch in der Nacht unterwegs?«

»Jäger.«

»Vielleicht.«

Sonntagmittag überrascht uns ein Gewitter. Innerhalb weniger Minuten müssen die Gäste in die beiden Gasträume übersiedeln, im Garten muss alles abgedeckt werden, Chaos beim Service. Niemand weiß mehr, was auf welchen Tisch gehört. Man verbindet die Bestellungen ja üblicherweise nicht mit dem Aussehen der Leute, sondern mit der Tischnummer.

»Höchste Zeit, dass Onkel Franz wiederkommt. Der merkt sich Gesichter«, stöhnt Billy. Ich kann mich dunkel erinnern, dass sie auch schon weniger freundlich über ihn geredet hat. Morgen Vormittag will sie ihn vom Spital abholen. An ihrem freien Tag hat sie mehr Zeit, sich um ihn zu kümmern. Außerdem hofft sie, auf diese Art ein wenig von der bevorstehenden Sorgerechtsverhandlung abgelenkt zu werden.

Argwöhnisch achten wir auf jedes unvorhergesehene Geräusch, lassen keinen aus den Augen, der sich von den Gasträumen weiter weg begibt, als es der Weg zu den Toiletten erfordert. Überall wittern wir eine neue Gefahr. Aber Vesna hat schon Recht. Tagsüber ist – mit Ausnahme der Salz-und-Zucker-Geschichte – nie etwas passiert. Und da wissen wir ja inzwischen, wer dahinter steckt. Trotzdem, besser, wir sind wachsam.

Als ich ungefähr um drei zum ersten Mal wieder auf mein Mobiltelefon schaue, habe ich eine Nachricht auf der Box. Es ist Angelika, meine Kollegin von der Kochredaktion. Frau Baumann will mit mir reden. Das Sanatorium liegt kaum fünfzig Kilometer von hier entfernt. Wir haben noch einige Gäste. Billy beteuert, alleine zurechtzukommen. Sie drängt mich fast aus der Küche. Warum? Habe ich versagt? Keine Zeit für Empfindlichkeiten, ich rufe Angelika zurück und teile ihr mit, dass ich in spätestens einer Stunde bei ihr und Frau Baumann sein werde.

Die Autobahn zu nehmen würde einen großen Umweg bedeuten. Ich entscheide mich für die Landstraße, und mit der Karte auf dem Beifahrersitz breche ich auf. Ich fahre durch ein Waldgebiet, selbst am Sonntag ist hier kaum jemand zu sehen. Orte gleiten an mir vorbei, deren Namen ich noch nie gehört habe. Die Sonne kommt wieder heraus, und hinter dem Hügel mit den hohen Pappeln leuchtet ein wunderschöner Regenbogen. Für einige Augenblicke bin ich zuversichtlich, dass alles gut werden wird.

14.

Das Sanatorium erinnert mich an eine überdimensionale weiße Villa. Billig ist es mit Sicherheit nicht. Die Autos auf dem Parkplatz bestätigen mir das. Weniger als dreißigtausend Euro hat hier keines gekostet. Ich parke meinen kleinen Fiat zwischen einer Mercedes Limousine und einem schwarzen BMW.

Die eindrucksvolle helle Halle scheint viel eher zu einem Hotel zu passen, auch die Empfangsdame hat so gar nichts von den Irrenwärterinnen klischeehafter Filme. Sie ist jung, hübsch und lächelt. Als ich nach Frau Baumann frage, werde ich dennoch sofort abgewiesen. Über die »Gäste des Hauses« dürfe sie keine Auskunft erteilen, sie sei nicht einmal sicher, ob sich tatsächlich eine Frau Baumann unter ihnen befinde. Ich rufe Angelika an, und sie entschuldigt sich, sie habe vergessen, der Empfangsdame Bescheid zu geben.

Wenig später sitze ich mit Baumanns Witwe in einem Wintergarten, der so aussieht, als könnte man sich hier tatsächlich wunderbar erholen. Wovon auch immer. Frau Baumann ist eine zierliche, schlanke Person um die vierzig mit wachen Augen. Sie wirkt traurig, aber keineswegs gebrochen.

»Ich weiß, was Angelika Ihnen erzählt hat«, beginnt sie das Gespräch. »Ich will mithelfen, dass der Mörder – oder die Mörderin – gefasst wird. Aber Sie werden einsehen, dass ich meinen Freund und dessen Frau nicht hineinziehen darf. Angelika hat mir gesagt, Sie meinen, dass es auch andere Möglichkeiten gibt. Ich habe mit meinem Mann nicht sehr viel über seine Arbeit geredet, aber fragen Sie mich einfach, vielleicht fällt mir etwas ein.«

»Gab es irgendwelche Verbindungen zwischen Ihrem Mann und Demetz?«

»Wer ist …? Ach so, Demetz. Vom Royal Grand. Man hat schon lange nichts mehr von ihm gehört. Mein Mann hat ihn gekannt. Natürlich. Aber wir waren lange in Deutschland.«

»Auch Demetz hat sich damals als Fernsehkoch beworben.«

»Davon weiß ich nichts, es haben sich viele beworben, wenn ich mich recht erinnere.«

»Sieht so aus, als ob der Sponsor ohnehin schon vorher seine Wahl getroffen hätte.«

»Haben Sie meinen Mann gekannt?«

»Nein.«

Sie lächelt traurig. »Hätten Sie ihn gekannt, dann wäre Ihnen klar, dass ihm die Sponsoren nichts erzählt haben. Er hat davon erst einige Wochen später erfahren. Er war so gekränkt, dass er das Angebot fast abgelehnt hätte. Für ihn war es Betrug.«

»Nur, dass er offenbar nichts damit zu tun gehabt hat. War er wirklich ein so guter Mensch, wie man sagt?«

»Ich … So kann man das nicht sagen. Er konnte nicht lügen. Er ist immer den geraden Weg gegangen, aber ohne jemanden verletzen zu wollen.«

Elegant ausgedrückt. »Das ist ihm gelungen?«

»Sicher nicht immer, das geht nicht. Außerdem … Wie soll ich sagen, ohne dass Sie das falsch verstehen … Er war nicht unbedingt sensibel, wenn es um andere ging. Er wollte niemandem etwas tun, er hat Bedürfnisse anderer einfach nicht wahrgenommen und irgendwelche Unzulänglichkeiten schon gar nicht.«

»Das heißt, in gewisser Weise war er ein ziemlicher Egoist.«

»Nein, wo immer es ging, hat er anderen zu helfen versucht. Aber – er konnte nun einmal nur von sich ausgehen. Sich in jemand anderen hineinzuversetzen war seine Sache nicht.«

»Kannte er Manninger?«

»Ja, sicher. Den kenne ich auch. Er war zwei- oder dreimal mit uns essen. Wie alle Köche hat mein Mann nicht gerne privat gekocht, und ich war einfach nicht gut genug. Also haben wir Freunde und Verwandte in interessante Lokale eingeladen, meist in ganz unbekannte. ›Entdeckungsreisen‹ hat mein Mann dazu immer gesagt.«

»Gab es einen Konflikt mit Manninger?«

»So würde ich das nicht nennen … Man hat sich wieder etwas voneinander entfernt, würde ich sagen. Manninger ist berühmt für seine Frauengeschichten, das konnte Udo einfach nicht verstehen. Manninger hat zum Beispiel einem Kollegen die Frau ausgespannt. Gerüchten zufolge war es allerdings sie, die ihm nachgelaufen ist, und Manninger hat sich keine Gelegenheit entgehen lassen, das ist wohl wahr.«

Unterschiedliche moralische Maßstäbe. Kein klassisches Mordmotiv.

»Manninger …«, Frau Baumann lächelt nun schon weniger traurig, »… Manninger kann sehr charmant sein. Witzig, ein wenig verrückt. Das gefällt den Frauen.«

Ich frage mich, ob nicht auch sie eine »charmante« Beziehung mit Manninger hatte. »Und Manninger hat Ihren Mann geschätzt?«

»Er hat sich geärgert, dass sich mein Mann zu seinen Frauengeschichten geäußert hat. Und dann war da noch einmal etwas …« Sie überlegt, nimmt einen Schluck Mineralwasser. »Ja. Kurz bevor sich Manninger überraschend entschied, dieses Landwirtshaus von seiner Tante zu übernehmen, hat mein Mann etwas ausgeplaudert, das ihm Manninger offenbar vertraulich erzählt hatte. Er hat einen unehelichen Sohn mit der Frau des Eigentümers von dem Lokal, in dem er gekocht hat, dem Chez Trois. Die beiden waren längst geschieden, nicht wegen des unehelichen Sohnes, glaube ich. Mein Mann hat gar nicht daran gedacht, dass es ein Geheimnis sein könnte. Aber Manninger war sehr wütend. Der Lokalbesitzer hatte es wohl tatsächlich nicht gewusst.«

»Hat es einen Streit mit Ihrem Mann gegeben?«

»Das weiß ich nicht so genau. Wir haben uns jedenfalls nicht mehr mit ihm getroffen. Er hat dann ja wohl auch wenig Zeit gehabt mit seinem Lokal auf dem Land. Leider ist mein Mann in solchen Sachen oft ungeschickt gewesen. Weil Sie nach einer Verbindung mit Demetz gefragt haben, den hat er sogar unterstützt, er wollte ihn dazu bringen, eine Entwöhnungskur zu machen. Er hat dafür gesorgt, dass er in keinem seiner Stammlokale mehr Alkohol zu trinken bekam. Er hat sich intensiver mit dem Thema beschäftigt und ist auch in einer Sendung über Alkoholismus in der Arbeitswelt aufgetreten. Bei Köchen kommt das ja relativ häufig vor, leider. Der Druck …«

»Hat er Demetz beim Namen genannt?«

»Nein, so naiv war er nun auch wieder nicht. Aber irgendjemand muss zwei und zwei zusammengezählt haben. Kurz nach der Sendung gab es einen Artikel im ›Blatt‹ über prominente Alkoholkranke. Da wurde Demetz mit dem Hinweis auf das, was mein Mann in der Sendung gesagt hatte, erwähnt. Samt Foto.«

»Haben Sie eine Ahnung, warum jemand nicht nur Ihren Mann, sondern auch Bachmayer ermordet haben könnte?«

»Bachmayer hatte viele Feinde, soviel ich weiß. Mein Mann hatte keine.«

Aber zumindest scheint er kein Fettnäpfchen ausgelassen zu haben.

Ich habe keine Lust, zum Apfelbaum zurückzufahren. Sonntagabends ist wenig los, ich muss in Ruhe nachdenken und endlich einmal ausschlafen. Billy wirkt etwas gekränkt, als ich ihr das sage, aber vielleicht ist auch sie einfach müde.

Vesna erzählt mir am Telefon vom Sonntagmittag in den Zwei Tauben. Eine Busladung Tschechen, denen nichts recht gewesen sei. »Als ob die was vom Essen verstehen!«

»Formen des Rassismus gibt es eben nicht nur zwischen In- und Ausländern«, erwidere ich.

»Bin keine Rassistin, aber ich habe Recht, so gut wie das Essen in Prag ist es auch, was es hier gibt. Und wenn Demetz tun kann, was er will …«

Mir scheint, sie beginnt sich mit dem Lokal, oder zumindest mit Demetz, zu solidarisieren.

»Unsinn«, widerspricht sie, »aber es ist niemand nur gut oder nur schlecht. Nicht einmal die Tschechen, wie du sagst, und Demetz auch nicht. Er tut so, als wäre er noch im Royal Grand großer Küchenchef, manchmal ist er wie in einer anderen Welt. Seltsam. Dabei dirigiert er nur Leszek, dass er Schweinsschnitzel paniert, und muss schauen, dass Hanni nicht zu viel Lachs verbraucht. Wenn sich die Menge nicht ausgeht, wird ihm das vom Gehalt abgezogen. Auch den anderen. Das ist wie Stehlen, sagt der Chef, wenn man teure Dinge verschwendet. Gut, wenn man nur für Abwasch zuständig ist. Aber lange bleibe ich nicht.«

Eigentlich wäre es Zeit zum Abendessen. Abgesehen von der mittelprächtigen Seezunge in Prag, habe ich seit Tagen nicht mehr richtig gegessen. Rundum die feinsten Sachen, aber während des Kochens habe ich keine Zeit, um mit Genuss zu essen, und nach dem Kochen brauche ich Abstand.

Irgendwann ist es meistens schon zu spät, und man isst wahllos das, was man vorfindet.

Ich inspiziere meinen Kühlschrank, eingekauft habe ich schon lange nicht mehr. Mit dem, was in der Restaurantküche abfällt, lässt sich Gismo gut versorgen. Es scheint mir, als hätte sie sogar noch ein halbes Kilo zugelegt. Aber was gibt es für mich? Nach aufwändiger Kocherei steht mir nicht der Sinn, eher nach einem Kontrastprogramm zum Apfelbaum. Ich beginne Billy und ihren Gusto auf Bernerwürstel und Pommes besser zu verstehen. Aber so weit muss ich es ja nicht treiben.

Spaghetti aglio, olio, peperoncino. Das ist es. Allein beim Gedanken daran rinnt mir das Wasser im Mund zusammen. Knoblauch, gutes Olivenöl, getrocknete rote Peperoncini, gereiften Hartkäse und Nudeln habe ich immer zu Hause.

Die Streicheleinheiten für Gismo verschiebe ich auf später. Sie hat kein Problem damit, denn jetzt ist sie ohnehin mit einer großen Portion gekochter Hühnerkarkassen beschäftigt. Ab und zu schaut sie auf und schnurrt. Ihre Art, mir zu zeigen, dass sie es schön findet, dass ich einmal länger als ein paar Stunden zum Schlafen daheim bin.

Ich stelle den großen Topf mit Salzwasser auf. Er kommt mir heute klein vor, fast wie aus einer Puppenküche. In eine Stielpfanne kommt reichlich Olivenöl, ich schneide sechs große Knoblauchzehen in ganz feine Scheiben, hacke drei Peperoncini. Kann sein, dass es ziemlich scharf wird, aber das ist gerade richtig für heute Abend.

Vielleicht muss man bei den Opfern nachforschen, um herauszufinden, wer der Täter ist. Bachmayer war korrupt und hat viele mit seinen Kritiken verärgert. Baumann war so ehrlich, dass es schon unangenehm ist. Wahrscheinlich hat er, unsensibel und fantasielos wie er war, einige Menschen in ziemliche Schwierigkeiten gebracht. Ob Manninger den Apfelbaum übernommen hat, weil er, nachdem die Geschichte mit dem unehelichen Kind bekannt geworden war, keine andere Möglichkeit hatte, als den Arbeitsplatz zu wechseln? Auch Demetz hat das Royal Grand nicht freiwillig verlassen.

Ich erhitze das Öl ganz vorsichtig, es darf auf keinen Fall zu rauchen beginnen. Dann werfe ich Knoblauch und Peperoncini hinein, salze. Die Mischung soll bloß ziehen, ist das Öl zu heiß, wird der Knoblauch braun, und der gute Geschmack ist dahin.

Wem hat Billy etwas angetan? Demetz. Zumindest glaubt er das. Manninger ... Ich weiß nicht, sie will über ihre Beziehung zu ihm auffällig wenig sagen. Und sie ist manchmal ungerecht. Aber wer ist das in der Hitze des einen oder anderen Küchengefechts nicht? Sie ist ehrgeizig. Doch das ist keine schlechte Eigenschaft, zumindest nicht prinzipiell.

Ich finde einen Rest des zwei Jahre gereiften Käses, den ich, wann immer es geht, in einer kleinen Latteria im Veneto einkaufe. Ersatzweise könnte ich auch geriebenen Parmesan nehmen, aber mein Stravecchio hat mehr Aroma. Ein paar Tage im Veneto. Davon werde ich heute Nacht träumen – vorausgesetzt, es gelingt mir endlich, in meinem Kopf die Vielzahl an Fakten besser zu ordnen.

Vielleicht war tatsächlich Josef Dvorak für die minderschweren Anschläge verantwortlich und jemand anderer für den Rest. Vielleicht wurde Baumann ja auch wirklich von der Frau des Schauspielers ermordet. Morgen muss ich Zuckerbrot erzählen, dass wir unseren Koch gefunden haben. Und wer ihn ins Zelta Praha geschickt hat. Wäre Demetz in seinem Dauerdusel überhaupt in der Lage, Morde und Anschläge sorgfältig zu planen?

Wie hat der hübsche Daniel Capriati sein Schicksal herausgefordert? Was, wenn er aus irgendeinem Grund der Täter wäre und mit den Streichen nur von sich ablenken wollte? Indem er selbst salmonellenverseuchte Hühner in die Mülltonne wirft und dann die Lebensmittelbehörde verständigt? Dafür hat er zu hart gearbeitet. Hat er das wirklich? Immerhin haben seine Eltern das Lokal bezahlt. Aber kochen muss er selbst.

Beinahe hätte ich die Nudeln vergessen. Al dente müssen sie sein. Ich kippe sie in ein Sieb, lasse das Wasser abtropfen, schütte den Inhalt zurück in den großen Topf, gieße die Olivenölmischung darüber und rühre gut durch. Was für ein Aroma!

Allerdings habe ich mich offenbar nicht nur bei den Töpfen an andere Proportionen gewöhnt. Die Menge würde locker ausreichen, um drei Leute satt zu machen. Ich nehme mir den größten Suppenteller, den ich habe, richte zwei Drittel der Spaghetti darauf an, streue den geriebenen Käse darüber und verziehe mich auf das Sofa vor dem Fernseher. Gismo folgt mir und legt sich eng neben mich.

Ohne viel davon mitzubekommen, sehe ich eine Dokumentation über das Leben in der Antarktis. Das Ganze hat so wenig mit mir zu tun, dass es geradezu eine Wohltat ist.

15.

Zuckerbrot will von mir wissen, ob wir Josef Dvorak erst gestern Abend in Prag gefunden hätten. Es ist sinnlos zu lügen. Spätestens wenn er mit Peppi redet, wird er erfahren, dass wir schon am Freitag bei ihm waren.

»Warum haben Sie mich nicht sofort verständigt?«

»Es war Wochenende.«

»Sie wissen genau, wie Sie mich am Wochenende erreichen können. Normalerweise sind Sie nicht so zurückhaltend.«

»Wenn es um Mord geht …«

»Wenn es Ihnen in den Kram passt!«

Wir sitzen in seinem Büro, er hinter dem Schreibtisch, ich davor.

»Immerhin haben wir ihn gefunden. Ihren tschechischen Kollegen ist das nicht gelungen.«

»Mischen Sie sich nicht …«, braust Zuckerbrot auf.

»Dann hätte ich gar nicht zu kommen brauchen«, erwidere ich trocken. Ich hasse es, wenn er die Autoritätsperson spielt. So etwas macht mich nicht gefügig, sondern bockig. War schon immer so.

Von Demetz hat Zuckerbrot noch nie etwas gehört. Offenbar ist er an feiner Küche nicht besonders interessiert. Ich erzähle ihm mehr oder weniger alles, was ich über den Mann herausgefunden habe. Dann gehe ich über zu Manninger.

Zuckerbrot seufzt. »Wer von denen kennt sich mit dem Internet aus?«

»Was meinen Sie?« Ich sehe ihn irritiert an.

»Wir glauben immer mehr an einen Verrückten. Kann sein, dass Josef Dvorak Ihrer Freundin ein paar Streiche gespielt hat und ihn die Meldungen zu weiteren animiert haben. Seit dem Wochenende geistert im Internet auf den Seiten des ›Fine-Food‹-Magazins, aber auch auf anderen einschlägigen Gourmetseiten ein Typ herum, der wilde Drohungen ausstößt und sich zu den Morden bekennt.«

»Vielleicht ist es aber auch nur einer, der vorgibt, das alles getan zu haben.«

»Lässt sich nicht ausschließen. Jedenfalls verwischt er seine Spuren gut. Er umgeht die redaktionelle Kontrolle, sodass er seine Anwürfe direkt auf die Seiten schreiben kann. Also muss es sich um jemanden handeln, der entsprechend viel vom Internet versteht.«

»Vielleicht Manninger?«, rätsle ich. Bei Demetz kann ich mir das nicht vorstellen, nicht einmal Billy kann mit dieser Technologie viel anfangen, auch wenn sie einen Laptop im Lokal stehen hat. »Darf ich sehen?«

Zuckerbrot murmelt, ich hätte mir das wirklich nicht verdient.

»Vielleicht fällt mir etwas auf? Daheim kann ich die Seiten sowieso durchschauen.«

Er seufzt, aktiviert seinen Bildschirm.

Der Typ, der sich als »Bocuse X« bezeichnet, beklagt sich darüber, dass ihn Bachmayer schlecht beraten und dass ihn seine verlogenen Kritiken fast umgebracht hätten. Er stellt fest, dass Baumann, ebenso wie das gesamte Fernsehen, alle bloß verblödet habe, außerdem habe der Typ gar nicht kochen können. Der Heuchler habe den Tod verdient. Billy droht er, dass das mit der Hand nur der Anfang gewesen sei, der Reihe nach werde er ihr Körperteile vorbeischicken und zum Schluss sei sie selbst dran. Daniel Capriati bezeichnet

– 269 –

er als »Schwuchtel«, für die Scheiße in der Tortenform noch viel zu gut sei. Er werde ihm wie einem Hund so lange vergiftetes Fleisch geben, bis er daran krepiere. »Wir müssen die Welt reinigen von den Heuchlern, die uns falsche Speisen vorsetzen. Rein muss wieder werden, was wir essen, und so werden auch wir wieder rein sein.« Das steht unter jedem seiner Anwürfe.

Ich sehe Zuckerbrot zweifelnd an. »Jemand, der durchgeknallt ist. Aber kein Mörder. Das, was geschehen ist, bedarf sorgfältiger Planung.«

»Geistesgestörte können oft erstaunlich gut planen. Außerdem weiß er eine Menge.«

»Das hat er in den diversen Zeitungen lesen können.«

»Wir müssen der Spur jedenfalls nachgehen.«

»Was ist eigentlich mit Bachmayers Lover passiert?«

»Wir haben ihn wieder auf freien Fuß gesetzt. Aber Indizien, die gegen ihn sprechen, gibt es weiterhin.«

Was, wenn Bachmayer wirklich von seinem Lover und Baumann von der eifersüchtigen Ehefrau des Schauspielers ermordet worden ist?

»Viel war über den Hundekot in Capriatis Küche nicht zu lesen«, hält Zuckerbrot fest.

Er erinnert mich an etwas, das ich längst hätte tun sollen. Bis jetzt wissen wir nicht, wer den Medien Tipps gegeben hat. Klar, bei den Gewaltverbrechen kamen sie wohl aus dem Polizeiapparat selbst. Anderes, wie die Sache mit den vergifteten Bürgermeistern oder die Aktion mit Salz und Zucker, ging quasi automatisch an die Öffentlichkeit. Aber es gab Vorfälle, bei denen das nicht so war. Wer hat die erste Meldung im »Blatt« über den Hundekot geschrieben? Ist es realistisch, dass jemand vom Lebensmittelinspektorat dem »Magazin« den Hinweis auf die Salmonellenhühner gegeben hat?

Ich muss ohnehin in die Redaktion fahren. Hoffentlich war es nicht unsere Gastronomiekritikerin, die die Salmonellengeschichte geschrieben hat. Aus der bekomme ich mit Sicherheit nichts heraus.

Ich werfe sofort den Computer an, gehe ins redaktionsinterne Suchsystem. Sehr viel über Salmonellen kann es in den letzten Monaten nicht gegeben haben. Da sind wir schon: Capriati, Salmonellen, verdammt! Es war die Gastro-Tante. Ich murmle böse vor mich hin. Meine Kontakte zum »Blatt« sind auch nicht die besten.

Felix berichtet, was es seit dem Wochenende Neues gibt. Im Internet bekenne sich einer … Etwas zu kurz angebunden, sage ich: »Ich weiß.« Er kann nichts dafür. Ich seufze. »Wir haben den Koch gefunden. Und wir wissen, wer ihn nach Prag geschickt hat.«

Felix ist Feuer und Flamme. Sein Enthusiasmus tut richtig gut.

»Wenn ich nur wüsste, wer sie informiert hat …«, grummle ich.

»Wen? Worüber informiert?«, fragt Felix. »Kann ich vielleicht helfen?« Mit dieser Methode würde er in der Chronikredaktion nicht viel reißen. Dort ist sich jeder selbst der Nächste. Jedenfalls habe ich bislang diesen Eindruck gehabt.

»Ich fürchte, nicht.«

Er sieht mir über die Schulter. Ich kann es nicht leiden, wenn jemand auf meinem Computer mitliest, aber ich beherrsche mich.

»Was ist mit der Meldung? Die ist doch schon alt.«

»Es geht um etwas anderes: Wer hat unsere liebe Frau Gastronomierat informiert? Das Lebensmittelinspektorat? Hat sie etwa auch dort Verwandte?«

Felix schüttelt den Kopf. »Nein, es war ein Freund von ihr.«

»Woher weißt du das?«

»Ich war ihr zugeteilt, man schickt mich durch alle möglichen Abteilungen. Sie hat mir die Meldung zum Schreiben gegeben.«

»Du weißt, wer ihr Informant war?«

»Nicht direkt. Ich habe ihn nicht gekannt.«

»Aber gesehen?«

»Er hat mit ihr alleine reden wollen.«

»Haben sie sich zufällig getroffen?«

»Nein, es gab einen Anruf, und dann hat sie mir gesagt, dass sie einen wichtigen Informanten treffen müsse. Informanten seien das Allerwichtigste in unserem Beruf, hat sie gesagt.«

»Dinge selbst herauszufinden ist auch nicht schlecht.«

»Sehe ich auch so. Auf alle Fälle habe ich sie in die Stadt gefahren, sie hat ja kein Auto.«

Armer Felix, missbraucht ihn die alte Hexe auch noch als Chauffeur.

»Und?«

»Er hat vor einem dieser kleinen Lokale am Naschmarkt auf sie gewartet. Ich bin im Auto sitzen geblieben.«

»Wie hat er ausgesehen?«

Felix zögert. »Recht durchschnittlich. Zirka sechzig, mittelgroß, eher schwer gebaut, aber nicht fett. Graue Haare, kurz. Das Gesicht war ziemlich rot. Und die Hose, die ist mir aufgefallen: So eine Hose mit kleinen weißen und schwarzen Karos. Seltsam.«

Demetz. Natürlich kann ich mir nicht sicher sein, aber Felix' Beschreibung ist exzellent. Ich sage ihm das, er freut sich.

»Warum weißt du, dass er ihr diese Geschichte präsentiert hat?«

»Weil sie mir das von den Salmonellen gleich im Auto erzählt hat. Ich soll mir alles gut merken und dann eine Meldung schreiben, hat sie gesagt.«

»Hast du das Ganze bei Capriati gegengecheckt?«

»Wollte ich, ich dachte, das gehört sich so. Aber sie hat gesagt, das ist in diesem Fall nicht notwendig, ihr Informant sei todsicher. Und so war es dann ja auch.«

»Es gehört zum journalistischen Handwerk, sich nicht bloß auf Informanten zu verlassen.«

Er sieht mich an. »Ja«, sagt er dann. Demetz, der Daniel anschwärzt. Wenn es tatsächlich Demetz war. Natürlich kann er aus alten Zeiten einen Freund bei der Lebensmittelbehörde haben, das ist nicht ausgeschlossen. Oder er war es selbst, der die Hühner …

Ich brauche noch eine Bestätigung. Was soll's, ich probiere es beim »Blatt«. Vorher erkläre ich Felix, was ich vorhabe. Er sieht mich mit einer Bewunderung an, die mir schon fast peinlich ist.

»So toll ist das auch wieder nicht«, bringe ich ihn wieder auf den Boden. »Wenn du gut werden willst, dann bleib lieber skeptisch. Auch deinen Kolleginnen und Kollegen gegenüber.«

Er grinst. »Ich finde es aber trotzdem toll.«

»Zu widersprechen ist schon ein ganz guter Anfang«, lächle ich zurück.

Ich hab mir die Meldung aus dem »Blatt« aufgehoben und lasse mich mit der Lokalredaktion verbinden. »Wer hat am 21. 7. die vermischten Meldungen geschrieben?«, frage ich überfallartig und ohne meinen Namen oder gar das Medium, für das ich tätig bin, zu nennen.

»Das weiß ich nicht.«

»Schade, wenn's nicht schnell geht, dann rufe ich eine andere Zeitung an. Wir wollten die Meldungen als Beispiel in das neue Deutschlehrbuch stellen. Doch dafür brauchen wir die Einwilligung des Journalisten, und ich habe kaum mehr Zeit.«

Die Sekretärin schluckt die abenteuerliche Geschichte. »Ich sehe nach.«

»Alfons Huber«, sagt sie wenig später.

Kenne ich nicht.

»Ist er da?«

»Ja.«

»Verbinden Sie mich bitte mit ihm?«

»Alfons Huber hier.«

»Warum haben Sie Demetz die Geschichte mit dem Hundekot im Offen geglaubt?«

Kurzes Schweigen. »He, die Sache war in Ordnung. Steht jetzt auch in den Polizeiakten.« Wieder eine kurze Pause. »Außerdem: Warum soll es Demetz gewesen sein?« Das kommt etwas spät

»Weil er mir davon erzählt hat.«

»Mit wem spreche ich überhaupt?«

»Kriminalpolizei.«

»Ist Demetz etwa in die Sache verwickelt?«

Ich habe meine Antwort, aber ich muss meinen Kollegen wieder etwas wegführen von der Spur. »Nein, er ist ein Informant. Wir wollten nur gegenchecken, ob seine Informationen richtig sind. Warum haben Sie ihm übrigens geglaubt? Hat er Beweise vorgelegt?«

»Nein. Aber wenn einen Demetz anruft … Warum sollte der lügen?«

Ich bedanke mich im Namen der Kriminalpolizei und lege auf.

Wieder Demetz. Er ist unterwegs, um Daniel und Billy zu schaden, wo es nur geht. Oder hat er mehr als das getan? Für meine Story habe ich zwei Möglichkeiten: Entweder ich präsentiere Demetz – und mit Abstrichen Manninger – als Verdächtige und hetze damit die ganze Branche auf ihre Fährte. Oder ich vergesse Demetz für dieses Heft, beschränke mich

– 274 –

auf den wiedergefundenen Josef Dvorak, hoffe, dass er niemandem etwas von Demetz erzählt, und dann ... Und was dann? Wie soll ich den Verdacht erhärten? Außerdem: Zwischen den Aktionen eines alkoholkranken Gehirns und zweifachem Mord besteht allemal ein Unterschied. Eigentlich ist heute Redaktionsschluss. In diesem Fall darf ich mir bis morgen Mittag Zeit lassen. Ob ich noch einmal mit Demetz reden soll? Was würde das bringen?

Ich treffe Vesna in ihrer Nachmittagspause am Stephansplatz. Gemeinsam bahnen wir uns einen Weg durch die Touristenmassen. Sie ist aufgeregt. »Ich darf ihn nicht aus den Augen lassen, jetzt hat er auch Pause. Vielleicht haben wir Glück und er startet nächste Aktion.«

»Du traust ihm das zu?«

»Was weiß man? Natürlich kennt er viele Leute, die können ihm von bösen Streichen erzählt haben, und er hat es dann den Zeitungen weitererzählt. Aber besser, man sieht nach.«

»Sieh nach, welchen Fleischklopfer er in der Küche hat.«

»Ist einer wie der andere, oder?«

»Nein, da gibt es auch unterschiedliche Marken. Onkel Franz ist mit einem niedergeschlagen worden, der dem in unserer Küche entspricht. Vielleicht hat Demetz einen gleichen.«

»Mache ich.«

Jetzt hat Billy Onkel Franz wohl schon nach Hause gebracht. Ich sollte noch einmal mit ihm reden, vielleicht ist ihm mit zunehmendem Abstand noch etwas eingefallen. Ein Fünkchen Hoffnung, mehr nicht. Entweder ich schreibe meine Story heute, komme nicht unter Druck und verändere sie, falls ich bis morgen Mittag noch etwas Neues erfahre. Oder ich gehe das Risiko doppelter Arbeit erst gar nicht ein, besuche Onkel Franz und schreibe morgen, was mir richtig erscheint.

Vesna verabschiedet sich und hetzt zurück zu den Zwei Tauben.

Ich habe keine Lust, in die Redaktion zu fahren. Wieder einmal überlege ich, ob ich nicht den Job oder wenigstens das Ressort wechseln sollte. Aber was ich momentan mache, hat ohnehin nicht viel mit Lifestyle zu tun – eher schon mit der dunklen Seite des schicken Lebens. Vielleicht sollte ich auf Köchin umsatteln? Da sind meine Artikel allemal besser bezahlt. Um mich zur Spitzenköchin hinaufzuarbeiten, bin ich zu alt. Und mein Vater würde sich strikt weigern, mir ein hübsches Lokal zu sponsern.

Ich nehme die U-Bahn, fahre zu meinem Auto und setze mich wieder einmal Richtung Apfelbaum in Bewegung.

Billy sitzt mit Daniel und Onkel Franz im Garten des Lokals, die Spannung zwischen ihnen ist spürbar. Onkel Franz dreht Daniel fast den Rücken zu, spricht nur mit Billy.

»Natürlich kann ich Sie schützen. Einmal habe ich ihn schon vertrieben. Jetzt bin ich gewappnet. Ich habe daheim ein altes Jagdgewehr, es funktioniert. Ich ziehe ins Hinterzimmer, bis alles vorbei ist. Eine Dusche gibt es im Lokal, ein Bett auch. Mehr brauche ich nicht.«

Ein Pflaster am Hinterkopf ist das Einzige, was von der Verletzung zu sehen ist. Auch sonst hat er sich kaum verändert.

Billy widerspricht lebhaft.

Daniel mischt sich ein: »Es ist zu gefährlich.«

Onkel Franz wirft ihm einen raschen und bösen Blick zu. »Was wollen Sie schon von Gefahren wissen? Müssen Sie nicht kochen? Haben Sie nicht gesagt, dass Sie bald wieder fahren müssen?«

Billy beherrscht sich so offenkundig, dass ich lachen muss. Jetzt erst nehmen mich die drei wahr.

»Schön, dass Sie wieder da sind, Onkel Franz«, sage ich und küsse ihn auf die Wange. Sie fühlt sich rau und stoppelig an.

»Hallo Mädchen«, erwidert er. Onkel Franz darf das.

»Warum wollen Sie nicht, dass Daniel bleibt?«

Er sieht mich mit zusammengekniffenen Augen an. »Ein hübsches Gesicht, und schon ist es um den Verstand geschehen.«

»Meinen Sie mein Gesicht und Ihren Verstand?«, necke ich ihn.

Er macht eine wegwerfende Handbewegung. Geistig ist er rege wie eh und je.

Daniel sieht drein, als hätte man ihn geohrfeigt.

Besser, das Gespräch in andere Bahnen zu lenken. Ich habe ohnehin eine Menge zu erzählen. Die Einschätzung der drei ist mir wichtig.

Billy reagiert auf meinen Verdacht, Demetz habe die Medien über die Vorfälle informiert, mit Unglauben. »Da will jemand einem Alkoholkranken etwas anhängen, das ist einfach.«

Daniel zweifelt. »Klar kann er nach wie vor viel erfahren und das dann weitererzählen. Offenbar hat er sich einige Feindbilder aufgebaut. Wir gehören dazu.«

Ich erinnere daran, was Rosa Flieder gesagt hat: Seit Demetz nicht mehr Küchenchef im Royal Grand sei, habe er sich zurückgezogen.

»In Küchen kennt er sich aus«, ergänzt Daniel langsam.

»Schnell ist er auch nach wie vor, hat Vesna erzählt. Zumindest, wenn er noch nicht allzu viel getrunken hat.«

Billy sagt: »Ganz zu Beginn, als ich den Apfelbaum übernommen hatte, war er einmal hier. Ich habe ihm alles gezeigt.

Er war irgendwie – seltsam. Wahrscheinlich hatte das mit dem Alkohol zu tun.«

»Hast du ihn eingeladen?«, frage ich nach.

»Nein, er hatte die Meldung von Guttner über den Wechsel gelesen und mich angerufen. Ich habe mich gefreut, nach den Spannungen, die es zwischen uns gegeben hatte. Aber freundlich war er nicht, als er da war. Eher reserviert.«

»Hast du seither von ihm gehört?«

»Nein.«

»Was ist übrigens mit Manninger? Wird er kommen?«

Billy murmelt: »Das ist schon irgendwie seltsam. Er hat mir nichts Genaues gesagt, eher herumgeredet. Das war nie seine Art. Er ist oft von einem Tag auf den anderen in ein Flugzeug gestiegen, hat sich zwei Tage in Hongkong die Gastronomiemesse angesehen oder ist bei einem großen Dinner irgendwo in London eingesprungen. Beziehungen hat er in der ganzen Welt, außer in der Antarktis hat er schon auf jedem Kontinent gekocht. Wenn er kommt, hole ich ihn vom Flughafen ab, habe ich ihm angeboten. Er wollte es nicht, nur keine Umstände, hat er gesagt.«

»Weil er vielleicht ohnehin schon da ist. Von wo aus hat er angerufen? Hast du eine Nummer gesehen?«

»Nein, wenn er anruft, steht immer ›unbekannter Teilnehmer‹ auf meinem Display.«

»So ungewöhnlich ist das nicht«, meint Daniel, »ich habe mein Mobiltelefon auch so eingestellt. Nicht jeder muss meine Nummer wissen.«

»Kennst du dich eigentlich mit Computern aus?«, frage ich Daniel.

Er sieht mich erstaunt an. »Ja klar. Das ist sogar ein Hobby von mir. Die Homepage des Lokals habe ich selbst gemacht.«

Aber Daniel ist alles andere als verrückt. Warum sollte

er im Internet absurde Drohungen platzieren? Um abzulenken?

Schön langsam erscheint mir jede und jeder verdächtig. »Bis morgen Mittag muss ich meine Reportage abgeliefert haben«, seufze ich. »Soll ich Demetz mit hineinnehmen? Soll ich mich auf Josef Dvorak beschränken?«

Onkel Franz reibt sich die Hände. »Wenn ich den in die Finger kriege ...«

»Danke, Hackfleisch hatten wir schon genug«, meint Billy.

Jetzt kann sie über die Sache mit der Hand schon beinahe wieder scherzen. Mir gelingt das noch nicht. Zu genau erinnere ich mich, wie sich die beiden Finger angefühlt haben. Die Finger des Fernsehkochs Udo Baumann, des Lieblingsschwiegersohns der Nation, der sich aus Imagegründen nicht scheiden lassen wollte. Vielleicht ist ihm das zum Verhängnis geworden. Noch etwas, das ich nicht schreiben kann. Verdammt.

»Was man tun muss, ist klar«, sagt Onkel Franz. »Man muss Demetz eine Falle stellen.«

»Wie?«, fragt Daniel.

Onkel Franz sieht ihn überheblich an. »Anlocken muss man ihn. Er hat schon so viel angerichtet. Wenn er eine gute Gelegenheit wittert, dann wird er kommen. Oder wir beleidigen ihn. Dann kommt er, um sich zu rächen.«

»Sollen wir etwa an alle möglichen Verdächtigen Zettel verteilen? Vielleicht mit dem Text: Kommt am Mittwoch in der Nacht vorbei, die Türe steht offen, Billy Winter ist ganz allein und weiß von nichts?« Daniel kann Onkel Franz offenbar auch nicht besonders leiden. Aber irgendwie hat er schon Recht. Vielleicht hat das Gehirn von Onkel Franz doch gelitten.

Er wehrt sich: »Natürlich wird nicht die Chefin der Köder

– 279 –

sein, Sie werden es sein. Für unsere Chefin ist das viel zu gefährlich. Sie wollen ja ein Mann sein ...«

Ich lege Onkel Franz beschwichtigend die Hand auf die Schulter. »Das klingt alles gut, in der Praxis ist es aber ...«

Gleichzeitig habe ich eine Idee. Warum Zettel verteilen, wenn es eine viel bessere Methode gibt? Der oder die Täter werden lesen, was im ›Magazin‹ steht. Sie werden wissen wollen, was ich weiß. Eine Falle, eine Provokation. Das heißt aber auch, dass ich auf die Geschichte mit Demetz verzichten sollte. Was aber, wenn bis zum nächsten Heft auch andere wissen, dass er zumindest am Rande seine Hände im Spiel hat? Berufsrisiko. Ich will alles, also muss ich es eingehen. Das Interview mit Manninger werde ich bringen, kurz. Es wirkt nicht so, als würde ich ihn verdächtigen. Er darf sich Sorgen machen und Billy loben. So wiegt er sich in Sicherheit.

Billy, Onkel Franz und Daniel reagieren unterschiedlich.

Onkel Franz ist begeistert, dass ich seine Idee aufgegriffen habe. Daniel möchte auf keinen Fall, dass ich den Täter zum Apfelbaum hinziehe. Billy wiederum will nicht, dass ich den Täter in Richtung Offen lenke.

Wir debattieren lange. Ich mache mir Sorgen. Noch weiß ich nicht, wie die Falle aussehen könnte. Noch weiß ich nicht, wie provozieren.

»Werden wir die Polizei informieren?«, fragt Billy.

Daran habe ich noch gar nicht gedacht. Aber besser, Zuckerbrot weiß nichts von meinen Plänen, er könnte sie durchkreuzen. Der Täter handelt schnell, so war es jedenfalls bisher. Der Polizeiapparat braucht Zeit. Außerdem: Fremde Gesichter im Ort fallen auf. Also können uns außerhalb der Öffnungszeiten auch Beamte in Zivil nicht schützen, ohne sofort zum Dorfgespräch zu werden. Der Täter ist schlau. Zumindest war er es bisher.

Gegen den Willen von Onkel Franz und Daniel entscheiden wir uns letztlich dafür, unsere Falle im Apfelbaum aufzubauen. Hier gibt es einfach mehr Möglichkeiten als in der Stadt. Für ihn und für uns.

Gemeinsam mit Daniel breche ich auf. Höchste Zeit für ihn, um rechtzeitig zum Abendgeschäft im Lokal zu sein. Es ist beinahe halb acht. Onkel Franz wehrt sich dagegen, dass ihm Billy etwas zu essen macht, er sei gewohnt, für sich selbst zu sorgen. Billy widerspricht.

Ich beschließe, nun doch noch in die Redaktion zu fahren. Vielleicht gelingt es mir, den Großteil der Reportage heute Abend fertig zu stellen. Morgen um elf ist Billys Sorgerechtsverhandlung. Ich habe es ihr nicht versprochen, aber wenn es geht, werde ich sie begleiten.

Wie zum Teufel soll ich den Täter locken? Noch dazu einen, der vielleicht verrückt ist? Wer sagt, dass es nicht der Typ aus dem Internet war?

Ich habe drei Seiten zur Verfügung. Am meisten Platz widme ich der Geschichte, die ich exklusiv habe: Josef Dvorak lebt und ist Chefkoch in Prag. Ich habe diese Passage schon fast geschrieben, als mir einfällt, dass ich ihn anrufen sollte. Wenn ich Demetz draußen lasse, dann muss er es auch tun. Es ist klar, dass er ab Mittwoch von meinen Kollegen bestürmt werden wird. Peppi ist eindeutig ängstlich, er wird nicht wollen, dass sein Gönner Demetz auf ihn böse ist.

Ich warte eine Zeit lang, bis er ans Telefon geholt wird. Es ist, wie ich mir gedacht habe. Er dankt mir, dass ich Demetz nicht hineinziehen möchte. Ja, die Polizei sei schon bei ihm gewesen. Wie er gesagt habe: Nichts sei strafbar, natürlich habe er ihnen alles erzählt, so wie mir.

Ich kann nur hoffen, dass die Geschichte bis übermorgen hält.

Natürlich muss ich noch über eine Menge an Fakten schreiben, auch wenn viele davon schon in anderen Zeitungen gestanden sind. Die Sache mit der Hand … Ist das tatsächlich erst einige Tage her? Ich bin jedenfalls jene, die sie am besten beschreiben kann. Unwillkürlich taste ich nach der Beule auf meiner Stirn, zum Glück ist sie durch meine Haare gut verdeckt.

In der untersten Lade krame ich nach meinem Notvorrat an Whiskey. Zwei Fingerbreit sind noch in der kleinen Flasche. Ich nehme einen Schluck, ein Fingerbreit bleibt mir noch.

Was ich bisher geschrieben habe, lockt den Täter nicht an.

Es ist inzwischen beinahe Mitternacht. Das kurze Interview mit Manninger. Es ist rasch formuliert und harmlos, aber Manninger gehört zu den Starköchen. Und Stars mag man in unserem Blatt.

Ich mache den Seitenumbruch, berechne grob den Platz für die Fotos. Viel Raum habe ich nicht mehr. Warum ist das alles geschehen? Bösartigkeit, Rache, zumindest soweit es um die Anschläge auf den Apfelbaum und das Offen geht, der Wille, die Lokale und ihre Betreiber zu ruinieren. Ich kann nicht an einen Verrückten glauben. Aber die Grenze zwischen dem, was als verrückt und was als normal gilt, ist bekanntlich fließend. Perspektiven können sich verschieben, sie hängen vom eigenen Standpunkt ab.

Ich muss vor dem Computer eingenickt sein. Kein Schreibtisch ist mehr besetzt, auch Corinna, die am anderen Ende des Großraumbüros eben noch vor sich hin getippt hat, ist in der Zwischenzeit gegangen.

Ich sehe nach draußen. Nur mehr wenig Verkehr. Hellgrau glänzt die Straße im künstlichen Licht, dunkelgrau der Donaukanal. Der Täter hat uns eine Reihe von Signalen geliefert. Man muss ernst nehmen, was er getan hat. Egal, ob es um Salz oder Pfeffer oder um vergiftete Pilze geht. Und das

Mordwerkzeug war beide Male ein Messer. Setzt er die Zeichen, weil er jemand aus der Branche ist, oder reagiert er damit nur auf die, die er treffen will?

Würde ein Verrückter so handeln? Nichts scheint zufällig geschehen zu sein.

Ich gähne, schüttle den Kopf, um ihn wieder klar zu kriegen. Wie war das? Alles geplant? Jemand, der alles plant, will auf keinen Fall als Verrückter abgetan werden, egal, ob er aus unserer Sicht verrückt ist oder nicht, er will ernst genommen werden. Macht man sich über ihn lustig, wird er sich rächen wollen.

Das ist es. Billy wird sich, nach all dem, was passiert ist, über ihn lustig machen. Zum Glück hat sie nicht klein beigegeben und das Lokal zugesperrt. Das hat ihr Manninger geraten. Warum ausgerechnet er?

Ich kürze einige Sätze aus der Hauptstory und schaufle mir so Platz frei für ein Interview mit Billy. Ich platziere es so auffällig wie möglich, natürlich auf einer rechten Seite:

Magazin: Frau Winter, wie geht es Ihnen?

Winter: Gut.

Magazin: Die Verdachtsmomente gegen Sie sind ausgeräumt?

Winter: Ja, dazu hat zum Glück auch die absurde Sache mit der Hand beigetragen. Ich bin selbstverständlich entsetzt über den Tod von Udo Baumann, aber wer glaubt, dass ich wegen einer toten Hand aufgebe, kennt mich nicht. Ich tippe ohnehin auf einen Verrückten.

Magazin: Wir haben Ihren früheren Koch Josef Dvorak in Prag aufgestöbert.

Winter: Ich bin froh, dass er lebt. Eigentlich ein Glück, dass er sich selbst einen neuen Job gesucht hat,

	er hat nicht ganz dem Niveau unseres Lokals entsprochen.
Magazin:	Sie haben weiterhin geöffnet?
Winter:	Selbstverständlich. Wir haben beinahe mehr Reservierungen, als wir annehmen können.
Magazin:	Trotz der Vorfälle?
Winter:	Das, was uns direkt betroffen hat, waren mehr oder weniger harmlose Streiche, wie ich sie seit Jahrzehnten aus vielen Küchen kenne. Der Täter will ja nur, dass man ihm Aufmerksamkeit schenkt. Die gönne ich ihm nicht.
Magazin:	Stimmt es, dass in Ihrer Wiener Wohnung eingebrochen worden ist? Kann das im Zusammenhang mit den anderen Vorkommnissen stehen?
Winter:	Das glaube ich nicht. Es hat eine Einbruchserie in meiner Gegend gegeben. Aber ich habe ohnehin vor, mir in der Nähe vom Apfelbaum ein Haus zu suchen. Vorerst wohne ich im Lokal.
Magazin:	Also dürfen wir uns auf weitere kulinarische Attraktionen freuen?
Winter:	Aber natürlich. Ich hoffe, dass der Täter bald gefasst wird. Uns hat er allerdings beinahe geholfen: Wir sind schneller bekannt geworden, als ich gedacht hatte. Jetzt haben wir die Chance, zu zeigen, was wir können.«

Am nächsten Morgen fahre ich in die Redaktion, lese alles noch einmal durch, überarbeite das eine oder andere. Ich bin mir nicht sicher, ob unsere Falle funktionieren wird. Das Dumme ist nur, selbst wenn sie funktioniert: Am Tag darauf werden die Medien darüber berichten. Ich aber habe erst in einer Woche die nächste Ausgabe.

Ich gehe selten freiwillig zum Chefredakteur, in diesem

Fall tue ich es. Natürlich kann ich ihn nicht einweihen, er würde darauf bestehen, dass ich alle möglichen Spekulationen mit ins Blatt nehme. So sage ich ihm nur, dass ich das Gefühl habe, in den nächsten Tagen könnte sich Entscheidendes ereignen. Er reagiert misstrauisch.

»Wissen Sie etwas?«

»Dann würde ich es schreiben.«

»Was ist das für ein ›Gefühl‹? Woher kommt es?«

Ich zucke mit den Schultern. »Weiß nicht. Die Lage spitzt sich zu, würde ich sagen. Vielleicht hat es etwas damit zu tun, dass wir Josef Dvorak gefunden haben.« Diesen Köder werfe ich ihm ganz bewusst hin.

»Ja, war sehr in Ordnung. Gute Leistung.«

»Wenn sich etwas tut: Habe ich die Chance, darüber auch im nächsten Heft noch groß zu berichten?«

»Hängt davon ab, ob Sie mehr wissen als die anderen … Wissen Sie jetzt schon etwas, was Sie nicht sagen wollen?«

»Nein.«

Er entlässt mich wieder, und ich frage mich, warum ich ihn warnen wollte. Oder vorinformieren, wie man es nimmt.

Ich hetze zum Gericht und schaffe es gerade noch, Billy im Vorraum zum Verhandlungssaal zu erwischen. Sie trägt ein dunkles Kostüm, in dem sie winzig und zu jung für einen dreizehnjährigen Sohn wirkt. Sie ist sichtlich nervös. Trotzdem halte ich ihr das Interview unter die Nase. Erst mit ihrem Okay dürfen meine Texte ins Layout gehen, habe ich Felix eingeschärft.

Sie wirft einen Blick darauf, ohne zu lesen. »Ist in Ordnung.«

»Du solltest es durchsehen. Da steht, dass du momentan im Wirtshaus übernachtest. Und dass du dich durch eine tote Hand nicht einschüchtern lässt.«

»Du weißt schon, was am besten ist.«

Hoffentlich. Ich rufe Felix an und gebe den Text frei.

Um eine Biegung des Ganges kommt Billys Exmann mit seiner Frau. Schon von weitem sieht man, dass ihr Outfit kostspielig ist: der Schnitt, die Art, wie der Stoff fällt. Ihre Figur ist höchstens mittelprächtig. Billys Ex trägt Anzug und Krawatte, er fühlt sich sichtlich nicht wohl in seinem Aufzug. Jedes Signal, jede Einzelheit kann zählen. Hannes selbst hat schon ausgesagt, man hat darauf verzichtet, ihn für heute noch einmal zu laden. Billy drückt mir die Hand, klammert sich an mich.

Gemeinsam kommen die Anwälte den Gang entlanggeeilt. Sie scheinen sich gut zu verstehen, man trifft sich wohl häufig vor Gericht. Einer geht zu Billys Ex, der andere, jüngere, kommt auf sie zu. Ich nehme sie kurz in die Arme, gehe, zeige am Eingang meinen Journalistenausweis und setze mich in die Zuschauerbank.

Billy kommt in den Verhandlungssaal, sie sieht starr und angestrengt geradeaus, so als wäre sie die Angeklagte in einem amerikanischen Gerichtsfilm.

Es läuft, wie erwartet. Der Anwalt ihres Exmannes versucht alles, um ihre Existenz als zwielichtig und ungesichert darzustellen. Er bezeichnet sie sogar als Mordverdächtige und berichtet darüber, dass der Apfelbaum wegen der »dubiosen Vorfälle« habe geschlossen werden müssen. Ein Bild wird präsentiert, auf dem die Eingangstür des Wirtshauses mit dem Schild »Geschlossen« zu sehen ist.

Billy will aufspringen, ihr Anwalt hält sie zurück.

Ihr Exmann beschreibt sein Haus in den glühendsten Farben, außerdem gebe es ein Kindermädchen und alles, was sich ein Bub im Alter von dreizehn nur wünschen könne.

»Er hat selbst gesagt, dass er gerne bei uns ist. Meine Frau kann leider keine Kinder bekommen, sie liebt ihn wie ihr eigenes.«

»Auf Besuch! Nur auf Besuch ist er gerne da! Und weil ihr ihn verwöhnt!«, schreit Billy dazwischen und wird von der Richterin verwarnt.

Später ist Billy an der Reihe. Sie versucht die Anschuldigungen des Anwaltes zu entkräften. Der Apfelbaum sei und bleibe offen. Man solle den Leiter der Mordkommission 1 als Zeugen nehmen: Sie sei keine Mordverdächtige.

Ich halte ihr die Daumen. Sie darf sich nicht bloß verteidigen, sie muss auch sagen, warum es für Hannes besser ist, mit ihr zu leben.

»Zwölf Jahre hat sich mein Exmann nicht um Hannes bemüht. Nicht, als wir verheiratet waren, und nicht, nachdem wir geschieden waren. Ich akzeptiere, dass er sich nun mehr um ihn kümmern möchte, ich freue mich sogar darüber. Aber: Ich habe mit Hannes all die Jahre gelebt und möchte es weiterhin tun. Ich habe keine Villa und kann mir kein Kindermädchen leisten, doch ich liebe ihn. Und ich habe in all den Jahren gelernt, mir die Zeit so einzuteilen, dass er niemals zu kurz kommt.«

Mich hat Billy überzeugt, aber das war auch nicht weiter schwierig.

Die Richterin hakt dennoch bei den Vorfällen rund um den Apfelbaum ein. Ob sie bereits geklärt seien? Ob weiterhin die Gefahr von Anschlägen bestehe?

Billy räuspert sich. »Sie sind noch nicht geklärt. Aber ...« – sie dreht sich um und sieht mich an – »... das könnte bald der Fall sein. Hannes ist noch in einem Ferienlager. Solange die geringste Gefahr für ihn besteht, wird er nicht im Lokal sein, sondern bei meiner Schwägerin, bei der er auch ist, wenn ich arbeite. Hinzufügen möchte ich noch, dass die Anschläge meinem Exmann nicht nützen sollten.«

Ihr Exmann springt auf, brüllt: »Wehe, du schiebst mir die Vorfälle in die Schuhe! Das hat sie nämlich schon getan! Das ist Rufschädigung!«

Seinem Anwalt gelingt es kaum, ihn zu beruhigen.

Die Entscheidung über das Sorgerecht wird schließlich noch einmal vertragt. Das heißt: Inzwischen bleibt Hannes bei Billy, die nächste Verhandlung soll in einem Monat stattfinden.

»Hoffen wir, dass der Täter oder die Täterin bis dorthin gefasst ist.«

Billy nickt mir zu. Sie lächelt. Mir wird heiß. Das ist viel zu viel Verantwortung für mich.

16.

Am Mittwochnachmittag setzen wir uns im Apfelbaum zu einer Lagebesprechung zusammen. Daniel, der heute Ruhetag hat, Mahmet, der sich sichtlich freut, ins Vertrauen gezogen worden zu sein, Onkel Franz, weil ihn kein Argument dazu bringen konnte, mit seiner Kopfverletzung daheim zu bleiben.

Hans-Peter hat heute frei, wir haben ihn nicht erreicht, aber das ist mir ohnehin lieber so. Als Kellner ist er zweifellos gut, ansonsten ...

Billy grinst. »Die alten Rivalitäten zwischen Küche und Service. Du benimmst dich schon wie ein alter Hase.«

Ich nehme es als Kompliment. Wir sind angespannt. Wenn unsere Theorie stimmt, haben wir erst in der Nacht mit einem Angriff zu rechnen. Vorausgesetzt, es ist mir gelungen, den Täter anzulocken.

Mahmet erzählt, dass er auf der Seite der Kurden gekämpft hat. Er sei nie ein Radikaler gewesen, aber die Regierungstruppen hätten bei ihnen im Dorf Freiheitskämpfer vermutet und in einer Strafaktion versucht, vorsorglich alle Männer festzunehmen.

»War wie im Krieg«, sagt er.

Onkel Franz ist sehr interessiert und will mit ihm Kriegserinnerungen austauschen. Ich kann ihn gerade noch stoppen.

Daniel erzählt, dass er Zivildienst gemacht hat.

Onkel Franz schaut Billy an und sagt abfällig: »Das sieht ihm ähnlich.«

Ich halte nichts von den verschiedenen Spielarten des Militärs und sage das auch zu Mahmet. Er beginnt sich zu verteidigen. Was tun, wenn das ganze Dorf niedergemacht wird? Man muss sich wehren.

»Was warst du von Beruf?«, frage ich.

Er sieht zu Boden. »Lehrer im Dorf.«

Wir starren ihn an.

»Falsche Dokumente, nur weg. Familie später gekommen.«

»Willst du zurück?«

»Bin ich verrückt? Später ja. Jetzt nicht. Geht nicht.«

»Wir reden viel zu wenig miteinander«, sagt Billy. »Dass es so eine Situation braucht, damit …«

»Will ich nicht viel sagen«, erwidert Mahmet.

Wir werden ihn wohl trotzdem in Zukunft mit etwas mehr Respekt behandeln. Als ob es auf den Beruf ankäme. Aber das ist nun einmal so.

Das Abendgeschäft ist flau, doch diesmal klagt Billy nicht darüber. Immer wieder geht jemand von uns nach draußen und schaut sich misstrauisch um. Wer weiß, ob wir mit unserer These Recht haben, dass der Täter erst in der Nacht kommt. Vesna hat jedenfalls den Auftrag, genauer als sonst auf Demetz Acht zu geben.

Die letzten Gäste gehen.

Der Lehrling und unsere Praktikantin werden abgeholt. Auch die Abwäscherin hat Billy zu ihrer großen Freude schon früh heimgeschickt. Mahmet fährt mit dem Auto davon, dann fahre ich. Wir sind vorsichtig.

Auf einem einsamen Parkplatz an der Schnellstraße treffen wir uns, Mahmet steigt in meinen Wagen, wir nähern uns dem Apfelbaum über den schmalen Weg durch den Wald. Einen Kilometer vor dem Lokal stellen wir das Auto ab. Ich keuche, so schnell geht mein Kollege.

Wir sehen uns um, huschen durch den Hintereingang ins Lokal, bleiben im Durchgang zwischen Küche und Schankraum stehen. Das ist der einzige Platz, an dem man durch kein Fenster beobachtet werden kann. Billy hat trotzdem das Licht ausgemacht. Ich zucke zusammen. In der Ecke steht jemand. Es ist Onkel Franz. Er ist heimgegangen und hat sich, ähnlich wie wir, von hinten wieder angeschlichen.

»Ich kenne da jeden Baum seit Jahrzehnten«, sagt er. Wir werden auf ihn aufpassen müssen. Ihm soll nicht noch einmal etwas passieren.

Schon am Nachmittag haben wir festgelegt, wer sich wo versteckt. Klar ist, dass wir den Angreifer nicht vorzeitig in die Flucht schlagen wollen. Aber Billy darf auch nicht gefährdet werden. Außerdem sollten wir auf alles vorbereitet sein.

Ob der Feuerlöscher noch funktioniert, weiß niemand. Billy befestigt an einem der Wasserhähne in der Küche sicherheitshalber ein Stück Gartenschlauch. Das wird hoffentlich nicht auffallen. Ich blicke auf die neue, chromglänzende Faschiermaschine. Die alte will Billy nicht mehr verwenden. Außerdem kann es lange dauern, bis die Kriminalpolizei sie freigibt.

Billy wird in der Küche bleiben und einiges für morgen vorbereiten. Mahmet ist im Raum für die Trockenvorräte untergebracht, der liegt nur einen Meter von der Küche entfernt und ist vom Gang durch einen Vorhang abgegrenzt.

Der Vordereingang ist versperrt, wie immer, nachdem die letzten Gäste gegangen sind. Da wir annehmen, dass der Täter durch die Hintertür kommen wird, verstecken sich Daniel und ich auf der Damentoilette. Sie hat ganz oben ein kleines Fenster ins Freie. Abwechselnd wollen wir auf der Leiter stehen und sehen, ob sich jemand von hinten dem Haus nähert.

Onkel Franz wollten wir eigentlich einen Sessel in den Aufgang zum Dachboden stellen, aber das ist ihm zu weit entfernt vom Geschehen. Er will hinter der Tür zum Keller lauern.

Einmal noch nicke ich Billy zu, dann verschwinde ich auf die Toilette. Es ist eine halbe Stunde vor Mitternacht. Ich löse Daniel auf der Leiter ab und starre nach draußen. Man glaubt gar nicht, wie anstrengend es ist, eine Viertelstunde auf einer Haushaltsleiter zu balancieren. Die Zeit scheint stillzustehen. Einmal huscht ein Marder über den Weg hinter dem Haus. Wir hören Billy in der Küche rumoren. Was, wenn es der Täter durch das Seitenfenster der Küche probiert? Längst ist die Scheibe ersetzt, durch die er die Melone geworfen hat. Er könnte diesmal mit etwas anderem schießen.

Ich klettere von der Leiter, Daniel übernimmt wieder. Ich überlege, ob ich ihm von meiner Sorge erzählen soll.

»Hast du auch etwas gehört?«, zischt er plötzlich.

»Was?«

»Mir kommt vor, als hätte ein Auto geparkt. Vorne. Auf dem Parkplatz.«

»Kann nicht einer der Nachbarn heimgekommen sein?«

»Ist möglich.«

Der Parkplatz ist von der Hauptstraße aus zu sehen, unwahrscheinlich, dass der Angreifer dieses Risiko eingeht. Oder ist er endgültig durchgeknallt? Wir hätten trotz allem Zuckerbrot verständigen sollen. Niemand von uns hat eine Waffe. Das ist mir grundsätzlich auch lieber so. Ich fürchte mich vor Schusswaffen. Aber wenn jemand auf mich zielt ... Dann wäre er ohnehin schneller. Ich klettere zwei Stufen die Leiter hinauf, lehne nun hinter Daniel. Unter anderen Umständen hätte ich das durchaus reizvoll gefunden. Er

– 292 –

riecht gut nach Küche und Seife. Angestrengt lausche ich gemeinsam mit ihm auf weitere Geräusche.

»Es kommt wer«, flüstert Daniel.

Jetzt höre auch ich es. Schritte im Kies, dann nichts mehr. Er könnte über den Grasstreifen zum Weg hinter dem Haus gehen.

»Ich sehe ihn«, krächzt Daniel.

Nicht nur mein Herz schlägt offenbar bis zum Hals. Ich versuche, eine Stufe höher zu steigen, um ihn auch zu sehen. Jedenfalls hat meine Falle funktioniert. Hoffentlich klappt der Rest unseres Plans auch so gut.

Ich sehe einen hohen Schatten, dann hören wir beide, wie die Hintertür geöffnet wird, und klettern so lautlos wie möglich von der Leiter. Billy weiß von nichts. Daniel hat schon die Hand an der Türklinke. Jetzt geht der Eindringling an unserer Tür vorbei. Ich halte Daniel zurück. Warum haben wir kein Zeichen vereinbart, das sie warnen soll? Welches Zeichen?

Wir müssen noch etwas warten. Die Schritte verschwinden Richtung Durchgang zur Küche. Der Eindringling kennt sich hier aus. Er scheint sich seiner Sache sicher zu sein, sonst hätte er seine Schritte gedämpft. Ich kann Daniel nicht mehr länger zurückhalten, er drückt die Klinke nieder, läuft auf den Gang. Ich schleiche hinter ihm her.

Jetzt muss der Eindringling in der Küche sein. Billy schreit auf. Daniel hechtet nach vorne, stürzt sich auf ihn. Mahmet stößt mich zur Seite, drückt den Mann zu Boden. Billys Augen sind geweitet. Vor Schreck bringt sie kein Wort heraus.

»Seid ihr verrückt?«, keucht der Eindringling. Mahmets entschlossener kurdischer Kampfblick weicht einem eher irritierten Gesichtsausdruck, so als ob er wieder einmal vergessen hätte, der Mousse-au-chocolat-Masse Gelatine hinzuzufügen.

Es ist Manninger.

»Lasst ihn los«, kreischt Billy.

Ist sie verrückt geworden? Wer ist hier verrückt?

Manninger schüttelt Mahmet ab. »Ich wollte …«

Onkel Franz steht im Durchgang und schüttelt den Kopf.

»Was wollten Sie?«, frage ich. Daniel hält Manninger noch fest, aber es ist kein harter Griff. Manningers Ruf zählt eben in der Welt der Küche. Auch in der Nacht. Auch unter Bedingungen wie diesen.

Manninger keucht. »Ich wollte Billy besuchen. Wer sind Sie?«

»Wir haben telefoniert.«

»Dann wissen Sie ja …«

Billy mischt sich ein: »Warum hast du dich nicht gemeldet?«

»Ich habe überraschend einen Flug bekommen, auf Standby. Warum hätte ich anrufen sollen? Ich habe mir am Flughafen einen Leihwagen genommen und bin so schnell wie möglich hergekommen.«

»Wer sagt uns, dass Sie nicht schon viel länger da sind?«, frage ich.

Manninger seufzt, setzt sich auf, stöhnt, als er mit der rechten Hand in die Innentasche seines Sakkos greift. Ich zucke zurück, aber er zieht bloß ein Flugticket heraus. Ich nehme es ihm aus der Hand. Vielleicht ist er nur extrem gut vorbereitet. Das Flugticket ist in Ordnung. Die Maschine ist kurz nach zehn in Wien-Schwechat gelandet. Bis er durch die Sicherheitskontrollen kommt, den Leihwagen in Empfang nimmt und den Apfelbaum erreicht, können durchaus zwei Stunden vergehen. Aber war der Täter nicht immer gut vorbereitet?

»Das könnte auch ›Mise en place‹ sein«, sage ich.

Manninger ist irritiert.

Billy weiß, wovon ich rede. »Kannst du beweisen, dass du im Flugzeug gesessen bist?«

Manninger blickt von einem zum anderen. »Was wird hier gespielt?«

Zehn Minuten später haben wir seine Frau am Telefon, sie bestätigt, dass sie Manninger zum Flughafen gefahren hat und dass sie die letzten Wochen beinahe ununterbrochen mit ihm zusammen war. Wenn man nicht davon ausgeht, dass er die Kreise seiner Verschwörung sehr weit gezogen hat, dann muss man ihm glauben.

Billy ist bemüht, Manninger wieder zu versöhnen, immerhin ist er der Eigentümer des Hauses.

Er fasst sich schneller als wir und grinst über die Verdächtigungen. »Im eigenen Wirtshaus überfallen zu werden, und dann noch von der eigenen Pächterin und ihrer Crew. Das kann auch nur mir passieren. Wird sich gut in meinen Memoiren machen. Zum Lohn für den Schreck muss jetzt eine Flasche Winzersekt her. Nein, noch besser: Es gibt hier einige Flaschen Champagner, die habt ihr sicher noch nicht gefunden!«

Er geht in den Keller, kommt mit einem ausgezeichneten Jahrgangschampagner zurück und steckt ihn in den Chiller. Fünf Minuten, dann hat er die optimale Temperatur. Es lebe die Technik.

Wir trinken, und die Spannung fällt nun auch von uns ab. Er will, dass wir alles genau berichten, vielleicht kann er helfen. Manninger erzählt Anekdoten über Baumann, die Stimmung wird ausgelassener. Ich bringe es nicht über mich, ihn nach der Geschichte mit seinem unehelichen Kind zu fragen. Es ist, als wäre der wahre Chef des Hauses wiedergekehrt. Wir schlachten zwar kein Kalb, holen dafür aber Rehpastete aus dem Kühlraum. Eine zweite Flasche Champagner wird geöffnet. Für Mahmet gibt es weiter Orangensaft. Wir erzählen Manninger von meinem Artikel im »Magazin«. Ich gehe und will ihn holen.

Meine Tasche steht wie immer in einem Regal im Raum für die Trockenvorräte. Der Champagner ist mir zu Kopf gestiegen, ich ziehe die neueste Ausgabe des »Magazins« heraus, schließe die Tasche wieder. Mir ist, als hätte ich etwas gehört.

Lautes Lachen im Schankraum.

Trotzdem gehe ich möglichst leise Richtung Gang. Die Hintertüre steht offen. Keine Ahnung, ob Manninger sie geschlossen hat. Ich schleiche nach draußen. Eine sternklare Nacht. Billys Auto steht am üblichen Platz, im Wald ruft ein Käuzchen. Das Licht der Straßenlaterne spiegelt sich im Fenster zur Küche. Neben der Tür stehen ein paar Mülleimer. Mahmet hat wieder einmal vergessen, sie nach vorne an den Straßenrand zu stellen. Lehrer hin oder her, besonders gewissenhaft ist er nicht. Ich hole tief Luft. Hier ist weit und breit niemand.

Beruhigt gehe ich wieder Richtung Schankraum, biege dann aber doch in die Küche ab. Mir ist nach etwas anderem als Rehpastete. In der oberen Kühllade liegen die Minileberwürste. Ich nehme geschnittene Zwiebel, gebe sie auf das Würstchen, schiebe mir alles in den Mund.

Ich mag diese Küche im Halbdunkel, das Licht der Straße lässt den Edelstahl beinahe warm erscheinen. Eine Höhle, ein Ort, an dem nur das Surren der Kühlmaschinen zu hören ist. Und fröhliche Stimmen aus dem Schankraum. Und …

Es ist zu spät, um zu schreien. Die Hand presst sich an meinen Mund. Ich versuche zu beißen, der Griff wird noch fester. Es ist eine harte Hand mit Schwielen. Der Mann steht hinter mir und zerrt mich auf die andere Seite der Küche. Ich höre ihn keuchen, tue alles, um ihn abzuschütteln. Er stößt mir das Knie in den Oberschenkel, ich knicke zusammen, er reißt mich hoch. Da ist die Lade mit den Messern. Ich wehre mich, schlage aus, aber ich bekomme kaum noch Luft. Ich bin ihm nicht gewachsen. Aus dem Schankraum höre ich noch immer Lachen. Ich rieche eine Mischung aus Schweiß und Alkohol.

Das war es, was Onkel Franz noch halb bewusstlos an Wagner erinnert hat. Der Alkoholgeruch. Ich stöhne dumpf. Der Ton ist viel zu leise, um aus der Küche zu dringen, ich stöhne in mich hinein.

Demetz hat die neue Faschiermaschine angeworfen. Er sagt kein Wort. Der Motor fährt hoch, trotzdem höre ich weiter sein Keuchen an meinem Ohr, rieche Alkohol und Schweiß. Er hat mich gegen die Arbeitsfläche gedrückt, die eine Hand noch immer vor meinem Mund. So viel Speichel. Ich werde ersticken. Er reißt meinen rechten Arm in die Höhe. Ich wehre mich verzweifelt, es ist ein Kampf, den ich verlieren muss. Er hat viel mehr Kraft, Zentimeter um Zentimeter ruckt meine Hand näher zum Mahlwerk. Hungriges Mahlen, nicht laut, aber gefährlich. Ich bekomme keine Luft mehr. Will mich noch einmal losreißen. Er hat damit nicht gerechnet. Fast hätte ich mich befreit, aber schneller, als ich denken kann, hat er meine Hand erneut nach oben gedrückt, lehnt sich mit seinem gesamten Gewicht gegen mich. Ich versuche meine Finger im Einfüllschacht zu verkrallen.

Ein Schrei, hoch, wie der Schrei eines Urwesens. Demetz zuckt zusammen, jemand hängt sich von hinten an ihn, einige lähmende Sekunden erbitterter Kampf. Dann lässt er mir für einen Moment etwas mehr Spielraum, ich reiße die Hand herunter, stoße ihm meinen Ellbogen mit voller Gewalt in den Magen. Jemand dreht die Faschiermaschine ab. Demetz will fliehen. Ich hinterher. Da ist Vesna, sie wirft sich von hinten auf ihn. Plötzlich viele Arme und Beine und Geschrei. Das Licht geht an. Jetzt ist Demetz an die Arbeitsfläche gedrückt,

Manninger und Mahmet halten ihn fest. Er sieht sich um wie ein gehetztes Tier.

Die Messerlade steht halb offen, bevor ich noch warnen kann, hat sich Demetz mit letzter Kraft losgerissen, er greift in die Lade, reißt ein Messer heraus und stößt es sich in die Brust.

Ich sehe, wie Demetz in die Knie geht, sich am Wärmeschrank ankrallt, zu Boden gleitet. Er hat auch diesmal genau getroffen. Sein Blick ist leer. Hinter den Augen ist keiner mehr.

Die ersten Worte fallen, als Billy den Gemeindearzt und die Rettung herbeischreit. Sie brüllt, als gäbe es keine Telefonverbindung, als müsste ihr Schreien sie direkt erreichen.

17.

Die nächsten Tage nehme ich wahr, als würde ich mir selbst beim Reden und Erzählen zuschauen. Ich sehe mich, wie ich Radio- und Fernsehinterviews gebe. Ich sehe Billy und Daniel, sie haben einander, und ich bin gar nicht mehr eifersüchtig. Manninger reist wieder nach New York ab, er spricht Billy sein volles Vertrauen aus.

Ich sehe Vesna, die dafür sorgt, dass Oskar trotz Prozess für zwei Tage nach Wien fliegt. Ich sehe, wie ich Oskar umarme und er mich umarmt. Es ist, als könnte ich mich nur noch dokumentieren, aber nicht mehr spüren.

Der Chefredakteur klopft mir auf die Schulter, fordert mich auf, die »persönlichste Reportage« zu schreiben, die jemals geschrieben wurde. Ich sehe mich, wie ich nicke, und schreibe alles nieder.

Am nächsten Mittwoch ist das »Magazin« ausverkauft. Ich bekomme eine Prämie. Billy sperrt den Apfelbaum wieder auf. Ich fahre trotzdem von der Redaktion direkt nach Hause, setze mich auf das Sofa, drehe den Fernseher an.

Gismo setzt sich auf meinen Schoß. Ich streichle sie mechanisch. Sie schlägt mir ihre Krallen in den Unterarm. Ein heller Schmerz, ich zucke zusammen. Gismo starrt mich mit ihren kreisrunden gelben Augen an. Langsam stehe ich auf, gehe ins Badezimmer, wische mir das Blut ab. Fünf tiefe Kratzer.

Dann gehe ich in die Küche, suche nach einer neuen Flasche Whiskey und schenke das Glas fast bis zur Hälfte voll. Ein paar Tropfen Wasser dazu, so, wie es sich gehört. Ich nehme einen Schluck, blicke mich um und bin wieder auf der Welt. Sie ist anders geworden, aber sie ist meine.

Ich lache und weine, füttere Gismo mit Oliven und fahre dann los. Auf zum Apfelbaum.

Danke!

… an Manfred Buchinger, ohne ihn hätte ich dieses Buch nicht schreiben können. Er hat mir erlaubt, in seiner Haubenküche mitzuarbeiten. Dabei können Profis üblicherweise ganz gut ohne die hingebungsvolle Tätigkeit von Hobbyköchinnen leben. Inzwischen hat er aus mir schon – fast – eine »richtige« Köchin gemacht. Ich habe vor, mehr zu lernen, und wann immer ich Zeit habe (und so lange er mich lässt), koche ich weiterhin beim Buchinger. Ich danke auch seiner Frau Renske und allen anderen meiner Kolleginnen in Küche und Service, die mit mir eine Menge Geduld gehabt haben.

… an meine anderen Lieblingswirtshäuser: den Gasthof Sommer in Auersthal und das »Tre Panoce« im Veneto, für viele schöne Stunden, in denen ich Kraft und Ideen sammeln konnte.

… an das Auersthaler Weingut Döllinger, dessen Weine nach wie vor nicht nur Mira begeistern (es gibt sie übrigens auch beim Buchinger).

… an meine Freundinnen Maria, Gerda, Romana und Joschi auch dafür, dass sie mir bei zahlreichen Abendessen immer wieder zugehört haben, wenn ich laut über das Manuskript nachgedacht habe.

… an meinen Lektor Franz Schuh und das Team des Folio Verlages. Was wäre ich ohne sie …

… und dann danke ich natürlich noch Ernest – auch für seine Geduld, denn viele Abende habe ich nicht daheim, sondern in Buchingers Gasthaus »Zur Alten Schule« in Riedenthal bei Wolkersdorf verbracht. Was sein »Leid« etwas gemildert hat: Er durfte jeden Abend dort essen …

WWW.LESEJURY.DE

WERDEN SIE LESEJURYMITGLIED!

Lesen Sie unter www.lesejury.de die exklusiven Leseproben ausgewählter Taschenbücher

Bewerten Sie die Bücher anhand der Leseproben

Gewinnen Sie tolle Überraschungen

Ein Weinkrimi zwischen Big Business und Genuss.

Ihr erster Auftrag als Chefreporterin führt Mira Valensky ins Weinviertel – sie soll über den neuen Starwinzer Hans Berthold berichten. Als dieser erschossen wird, steckt die Weinliebhaberin Mira mitten drin in einem neuen Fall: Verflossene Liebschaften, Konkurrenzkampf, Neid – was reicht aus für einen Mord?

Gebunden mit Schutzumschlag
285 S., € 19,50
ISBN 3-85256-311-9

www.folioverlag.com   Wien • Bozen   folio